AF275320

A E
&? I

Amigos, nada más

Autores Españoles e Iberoamericanos

Isabel Arias

Amigos, nada más

 Planeta

© Isabel Arias, 2026

© Editorial Planeta, S. A., 2026
Diagonal, 662-664, 08034 Barcelona (España)
www.editorialplaneta.es
www.planetadelibros.com

Diseño de la colección: Compañía

Primera edición: febrero de 2026
Depósito legal: B. 138-2026
ISBN: 978-84-08-31535-3
Composición: Realización Planeta
Printed in Spain - Impreso en España

PEFC Certificado

Este libro procede de bosques gestionados de forma sostenible

PEFC

PEFC/14-38-00305   www.pefc.es

Para aquellas amistades que pudieron ser y no fueron.
Y para Max y Gema, que siempre están.

I

Elena se miró en el espejo por enésima vez antes de salir de casa. Tiró del flequillo y lo dejó a ras de las cejas, cubriéndolas casi por completo. Le había costado tomar la decisión de cortarlo —al fin y al cabo, transformar una peluca no tiene marcha atrás—, pero ahora se alegraba de haberlo hecho.

Toda su vida había llevado flequillo, y cuando tras el incidente que lo cambió todo había perdido su melena castaña rojiza y se había tenido que poner una peluca, se vio rarísima con la frente tan despejada. Pero modificar el corte de pelo en algo que no crece requiere un periodo de reflexión mayor.

Pensó en todo lo que había cambiado durante los últimos dos años: no llevar pendientes porque se le enganchaban, sufrir los enredos de pelo cuando en invierno se ponía la bufanda o el calor atroz que le daba en verano —una sensación similar a llevar un gorro de lana con cuarenta grados a la sombra—. Tampoco podía ir al gimnasio, pues no se sentía cómoda haciendo ejercicio frente a los demás con un pañuelo en la cabeza, y con la peluca era inviable. Aunque a quién pretendía engañar, no pisaba un gimnasio desde mucho antes de quedarse calva. En todo caso, daba las gracias, pues su enfermedad era meramente estética y no la consecuencia de algo más grave.

Apagó la luz, cogió las llaves y suspiró. Iban a ser las ocho y media y debía salir hacia la casa de su hermana. Le esperaba una noche difícil, pero no era el momento de entretenerse a pensar.

—Siempre tan puntual. —Lucía la besó fugazmente antes de correr hacia la habitación para terminar de arreglarse.

Mientras Elena cerraba la puerta, el golden retriever de su hermana fue a recibirla llevándole su juguete favorito, una especie de reno navideño mugriento que pedía a gritos ir a parar a la basura en un momento de despiste.

—¡Hola, Lío! —saludó al perro—. ¿Dónde están los chicos?

—En el salón enganchados a *Solo en casa* —contestó Lucía desde el dormitorio—. La han visto veinte veces y se siguen riendo como el primer día. Esa peli es eterna.

Era una noche significativa no solo para Elena, que iba a hacer una confesión importante a Jaime y Miguel, sus sobrinos, cuando terminaran de ver la película, sino que además Lucía se preparaba para celebrar uno de los logros más decisivos de su carrera. La agencia de publicidad que dirigía en Madrid había sido adquirida por un prestigioso grupo estadounidense que se había fijado en ellos tras el descomunal éxito de la última campaña. El acuerdo estaba cerrado y solo quedaba ir a negociar los últimos flecos a sus oficinas centrales en Nueva York.

Elena se asomó al cuarto de baño, donde Lucía terminaba de maquillarse, y de nuevo sintió una punzada en el corazón al contemplar su espectacular melena rubia. Su hermana mayor siempre había tenido muchísimo pelo y sabía sacarle partido. De jovencita se llevaba a los chicos de calle con su cabello dorado y sus grandes ojos azules, sin dar la más mínima oportunidad a sus amigas —ni a su propia hermana—. Pero a Elena nunca le importó; al contrario, se alegraba por ella. A pesar de los seis años de edad que las separaban, siempre habían estado muy unidas.

Elena había sido el gran apoyo de Lucía cuando esta se separó de Jacobo, el padre de sus hijos. No solo había sido el paño de lágrimas, sino también la canguro de los niños cuando tenía algún evento de trabajo —como esa noche—, ya que los pequeños vivían una semana con cada uno de sus padres.

A su vez, Lucía había sido el pilar que la sostuvo cuando se produjo el episodio que le provocó el brote de alopecia dos años atrás y que la obligó a pedir una excedencia en el Ministerio de Industria. Recién separada y con dos niños pequeños, fue su hermana la que sacó tiempo para acompañarla a elegir pelucas, la que se instalaba en su casa las semanas que Jaime y Miguel estaban con Jacobo y la que se quedaba con ella hasta las tantas viendo en bucle comedias románticas y episodios de *Friends* o *Sexo en Nueva York*.

—Por cierto, tengo una propuesta que hacerte. —Lucía interrumpió los pensamientos de Elena—. ¿Cómo tienes la última semana del mes?

—Nada en la agenda, *as usual*. Ya he entregado todos los encargos que tenían que estar antes de Navidad y voy bastante adelantada con los de enero, ¿por?

Desde su salida del ministerio, Elena se había dedicado a algo que comenzó haciendo por *hobby* mientras estudiaba Periodismo en la universidad: escribir libros por encargo. Ese tipo de publicaciones que todo madrileño compraba antiguamente en las tiendas de VIPS y que hoy inundan la sección de librería de grandes superficies: *Los santos del día, Las plantas medicinales, El libro de los nombres, Leyendas de la antigua Roma, 101 formas de entretener a un niño, Diccionario de seres mitológicos...*

Trabajando muchas más horas que en el ministerio, ingresaba casi lo mismo que con su antigua nómina, y de vez en cuando complementaba lo que ganaba con alguna traducción, gracias a su dominio de varios idiomas.

—¿Por qué no te vienes conmigo a Nueva York? Hace mucho que no viajamos juntas y una escapada nos vendría bien a las dos. Te puedo sacar el billete con mis puntos de Iberia y el hotel lo paga la agencia. Te quedas en mi habitación y por las noches nos ponemos episodios de *Friends*. ¿Cómo lo ves?

—Pero ¿no vas con más gente?

—Vienen Jon, el director financiero, y Guillermo, el creativo al que le debemos esta operación. —Lucía, que juntó las palmas de la mano en señal de agradecimiento, se refería al autor de la campaña que había atraído la atención de los americanos, ya que había lanzado a una modesta cadena de hamburgueserías al estrellato haciendo competencia directa a McDonald's en todo el país—. Podemos irnos un par de días antes y disfrutar de un tiempo de hermanas. Y tampoco creo que en Nueva York te vayas a aburrir mientras yo estoy trabajando.

Elena era una mujer de impulsos; y es que había aprendido que la vida era muy corta y cambiaba cuando uno menos lo esperaba. Así que le dijo que sí a su hermana porque disfrutar de unos días con ella en la Gran Manzana, ya decorada para la Navidad, era justo lo que necesitaba.

Lucía le dio un beso, cogió el abrigo y el bolso, se despidió con un grito de sus hijos y cerró la puerta con suavidad.

Cuando Elena entró en el salón, Jaime y Miguel estaban viendo la segunda película de *Solo en casa. Perdido en Nueva York*. No pudo evitar sonreír, sin duda era una señal. Se acomodó en el sofá junto a ellos y se imaginó entrando en el Hotel Plaza, como una señora, para tomar el té de la tarde con Lucía.

Los viernes por la noche la tradición mandaba. En cuanto terminó la película, tía y sobrinos metieron una pizza en el horno. Elena intentaba encontrar el mejor momento para iniciar la conversación que quería tener con ellos. Tras hablar con su hermana unos días atrás, cuando esta le pidió que se quedara con los niños aquella noche, decidieron que había llegado la hora de contarles su enfermedad.

Jaime y Miguel tenían ya trece y once años y —aunque eran chicos y por ende prestaban bastante menos atención al tema del físico— a Elena empezaba a preocuparle que se dieran cuenta de que llevaba una peluca. El pelo no le crecía, nunca se hacía coleta... Cierto era que la calidad era extraordinaria —su dinero le había costado—, pero aun así temía que lo descubrieran.

Por otro lado, cuando estaba sola en casa o con su hermana, Elena solía ponerse un pañuelo en la cabeza para sentirse más cómoda. Sin embargo, cuando se quedaba con ellos no se quitaba la peluca ni para dormir, lo que le resultaba incomodísimo. Fue este el motivo principal por el que Lucía le pidió que se lo contara a los niños de una vez.

Su principal miedo era que alguno de sus amigos del colegio o del equipo de fútbol se lo dijeran y les hicieran creer que tenía una enfermedad más grave. Elena iba a recogerlos al colegio con frecuencia y siempre que podía acudía a animarlos a sus partidos de fútbol, por lo que conocía prácticamente a todos sus amigos. Decidió adelantarse a un posible problema y confiar en la madurez de sus sobrinos.

Para su sorpresa, la reacción de los pequeños fue mucho más natural que la de cualquier adulto, tal como había vaticinado Lucía. Le hicieron preguntas, pero más para entender la importancia que ella le daba que porque ellos consideraran que era una tragedia. Elena les fue contestando con paciencia.

—¿La enfermedad te afecta a algo más?

Jaime, con trece años, siempre había parecido mayor de lo que era. Frente a la inocencia y picardía de su hermano, él era el más serio, el más maduro. Demasiado para su edad, incluso.

—No, solo al pelo. Es como si mi cuerpo lo rechazara y lo escupiera.

Miguel sonrió, con toda probabilidad imaginando que la cabeza de su tía escupía literalmente el pelo.

—¿Y se cura? —siguió Jaime.

—No, cariño. —Elena buscó las palabras adecuadas; igual

que uno no le puede dar un filete a un bebé sin dientes tampoco puede pretender que un chaval de trece años «digiera» una explicación científica compleja—. La enfermedad siempre va a estar en mi cuerpo. Pero a lo mejor se toma un respiro y el pelo me vuelve a salir. ¡Quién sabe!

—Ah.

—¿Y no te puedes tomar nada? —Esta vez fue Miguel el que intervino.

—Pues he probado varias cosas y de momento no ha funcionado ninguna. Peeeero va a salir un tratamiento nuevo y me lo van a poner en breve. Así que cruzad los dedos muy fuerte para que funcione. ¿Lo haréis por mí?

Jaime y Miguel asintieron enérgicamente.

—¿Y no es más cómodo para ti llevar un pañuelo en la cabeza? —preguntó el mayor—. Yo he visto a gente que lo lleva.

—Sí, cuando estoy sola en casa me lo pongo, pero no me gusta salir así a la calle. Prefiero ir con este pelo, aunque no sea el mío, porque siento que nadie me mira, ¿sabéis?

—Pero ¿por qué dices que ese pelo no es tuyo? —le preguntó el pequeño—. ¿No lo has pagado?

—Sí, ¡claro!

—Pues entonces es tuyo, ¿no?

La de los niños era a veces una lógica aplastante. Elena le besó la cabeza, sacó la pizza del horno y los tres se sentaron a comerla en la isla de la cocina mientras los chicos le contaban cómo iba la liga y los partidos tan importantes que tenían ese fin de semana. En su corta e inocente existencia, tener o no tener pelo era un problema poco relevante. Sobre todo, siendo chicos. Lo único que valoraban era que su tía estuviera sana y pudieran seguir disfrutando de ella. Les daba igual —como ellos mismos se encargaron de asegurarle— que tuviera el pelo verde, azul o que no tuviera.

—Yo aprovecharía para cambiarme el peinado todas las semanas. —Siempre se podía confiar en el benjamín de la familia para ver el lado positivo de todo. Por supuesto, no era consciente del precio que tenían las pelucas, aunque si por él fuera se hubiese puesto las que vendían en los puestos del mercado de Navidad en la Plaza Mayor—. Y no te preocupes si la gente mira. Al principio a mí también me daba vergüenza la cicatriz y ahora ni me acuerdo. ¡A mis amigos les flipa!

—Es que tú eres mucho más valiente que yo. —Elena le pasó la mano a Miguel por su pequeña oreja, tras la cual tenía una gran cicatriz, consecuencia de dos cirugías importantes que le habían hecho para poder salvarle el oído.

Como llevaba el pelo muy corto y la última operación había sido hacía apenas unos meses, la marca se veía bastante. Pero su sobrino la lucía con orgullo.

—Ya verás lo que vas a ligar en unos años a costa de la cicatriz, renacuajo —le vaciló su hermano mayor.

Tenían una relación fantástica. Jaime era el que más le había cuidado mientras se recuperaba de la intervención y se había quedado con él en los recreos durante el tiempo que estuvo sin poder salir a jugar al patio.

Mientras los observaba comer la pizza como caníbales, Elena se dio cuenta de que había tomado la decisión correcta. Rodeada de amor todo era más fácil. Nunca le había gustado hacerse la víctima y no solía contarle su enfermedad a nadie. Le aterrorizaba que la miraran de otro modo o la trataran como a alguien débil. Y ella era una mujer fuerte. Siempre que había tenido ocasión lo había demostrado. Pero el amor de la gente que uno tiene cerca ayuda a llevar el dolor un poquito mejor.

Cuando Lucía volvió a casa, de madrugada, los niños y su hermana ya estaban dormidos. El mayor en la litera de arriba y Elena en la de abajo con Miguel. Junto a ellos, sobre la alfombra del suelo, Lío guardaba el sueño de sus amos.

Lucía se fijó en que su hermana, por primera vez, se había

quitado la peluca y tenía un pañuelo. Observó a las tres personas a las que más quería en el mundo y se sintió inmensamente dichosa por haber fomentado una relación tan estrecha entre tía y sobrinos.

Elena se había ganado el corazón de los pequeños desde que nacieron y los había cuidado como nadie. En la época posterior a la separación de Jacobo, su hermana también había sido un inmenso apoyo para Jaime y Miguel, que encontraron en ella a una confidente. Ahora le encantaba ver que ellos se habían convertido en los cómplices de su tía.

Lucía recordó cuando de niña le peinaba el cabello rojizo y le hacía trenzas que ataba con gomas de colores. Aunque no era creyente, había perdido la cuenta de las veces que había rezado —a quien fuera que pudiera escucharla— para que su hermana recuperase el pelo. Estaba dispuesta a pagar lo que fuera para conseguir el mejor tratamiento. Juntas habían descubierto que era una enfermedad más extendida de lo que parecía a simple vista y eso, irónicamente, era una buena señal, pues se invertía mucho dinero en investigar. El último tratamiento, que prometía ser bastante efectivo, estaba a punto de salir y Elena sería de las primeras en probarlo.

Miguel se revolvió en la litera de abajo para pegarse más a Elena. Lucía les quitó con cuidado el libro que tenían encima —*Las mejores anécdotas de la historia del fútbol,* que había escrito la propia Elena para gran alegría de los chicos— y apagó la luz de la mesilla.

Tendría que esperar a mañana para que su hermana le contara qué tal había ido la conversación. Era sábado y prepararían, como siempre, tortitas para desayunar. Aprovecharía además para decirle cómo había ido la fiesta y planear el viaje a Nueva York. Incluso, quizá le dejara caer lo que había pensado: que Jon podía ser una gran pareja para ella.

El viaje prometía. O eso creía Lucía.

II

Las hermanas viajaron a Nueva York dos días antes que los demás para disfrutar de la Gran Manzana a solas. Tras un vuelo no exento de turbulencias —que ponían MUY nerviosa a Elena— aterrizaron en el JFK.

—¿Cómo puede darte miedo volar con lo que te gusta viajar?

— No me da miedo, solo me produce respeto —matizó Elena mientras hacían la cola del control de inmigración—. Es que no me gustan las turbulencias. Ni los despegues. Ni los aterrizajes.

—Vamos, el ochenta por ciento de un vuelo normal. Casi me rompes un dedo cuando hemos tomado tierra, por cierto. —Lucía exageró una mueca de dolor mientras abría y cerraba la mano izquierda.

—En serio te lo digo, Lu. Siempre pienso que voy a morir. Te juro que veo pasar mi vida por delante cada vez que hay un movimiento fuera de lo normal.

—A ti lo que te hace falta es un novio piloto que te arrebate esos miedos...

Durante los dos días que estuvieron solas aprovecharon para pasear sin rumbo por la ciudad. Una mañana de compras en el Village, una vuelta por el Soho, cenas en los restaurantes de moda... No escatimaron en caprichos ni miraron el reloj una sola vez. Al fin y al cabo, era poco tiempo y estaban de vacaciones. Aunque Lucía se había pasado todo el vuelo trabajando y ultimando detalles de la reunión que tendrían el lunes, dedicó esas cuarenta y ocho horas por completo a su hermana.

El primer día aprovecharon para descubrir uno de los pocos lugares que ninguna conocía, el observatorio Summit One Vanderbilt: un mirador recién inaugurado y situado frente al edificio Chrysler y la Grand Central Station, que se había convertido muy pronto en una de las atracciones más visitadas de la ciudad. Cuando llegaron arriba, a punto de atardecer, comprendieron el motivo. A sus pies quedaba la metrópolis más fascinante del mundo vista desde el observatorio mejor situado de Manhattan.

—Esta vista es probablemente la mejor de Nueva York —señaló Lucía.

Ambas se habían sentado en el suelo, junto a uno de los inmensos ventanales, para disfrutar de la que prometía ser una puesta de sol fantástica.

—Es curioso lo silenciosa que parece la ciudad desde aquí arriba, ¿verdad?

—Como si el tiempo se hubiera detenido. Sin embargo, en algún lugar de la Sexta Avenida hay un equipo trabajando en el acuerdo que firmaremos esta semana.

Elena sonrió. Sabía lo importante que era ese viaje para su hermana y se sentía privilegiada por poder ser testigo de su éxito.

—Oye, ¿y qué tal son tus compañeros? Ni te he preguntado por ellos. No serán unos estirados, ¿no?

—Para nada. —Lucía sonrió, misteriosa. Había llegado el momento de lanzar el anzuelo—. Guillermo es creativo y, a pesar de ser uno de los mejores del país, te aseguro que no es un estirado. Es un tío muy normal, pero todo un genio. A la vista está, vamos —dijo refiriéndose a la campaña de las hamburguerías—. Le he tenido que subir el sueldo ya dos veces desde que entró para que no me lo robe la competencia, aunque creo que no se iría fácilmente. Es muy leal. Te caerá bien.

—No suena mal. ¿Y el otro?

Lucía puso una cara que Elena conocía a la perfección y que había visto en no pocas ocasiones, cada vez que le presentaba a algún amigo de su pandilla al que consideraba un buen candidato para ella. Durante esos dos años, había sido uno de sus objetivos: encontrarle una pareja.

—Jon es encantador. Así de primeras parece el típico financiero cuadriculado, pero es un hombre muy divertido... y atractivo. —Ahí estaba de nuevo esa mirada.

—Lu, no me líes.

—Bueno, yo ahí lo dejo. Solo digo que os vais a llevar fenomenal.

Lucía pensó en su propia vida sentimental —o más bien en la ausencia de ella—. Se había casado con Jacobo siendo muy joven, cuando su carrera meteórica en publicidad acababa de comenzar y su marido cursaba el último año de residencia como neurólogo.

Enseguida tuvieron a Jaime y a Miguel, apenas disfrutaron de la vida en pareja. Jacobo hacía guardias todas las semanas y Lucía asistía a eventos de los clientes cada dos por tres, así que no tuvieron tiempo de viajar, algo que a los dos les encantaba. Priorizaron sus carreras frente a la vida personal y ello derivó en un nada sorprendente distanciamiento que culminaría con Jacobo enamorándose de una compañera del hospital. Más tópico imposible.

A pesar de ello, la separación fue amistosa y mantenían una relación cordial por el bien de los niños, algo de lo que Lucía se sentía orgullosa. Compartían la custodia y se ayudaban siempre que el otro lo necesitaba.

Transcurridos unos años, no obstante, se daba cuenta de

que echaba de menos a alguien con quien compartir su vida. O parte de ella, al menos. Deseaba salir a cenar de vez en cuando, hacer una escapada de fin de semana a alguna ciudad europea, llamar a otra persona por las noches o recibir sus mensajes en mitad del día. Había tenido citas durante los últimos meses, pero todas desastrosas. Estaba claro que tenía que empezar a buscar con más criterio. Y, sin embargo, ahí estaba, haciendo de Celestina para su hermana pequeña.

Elena observaba los minúsculos coches que se movían como hormigas a sus pies, casi cien pisos más abajo. Los recuerdos se agolparon en su cabeza. Aquel primer viaje que hicieron a Nueva York con sus padres cuando tan solo eran unas niñas. En aquella ocasión, subieron al mirador que había en lo alto de una de las Torres Gemelas. Aún conservaba la foto donde ella estaba sentada con su hermana en una postura similar a la que tenían ahora en el Summit. Un escalofrío le recorrió la espalda al pensar en el terrible destino de la gente que trabajaba allí y de los turistas que estarían en el mismo lugar que ellas, años antes, aquel fatídico once de septiembre.

Giró la cabeza para apartar el horror de su mente y se concentró en los que cruzaban hacia la Grand Central Station. Aquella era una de las cosas que más le gustaba de Nueva York; nadie miraba a nadie. No es que los neoyorquinos fueran antipáticos, simplemente habían hecho suyo el lema «vive y deja vivir». Uno podía pasearse con el pelo verde, naranja... O sin pelo. Y a nadie le importaba. Había tiendas de pelucas por toda la ciudad, algo en lo que Elena no se había fijado hasta este viaje. Eso indicaba que tal vez se cruzaría con varias personas al día que se pasearían con una en la cabeza.

En Madrid había adquirido el hábito de fijarse detenidamente en cada persona con la que entablaba conversación, intentando adivinar si alguna llevaba peluca. Durante aquellos años no había detectado ni una sola, lo que le producía una tristeza y una soledad inmensas.

Elena y Lucía se quedaron en silencio para ver cómo el sol se ponía por el oeste de Manhattan. El cielo se tiñó de naranja mientras las luces de la isla se iban encendiendo. Ocurría cada día y ellas lo habían visto en no pocas ocasiones, pero el anochecer sobre la ciudad considerada como el centro del mundo le dejaba siempre a uno sin respiración. A pesar de haber una cantidad de gente considerable, el silencio se apoderó del observatorio. Cada uno de los allí presentes dejó volar sus pensamientos mientras asistía a aquel espectáculo inolvidable.

III

—

—Pero exactamente ¿qué es lo que te preocupa? —le preguntó Lucía mientras desayunaban en el Hotel Plaza como auténticas señoras del Upper East Side.

El hotel, que había sido inaugurado en 1907, no había perdido ni un ápice del lujo y el glamour que ya atesoraba a mediados del siglo pasado, cuando Truman Capote celebró allí su mítico Black and White Ball o cuando los Beatles se alojaron en él durante su primera visita a la ciudad. Eso sí, los precios habían cambiado considerablemente. Cuando abrió, la noche costaba dos dólares con cincuenta centavos. Por la misma habitación se pagaban en la actualidad casi cuatro mil. «Más o menos lo que le va a costar a mi hermana la invitación a desayunar», pensó Elena mientras un camarero se acercaba a su mesa para rellenar por enésima vez las copas con zumo de naranja recién exprimido.

—Pues lo mismo que con la gente que he conocido en los últimos años y que se han convertido en amigos o contactos asiduos, que no veo el momento de contarles lo del pelo. ¡Así que imagínate a una pareja!

—A ver, Elena, que no te falta un dedo de la mano.

—Lo preferiría, créeme.

—No digas eso.

—En serio, Lu. Una tara física se ve enseguida. Si me falta un dedo de la mano derecha no se lo tengo que contar a nadie. Lo ven de inmediato. No ocurre lo mismo con el pelo. ¿Cuándo lo dices? ¿En la primera cita, para que salgan corriendo? ¿O a los seis meses, para que sepan que los has estado engañando cada vez que decías que ibas a la peluquería a cortarte las puntas?

Había llegado un punto en el que era capaz de hablar de este tema sin llorar, pero a veces le seguía costando. No era fácil hacer entender a alguien que no hubiera pasado por ello lo importante que era el pelo. Sí, era solo pelo, pero era muy duro verse sin él. Y más aún plantearse iniciar cualquier tipo de relación romántica.

—No insistiré más. —Lucía puso su mano sobre la suya—. Perdóname, apenas puedo imaginarme lo duro que es, pero déjame que te diga que nadie le da tanta importancia como tú.

—Eso es porque nadie sabe lo relevante que es para mí.

—No, es porque la gente ve en ti mucho más que pelo. Todos tenemos alguna vulnerabilidad. Mira a Jacobo, tiene casi cincuenta años y sigue desesperado porque no le sale barba. O a Miguel, con su oreja cosida. O a mi amiga María, con su cicatriz de lado a lado del cuello por las complicaciones de su operación de tiroides. Todos tenemos algo. Y solo me estoy refiriendo a lo físico. No me hagas empezar con el interior de cada uno: los que son demasiado tímidos, los que no se controlan con la bebida, los que arrastran una frustración que les impide disfrutar de la vida..., Elena —Lucía miró fijamente a su hermana—, yo solo quiero que seas feliz.

—Y lo soy. No tengo ninguna necesidad de una relación ahora. Te tengo a ti, a Jaime y a Miguel, a buenos amigos como Miriam o Roberto... —Con Miriam siempre podría contar, lo sabía, y Roberto, aunque tenía sus cosas, no le fallaría nunca—. Desde que cogí la excedencia, quitando el tema del pelo, todo ha ido a mejor. El resto..., pues ya llegará. No tengo ninguna prisa.

—Bueno. Pero dale una oportunidad a Jon. —Lucía le guiñó un ojo para hacer ver que bromeaba... a medias.

Elena no mentía cuando decía que no necesitaba ninguna relación en ese momento. Lo que no le confesó a su hermana es que, de querer meterse en una, recuperaría la historia inacabada cuyo recuerdo la perseguía desde hacía varios años. De hecho, habría vuelto con él, con Sebastián, de no haber ocurrido lo del pelo.

Pensar en ese nombre aún le dolía. Pero como le había explicado a Lucía..., ¿en qué momento le cuentas a tu pareja algo así? Si no se veía capaz de contárselo a un hombre del que había estado enamorada y con quien había compartido tantas cosas... ¿Cómo iba a hacerlo con alguien a quien acababa de conocer?

IV

El último día que estuvieron solas pasó volando. Fue un domingo lluvioso, así que decidieron cobijarse en su museo favorito: el Metropolitan Museum of Art, más conocido como el MET, y famoso por la espectacular gala temática que albergaba cada primer lunes de mayo. Allí se detuvieron frente a algunas de sus obras preferidas, tomaron un plato ligero en la cafetería y visitaron la exposición temporal. Aprovecharon para ver su imponente árbol de Navidad, bajo el que colocaban un precioso belén napolitano.

Tras la visita regresaron al hotel a darse una ducha caliente y, con los albornoces puestos, vieron algunos capítulos de *Friends* mientras picoteaban unos cacahuetes del minibar.

Guillermo y Jon llegarían por la noche y habían acordado cenar en el restaurante del hotel. Les pareció la mejor idea, ellos estarían molidos tras el viaje y había que acostarse pronto, porque a la mañana siguiente tenían la primera reunión en la agencia.

«Como primera toma de contacto, una cena no está mal», pensó Elena. «Y, además, aquí mismo. Si me aburro siempre puedo disculparme y subir a la habitación».

Por supuesto, no solo no hizo falta buscar ninguna excusa para ausentarse, sino que hubiera deseado que la cena se alargara mucho más.

Las hermanas estaban sentadas a la mesa cuando sus dos acompañantes entraron al restaurante. Recién duchados, pero arrastrando el cansancio de las horas de vuelo, se acercaron nada más divisar a Lucía.

Elena se dio cuenta de que su hermana era la jefa y que ambos tendrían que ser simpáticos casi por obligación.

Conforme se iban aproximando, trató de adivinar quién era quién. Lucía le había descrito su carácter, había resumido por encima sus intereses y sus situaciones personales —Jon estaba soltero y Guillermo, por el contrario, casado y con un hijo—, pero había olvidado comentarle cómo eran físicamente. Así que dedicó los escasos segundos que tardaron en llegar a su altura a intentar adivinar quién era quién... y erró.

Jon no le pareció su tipo en absoluto. En realidad, ninguno lo era. Y no le importaba lo más mínimo. Como le había dicho a su hermana en el desayuno, solo tenía ganas de pasarlo bien con gente agradable, sentirse querida —que no es lo mismo que amada— y concentrar sus energías en recibir lo antes posible el tratamiento que necesitaba para recuperar su pelo. No tenía más objetivos en ese momento.

—Hola, soy Jon. —El que a priori parecía más mono, e inexplicablemente soltero, le dio dos besos.

Jon era un hombre de unos cuarenta años, alto, delgado, moreno y con una ligera barba. Estaba segura de que debía de ligar bastante, pero no sería con ella.

—Elena, encantada. —Y dirigiéndose a su compañero, añadió—. Eso te convierte a ti en Guillermo, claro. Enhorabuena.

—Muchas gracias. —El aludido se sonrojó levemente y a Elena le hizo gracia que el autor de la campaña publicitaria del momento no se diera mayor importancia e incluso se sintiera casi avergonzado.

Guillermo le agradó de inmediato. Medía tan solo unos centímetros más que ella. Pero lo que realmente le gustó fue su cara, su expresión. Era una de esas personas con una sonrisa permanente en el rostro y que hacía que cayese bien al instante. Llevaba su pelo castaño, algo canoso, bastante alborotado, igual que la barba. «Como todos los creativos», pensó Elena. Su aire despistado le divirtió. Enseguida supo que se llevarían bien.

Su mirada era cálida, con unos ojos de color miel que como pudo comprobar unos minutos más tarde ocultaba tras unas gafas que utilizaba para leer.

No fue atracción física a modo de flechazo romántico, pero sí sintió una simpatía inexplicable y automática por aquel hombre. Y estaba segura de que había sido algo mutuo.

V

Tal como estaba previsto, la cena no se alargó demasiado y al día siguiente Elena les dejó que bajaran solos a desayunar para preparar su reunión, prometiendo encontrarse con ellos por la tarde.

Dedicó la mañana a pasear por la High Line, abierta hacía poco tiempo y aún no descubierta por muchos. Aquel paseo elevado era un remanso de paz en el extremo oeste de Manhattan, con unas vistas privilegiadas de la ciudad. Llegó caminando hasta la zona de Hudson Yards, el barrio más joven de Nueva York, y, tras dar un paseo, se sentó a comer algo en el Mercado Little Spain. Le gustaba pensar que con su gasto allí contribuía a la increíble labor humanitaria por todo el mundo del chef José Andrés.

Mientras esperaba a que le trajeran una ración de pimientos del padrón y otra de pulpo —ya que estaba, no iba a andarse con tonterías—, sacó el móvil y subió a Instagram algunas fotos que había hecho. Después fue a la bandeja de entrada, donde volvió a leer el último mensaje de Sebastián, que aún no había contestado. Él la había localizado por Instagram y le había escrito unos meses antes, preguntándole qué era de su vida y diciéndole que le encantaría que volvieran a verse. El miedo había paralizado a Elena y, aunque estaba deseando escribirle, verle, volver a reírse con él, y había abierto aquel mensaje varias veces en los últimos meses, nunca le respondió. Cuando la camarera le dejó la comida en la mesa, Elena guardó el móvil y con él, su pasado. Prefería concentrarse en el presente.

VI

—¿Cómo ha ido la cosa? —les preguntó Elena a su hermana y sus compañeros cuando llegaron a Union Square, donde habían quedado para dar una vuelta por el mercado navideño—. Ya podías haberme mandado un mensaje...

Elena había pasado el día pendiente del móvil, pero Lucía y Jon apenas habían parado para comer un sándwich mientras terminaban de revisar los términos del acuerdo con los abogados de la otra parte. Las cláusulas legales estaban cerradas con anterioridad al viaje, pero faltaba por cuadrar algunas cifras.

—La verdad es que podía haberte escrito algo yo —le dijo Guillermo unos minutos después, disculpándose por todos—. Vengo un poco en plan mono de feria. Querían conocerme, por el tema de la campaña, y saber qué otros trabajos había hecho. Yo de acuerdos de fusiones y adquisiciones no tengo la más remota idea.

—Pues mira, te doy mi número, porque desde luego si tengo que confiar en mi hermana para que me cuente...

Jon y Lucía, mientras tanto, caminaban unos metros por delante echando un vistazo a los puestos del mercado. Allí encontraron el de Pepa G. Ramos, una joven española que hacía unas ilustraciones muy originales de Nueva York. Las vendía en forma de imanes, láminas e incluso posavasos. Lucía compró un pack de cuatro posavasos y los repartió entre sus acompañantes.

—Para que nunca se nos olvide este viaje.

Lucía estaba contenta por cómo estaban yendo las cosas. No solo por cerrar la adquisición de la agencia por parte del gigante estadounidense —que tenía un equipo con el que estaba deseando empezar a trabajar—, sino por lo bien que había encajado su hermana con sus compañeros de trabajo. Apenas llevaban un par de horas paseando y tomando vino caliente y parecía que se conocían desde hacía tiempo.

Para terminar la tarde fueron hasta el Chelsea Market, uno de los lugares favoritos de Lucía en la ciudad. La antigua fábrica de galletas Oreo se había reconvertido en un mercado que en Navidad estaba aún más bello de lo habitual. Aprovecharon para hacer compras: recuerdos para llevar a casa, algún adorno navideño y unos chocolates. Guillermo y Elena entraron a Posman Books, una librería con una cuidada selección de clásicos y novedades y una sección de papelería para volverse loco.

—Busco el último de Elizabeth Strout —dijo Elena, mirando por encima de las mesas.

—Me encanta esa autora. ¿Has leído *Me llamo Lucy Barton*?

—¡Es mi favorita! ¿Lees en inglés? Vale la pena leerla en versión original.

—¿Por quién me has tomado? ¡Por supuesto! —Guillermo se hizo el ofendido—. Veo que no tienes mal gusto literario. Mientras elijo alguno para llevarme, te dejo que me sorprendas con una novela que te haya gustado mucho. Si no la he leído, me la compro.

—Hecho.

Elena pasó un rato buscando y al final optó por *El gran Gatsby*, de Scott Fitzgerald, una de sus novelas favoritas. Volvió hacia la zona en la que había dejado a Guillermo y le encontró hojeando un ejemplar ilustrado de... *El gran Gatsby*. En ese momento levantó la vista del libro. Elena alzó el que llevaba en la mano y ambos se echaron a reír.

Ver a alguien con un libro que te gusta es como ver un libro recomendándote a una persona.

VII

La noche terminó con una cena en Buddakan, el restaurante que estaba a la entrada del Chelsea Market y que se había hecho mundialmente conocido por *Sexo en Nueva York*.

—Era el lugar en el que Carrie y Mr. Big celebraban una cena con amigos la noche anterior a su boda —señaló Elena mientras bajaban la escalera.

El restaurante, con grandes lámparas de candelabros, estaba iluminado en tonos naranjas.

—Lo siento, no vi la serie ni las películas. —Jon se encogió de hombros.

—¿En qué planeta has estado viviendo? —Lucía no disimuló su incredulidad.

—En el mundo real. —Jon se rio mientras Elena le daba el nombre de la reserva a la elegante chica de la entrada.

Decidieron pedir varios platos, todos para compartir, y así probar diferentes opciones. Salvo Lucía, ninguno había estado allí y todo lo que había en el menú sonaba delicioso. Pronto comprobaron que su intuición no había fallado.

Fue una cena distendida y mucho más relajada que la del día anterior. Tras haber pasado buena parte de la tarde juntos, se sintieron cómodos y hablaron sobre sus vidas y situaciones personales. Sin duda, el vino contribuyó a ello.

—No me puedo creer que tengas un hijo de veinte años.

—Elena se dirigió a Jon—. Pero ¿con qué edad fuiste padre? ¿Con quince?

Apenas pronunció aquellas palabras, se arrepintió. El financiero había cumplido los cuarenta según sus cálculos..., ¿cómo era posible que tuviera un hijo tan mayor?

—Casi. —Jon estaba más que acostumbrado a reacciones similares a la de la hermana de su jefa—. Con dieciocho. No voy a pretender que fue buscado, pero como suelo decir: fue el mejor error de mi vida. Después, su madre y yo estuvimos juntos varios años, pero éramos demasiado jóvenes y, bueno..., al final nuestros caminos se separaron casi de forma natural. No es que ahora seamos los mejores amigos, pero tenemos una relación bastante cordial y hemos hecho un buen trabajo como padres.

—¿Habéis tenido más hijos? Por separado, quiero decir. —Elena supuso que Guillermo y Lucía ya estaban al día de esto, porque ella era la única que preguntaba.

—No, aunque a mí no me importaría. Pero créeme que esta vez intentaré elegir bien con quién. Me gustaría que si tengo más hijos crecieran en un hogar con padre y madre.

—Te entiendo —intervino Lucía—. Supongo que cuando tenemos hijos, todos esperamos que la relación dure al menos hasta que sean mayores y no te necesiten tanto. Aunque también soy de la creencia de que si la pareja se deteriora..., es mejor que vivan entre dos hogares; pero dos hogares felices.

—Tus hijos son felices, no tengas ninguna duda —añadió Elena—. Y eso que tenían una edad complicada cuando os separasteis... Guillermo, ¿y tú? Me dijo mi hermana que tenías un hijo, ¿no?

—Sí, de once años. También te digo que vale por tres, es un terremoto. —Se le iluminó la cara al instante al hablar de él, lo que conmovió a Elena y le confirmó lo bien que le caía—. Mi mujer no quiere tener más y mi instinto paternal ha quedado cubierto con Pablo, así que todos felices.

—Yo no estoy muy segura de tener instinto maternal. Adoro a mis sobrinos y soy una tía estupenda y muy involucrada...

—Doy fe —intervino la madre de los aludidos.

—Pero no me veo como madre, si soy sincera. Quizá está mal visto decirlo, pero es lo que siento.

—Yo creo que cada vez está menos mal visto. Os confieso que aunque adoro a mis hijos, desde que soy madre entiendo mucho mejor a quienes no quieren serlo —le contestó su hermana.

Se hizo el silencio en la mesa y Elena dudó si los tres opinaban lo mismo o si los dos compañeros de Lucía pensaban que aquellas mujeres eran la reencarnación de Herodes.

—En serio, es que con los niños vienen muchas cosas —continuó Lucía—. Como la familia política. Bueno, eso viene con la pareja, pero los niños te vinculan a ella ya para siempre. Y luego encuentras tu agenda llena de cumpleaños infantiles, citas con el ortodoncista, actividades extraescolares... Además de no poder improvisar planes, que me mata. Y eso que cuento con mi hermana.

—Oye, que yo también tengo una vida, a ver si estos dos van a pensar que estoy disponible 24/7.

—Pienso cualquier cosa menos que no tengas vida, créeme. —Guillermo sonrió a Elena, que enrojeció al instante—. En todo caso, Lucía, tienes toda la razón. Si yo no viviera en pareja, me volvería loco. Me parece impensable criar a un hijo solo, aunque sea la mitad del tiempo. Todos mis respetos a las madres solteras, padres divorciados... Os merecéis un monumento.

Suficiente charla sobre niños. Elena decidió desviar la atención hacia lo profesional mientras les retiraban los platos de los entrantes.

—Y, contadme, ¿de dónde sois?

Así aprendió que Guillermo era de Burgos, pero había

estudiado la carrera de Publicidad en la Universidad Complutense de Madrid.

—Ostras, en mi facultad. Yo estudié Periodismo. —Elena no podía dar crédito—. ¿Cuántos años tienes?

—Treinta y ocho.

—¡No te creo! Igual que yo. Nos tuvimos que cruzar en la facultad, seguro.

—El caso es que tu cara me suena, fíjate...

Ella no contestó porque no le ubicaba, pero se preguntó si esa conexión inmediata que sentía hacia él se debía a que no era la primera vez que sus caminos se cruzaban.

VIII

Conforme avanzaba la cena, los cuatro se fueron llevando cada vez mejor. Guillermo y Elena encontraron otro punto en común. Cuando ella contó que había trabajado en el Ministerio de Industria, Guillermo la interrumpió enseguida:

—Uno de mis mejores amigos es TECO y trabaja allí, en la Dirección General de Estrategia Industrial y de la PYME. O algo así. Tiene un cargo tan largo que ocupa tres líneas en la firma de su *e-mail*. Buen amigo, pero muy peculiar. Su cabeza funciona de manera distinta a los demás...

—Venga ya. ¿No será Ubaldo?

Sus caminos estaban claramente destinados a cruzarse.

Durante el resto de la cena, Jon y Lucía casi desaparecieron, para disgusto de esta última, que veía cómo sus esperanzas de emparejar a Jon con su hermana se esfumaban poco a poco. La sintonía existía, sin duda, pero no era con él precisamente.

—Somos amigos desde el colegio. Va a flipar cuando le diga que te conozco. —Guillermo sacó el móvil para buscar algo mientras Elena sentía cómo su estómago se cerraba.

Era más que probable que Ubaldo le contara a Guillermo el escándalo que la hizo salir del ministerio. ¿Qué podía hacer? ¿Adelantarse y contárselo ella? Aún no se conocían lo suficiente ni había bebido tanto vino.

A los pocos segundos Guillermo le mostró una fotografía en la que aparecían ambos en lo que parecía ser Chicago.

—Es este, ¿verdad? —Guillermo la miró expectante.

—A ver, ¿a cuántos Ubaldos conoces? —Elena levantó una ceja—. Ya sé que el nombre venía de una larga tradición familiar, pero... ¿por qué?

—Hay tradiciones que es mejor eliminar, estoy de acuerdo. Madre mía —añadió volviendo su vista al móvil—. Hará al menos diez años de esta foto.

—Lo he notado.

—Simpática... —Guillermo guardó el teléfono—. ¿Conoces Chicago?

—Qué va.

—Es una pasada de ciudad, los edificios me parecieron increíbles. Esa mezcla de rascacielos modernos con otros de los años veinte, tan cuidados... Hay gente que la prefiere incluso por encima de Nueva York. Aunque yo creo que como esta ciudad no hay nada.

—Estoy de acuerdo. Es incomparable a cualquier otra. ¿Y cómo fuisteis a parar a Chicago?

—*Long story*... Y además no fue lo más peculiar de las vacaciones. Conocimos a una chica que venía de un pueblo del Medio Oeste del que no habíamos oído hablar en la vida. Nos lo recomendó tan vivamente, asegurando que era una de las joyas de la región, que cogimos las mochilas y para allá que nos fuimos.

—¿Mereció la pena?

—Mira, mira... No había nada. Pero cuando digo nada, es nada. Pero ¿te puedes creer que años después sigo comentando con Ubaldo que quizá nos perdimos algo?

—Más bien me parece que la chica os tomó el pelo... —Elena no pudo evitar reírse. A continuación, alzó su copa de vino y brindó con Guillermo—. Por Ubaldo.

—Por Ubaldo.

Cuando regresaron al hotel, Guillermo subió a su habitación y se dio cuenta de que la sonrisa no había desaparecido de su boca en toda la noche.

Aunque no lo admitiría jamás en voz alta, cuando su jefa le dijo que su hermana los acompañaría a Nueva York y pasaría esos días con ellos, el asunto le dio bastante pereza. Él era bastante sociable y en otras circunstancias no le hubiera importado, sobre todo teniendo en cuenta que no pintaba demasiado en aquel viaje y que iba a tener bastante tiempo libre una vez hubiera satisfecho la curiosidad de los americanos por conocerle. Pero la hermana de su jefa... Aunque la mujer fuera una petarda, tendría que ser amable y simpático sin remedio.

Sin embargo, en un inesperado giro de los acontecimientos, ahí se encontraba, pensando en que al día siguiente tendría varias horas libres y sorprendiéndose porque estaba deseando pasarlas con Elena. No sentía atracción sexual, pero era la persona con la que más —y mejor— había congeniado en mucho tiempo. Una mujer divertida y con un gran sentido del humor.

IX

Mientras Guillermo le daba vueltas a esto, tres plantas más arriba, en el mismo hotel, Lucía interrogaba a Elena.

—A ver, hermanita, que quizá me confundí al explicártelo, pero el que está soltero es Jon.

—¡Ya lo sé!

—Entonces, ¿me puedes explicar lo que ha ocurrido hoy?

—No ha ocurrido nada de lo que te está pasando por la cabeza. Ni va a ocurrir. ¿Nunca has tenido un flechazo no amoroso con alguien?

—No.

—Pues yo tampoco, así que déjame disfrutar tranquila de este. De verdad, hay *cero* interés romántico y me atrevería a decir que por ambas partes. Es tan solo una persona con la que he congeniado muy bien. ¿Es que no puede existir la amistad entre un hombre y una mujer?

—Claro que sí. Hasta que uno de los dos se enamora.

El flechazo en la amistad también existe. Aunque hay quienes piensan, como el autor francés Jules Renard, que entre un hombre y una mujer la amistad es solo una pasarela que conduce al amor.

X

—No seas cerrada de mente, Lu. Esperaba más de ti. ¿Tengo que recordarte lo de Roberto? ¡Es mi mejor amigo!

—Ah, sí. El mismo Roberto con el que saliste cinco años y que ahora te llama a escondidas de su novia...

Roberto había sido el novio de Elena desde los veintitrés hasta los veintiocho años, cuando ella se dio cuenta de que lo quería más como a un hermano que como a una pareja. Tras un distanciamiento que duró varios meses, retomaron el contacto y construyeron una amistad que duraba ya más de una década.

Hacía un par de años Roberto había empezado a salir con una chica a la que le habló de Elena, pero no como amiga, sino como la gran relación seria que había tenido en su vida. Por algún motivo que ni ella misma ni su hermana entendían, Roberto no le dijo que seguían en contacto y, dos años después, seguía llamando por teléfono a Elena en el camino del trabajo a casa o cuando su novia salía con sus amigas y él se quedaba solo, como si estuviesen llevando una relación clandestina.

Lucía siempre decía que era porque en el fondo Roberto seguía enamorado de Elena, pero ella sabía que no era así. Simplemente la bola se le había hecho demasiado grande y no sabía dar marcha atrás. Lo cual era una pena, porque era una de las personas más importantes de su vida y tenía ganas de llamarle o quedar con él con naturalidad.

—Somos amigos, nada más. Pero parece que en esta sociedad un hombre que tenga pareja no puede tener amigas. Salvo que sea gay, claro.

—Ni una mujer con pareja puede tener amigos heterosexuales.

—Exacto. ¿Y a ti te parece normal?

—No digo que me parezca normal, pero es complicado. Por un lado, porque parece que está mal visto y, coincido contigo, es absurdo. Pero por otro lado, porque hay una línea muy fina entre la amistad y el amor. Y uno siempre prefiere que su pareja no camine sobre una línea fina. No sé si me explico...

—Te explicas perfectamente. No hace falta más que ver lo que me pasó en el ministerio. Cualquiera creería que se me han quitado ya las ganas de hacer amigos, pero te digo algo... —Elena sintió que le inundaba el deseo de luchar contra aquella causa perdida—. Pienso demostrar que se puede.

El inconfundible sonido de un wasap en el móvil interrumpió la intensa conversación de las hermanas.

—Mira, hablando del rey de Roma. —Elena le enseñó a Lucía la pantalla del teléfono, en la que podía leerse un mensaje de Guillermo.

Guillermo
¡Hola, Elena! Me acaba de decir Jon
que mañana a las once me quedo libre.
¿Te apetece que nos vayamos a dar una vuelta
y comer por ahí mientras estos dos trabajan?

Lucía suspiró. Conocía demasiado bien a su hermana como para saber que nada la detenía cuando se proponía algo. Solo esperaba que aquello se quedara efectivamente en una simple amistad.

XI

Guillermo se dirigió al lugar en el que le había citado Elena a las once y media: la Morgan Library.

—Un amante de los libros tiene que conocer este lugar —le había dicho el día anterior.

Elena estaba esperándole en la cafetería del vestíbulo de aquel palacete de Madison Avenue.

—Me estaba quedando helada en la puerta y he entrado a tomar un café. ¿Quieres uno?

—Pues, mira, ya que estamos, no me vendría mal. Y me cuentas algo sobre este sitio, que me parece bastante más moderno de lo que había imaginado.

Guillermo estaba más que dispuesto a descubrir uno de los grandes tesoros literarios que Manhattan tenía que ofrecerle.

—¡Qué va! Es solo esta parte. Vas a flipar con lo que vas a ver.

Elena le contó, entusiasmada, lo que le apasionaba de ese palacete del siglo XIX. Más que la personalidad del financiero, John Pierpont Morgan, que vivió allí hasta 1913, se identificaba con su pasión de coleccionista de libros. En su biblioteca privada se escondían joyas como las cartas de Jefferson a sus hijas, el manuscrito de *Cuento de Navidad* de Dickens y obras de Einstein, Lincoln, Voltaire, Jane Austen o Lord Byron. Le sorprendía que también había reunido una impresionante colección de dibujos de artistas tan distintos como Leonardo da

Vinci, Rembrandt o Picasso. Siempre le había llamado la atención que tenía en su poder tres biblias de Gutenberg, una obra de la que solo quedaban veintiún ejemplares completos en el mundo.

—¿Y tú cómo sabes tantas cosas? Es como venir acompañado por una guía... —le dijo Guillermo mientras caminaban hacia la entrada de la biblioteca.

—Soy curiosa —sonrió—. Me encanta documentarme. Y además vivo en parte de ello.

—No me digas que eres guía. Pensaba que habías trabajado en el Ministerio de Industria... —Guillermo parecía confundido.

—Sí, bueno... Lo dejé hace unos años. Estoy en excedencia. Ahora me dedico a escribir libros por encargo.

Esto despertó de inmediato la curiosidad de su nuevo amigo, lo que permitió a Elena desviar por el momento la atención de lo que había propiciado su salida del ministerio.

—Este lugar es increíble. —Interrumpieron la conversación al acceder a la sala que albergaba el despacho de J. P. Morgan, cuyas paredes estaban revestidas de estanterías que albergaban antiquísimos ejemplares—. Y ahora te voy a sorprender yo a ti.

Elena le miró expectante.

—¿A que no sabías que en este exacto lugar Morgan reunió en 1907 a los grandes banqueros de la ciudad y los encerró sin dejarlos salir hasta que lograran alcanzar un acuerdo para rescatar la Bolsa de Nueva York?

—Pues confieso que lo desconocía... Y tú, ¿cómo sabes eso?

—También soy curioso... Y muy de investigar sobre los sitios a los que me llevan.

Pasaron un buen rato investigando entre los estantes y admirando la magnificencia del lugar, único en el mundo. La sala principal de la biblioteca, con sus altísimos techos pintados, sus estanterías de tres niveles y un imponente tapiz, los tuvo embobados y casi sin hablar hasta que volvieron a salir a la calle.

Mientras caminaban hacia la Quinta Avenida para visitar la exposición que había en la New York Public Library, como si quisieran recuperar el tiempo perdido, no dejaron de hablar. Elena le recomendó la novela *La coleccionista*, de Marie Benedict.

—Es la historia novelada de Belle da Costa Greene, la bibliotecaria de Morgan. Es sorprendente. Y ahora que has visto la biblioteca te gustará aún más.

—Tomo nota. Lo cierto es que hay gente con vidas fascinantes. Y no sé por qué me da la sensación de que tú eres una de ellas.

—Uy, qué va —Elena contestó casi avergonzada—. Seguro que la tuya es mucho más apasionante, con tanto anuncio, tanta campaña y tanto eslogan.

Guillermo se rio.

—El glamour del publicista. Te aseguro que no es tal. Y también te digo que...

No pudo terminar la frase porque su móvil comenzó a sonar. Mirando de reojo, Elena vio el nombre de Eva en la pantalla. Supuso que sería su mujer. Guillermo le hizo una señal de disculpa y se alejó para atender la llamada.

«Otro Roberto», pensó Elena, decepcionada.

Guillermo estuvo apenas unos minutos hablando con su mujer y su hijo, que acababa de volver del entrenamiento de fútbol.

—¿Hola? —Eva le hablaba desde el otro lado del Atlántico.

—Perdona, se fue la cobertura. ¿Qué me decías? —Guillermo miraba a Elena de reojo y deseaba volver junto a ella para seguir charlando.

—Nada, solo que estamos deseando que vuelvas. Sobre

todo Pablo, que no para de preguntar qué le vas a traer. ¿Por dónde andas ahora?

—Dando una vuelta por la Quinta Avenida. Están Jon y Lucía terminando de negociar números y no me necesitan.

—Vaya, ¿y estás solo?

Guillermo volvió a mirar a Elena, que le esperaba en la escalinata de entrada a la biblioteca, mirando el móvil mientras se sujetaba el pelo como si no quisiera despeinarse a pesar del viento que hacía.

—Sí, estoy solo.

Afortunadamente, Elena no lo oyó.

Elena estaba sujetándose el pelo como podía. No porque la peluca se fuera a volar, que ya había comprobado en situaciones peores que no ocurría tan fácilmente, sino porque se enredaba como el demonio. Decidió que a grandes males, grandes remedios y, con la esperanza de que el flequillo no se le aplastara demasiado —que esa era otra—, sacó de su bolso el gorro que llevaba para emergencias y se lo puso.

—Lo mismo ahí dentro te cueces con eso. —Guillermo había terminado de hablar por teléfono y había vuelto junto a ella, señalando la entrada de la New York Public Library.

Según entraron, Elena se quitó el gorro y se peinó con los dedos mientras él preguntaba dónde se exhibía la muestra que habían ido a ver. Durante más de una hora disfrutaron y volvieron a la infancia viendo el peluche original que inspiró a Alan Alexander Milne para crear el osito de Winnie the Pooh —uno de los personajes favoritos de Elena cuando era niña—. También pudieron admirar el escritorio de Charles Dickens o un bastón que perteneció a Virginia Woolf, además de diversos manuscritos y documentos originales. Para los dos la experiencia estaba siendo nueva, pues rara vez encontraban quien los acompañara a ver exposiciones como aquellas.

—He de decirte que, aunque soy una gran lectora y me apasionan estas cosas, tengo pocos amigos que compartan mis aficiones. ¡Ni mi propia hermana! Cualquiera diría que una de las dos es adoptada...

—Te entiendo, me ocurre lo mismo. A menudo tengo que ir solo en Madrid a ver exposiciones que me interesan, al menos cuando son relacionadas con libros. ¿Viste la última de la Biblioteca Nacional?

—¡Claro! Jo, pues yo también voy sola siempre. Si algún día te apetece, llámame, que es más entretenido cuando uno puede comentar las cosas con otra persona.

—Totalmente de acuerdo. Tomo nota.

Al terminar la visita entraron a echar un vistazo a la tienda de la biblioteca. Guillermo le compró dos libros a su hijo para que se fuese familiarizando con el inglés. Después los nuevos amigos eligieron la misma taza negra como recuerdo. Por un lado, tenía uno de los famosos leones, el símbolo de la biblioteca, y, por el otro, podía leerse la frase «*What are you reading now?*».

—Siempre me llevo una de cada lugar que visito —le dijo Elena mientras se acercaban al mostrador—. Así, cada vez que me tomo un café me acuerdo de un lugar o un momento concreto. Eso sí, dentro de poco en mi casa va a ser las tazas o yo.

—Bueno, espero que con esta te acuerdes de este día estupendo.

—¡Eso seguro! Aunque como no comamos algo ya, de lo que me voy a acordar es del hambre que he pasado.

Mientras se dirigían a Bryant Park, en cuyo mercado de Navidad comieron algo, fueron charlando sobre viajes y libros, sus dos grandes pasiones. Descubrieron que ambos eran amantes de García Márquez, pero diferían en literatura más moderna. Mientras a ella le parecía aburridísima Sally Rooney, a él le encantaba.

—No sé, quizá deba darle otra oportunidad. Pero de verdad que me empecé a leer *Dónde estás, mundo bello* y me quería cortar las venas. Me caían mal todos los personajes y, es más, me daba igual lo que les pasara. Al final tuve que dejarlo.

—Prueba con *Gente normal*. Apuesto a que te gustará.

—Hmmm... No estaría yo tan segura. Te daré un voto de confianza, pero como no me guste te lo tiro a la cabeza.

—Míralo así: si no te gusta se lo puedes regalar a alguien que te caiga mal.

—Que en ese momento, serás precisamente tú. —Elena le señaló con un dedo acusador y no pudieron evitar reírse.

—¿Sueles abandonar los libros que no te gustan?

—Pues antes me costaba mucho. Sentía que si lo empezaba, tenía que terminarlo. Pero reconozco que cada vez me cuesta menos abandonarlos... Hay demasiadas novelas buenas por leer y poco tiempo para invertirlo en historias que no me interesan.

—Opino lo mismo. He perdido ya la cuenta de los libros que he dejado a medias. Les doy noventa páginas y si a esa altura no me han conquistado..., a otra cosa.

—Es una buena cifra. Aunque yo aguanto veinte o treinta páginas, no más.

—Contigo los escritores lo tienen duro, ¿eh?

A Elena se le escapó una carcajada.

—Por eso escribo solo libros por encargo. No sabría someterme al duro juicio de los lectores.

—¿Nunca te has planteado escribir una novela?

—La verdad es que no. Supongo que no redacto mal, pero tener imaginación para construir una historia y unos personajes es otra cosa. Aunque, bueno —Elena recordó la profesión de su acompañante—, supongo que imaginación es precisamente lo que a ti no te falta.

—Más me vale... ¡Me quedaría sin trabajo! Pero coincido contigo. Construir una historia entera y desarrollarla de forma que el lector no se aburra ni se pierda... Me parece algo dificilísimo.

—Sigamos disfrutando como lectores, pues. —Elena sonrió y juntos caminaron hacia la pista de hielo que había en el centro de la plaza.

XII

Allí los encontraron Lucía y Jon gozando como niños cuando llegaron de trabajar. Se acercaron al borde de la pista de patinaje y los observaron durante unos minutos hasta que estos se percataron de su presencia y fueron hacia ellos.

—Madre mía, cómo patina tu hermana, Lucía... ¡Imposible alcanzarla! ¿Os criasteis en Laponia o qué?

Mientras Elena se deslizaba ágilmente sobre el hielo, Guillermo lo hacía casi con la lengua fuera y con dificultades para mantener el equilibrio.

—Pues te diré que soy bastante torpe en los deportes, pero este por algún extraño motivo se me ha dado bien... ¡Por eso es el único que me gusta! —Elena le pasó el brazo por el hombro—. Pero he de decir que esperaba más de ti, señor creativo... Bueno, chicos, ¿qué tal ha ido en la agencia?

A Jon y Lucía se les notaba la satisfacción en el rostro. Venían de buen humor tras una productiva jornada en la que habían avanzado en aspectos fundamentales del acuerdo y habían conseguido firmar. A la mañana siguiente pasarían por la agencia únicamente para despedirse antes de coger el vuelo de vuelta a Madrid por la tarde.

—Eso merece una celebración —los animó Guillermo—. ¿Por qué no vamos a tomar algo? Se comenta que lo de irse de cócteles la última noche en un viaje de trabajo es una tradición. Y conozco un sitio estupendo.

—Por mí, genial, pero vamos a comer algo antes, que a mí el alcohol se me sube mucho y lo que hemos picado aquí ya lo he quemado patinando. —Las mejillas sonrosadas de Elena daban fe del buen rato que llevaban dando vueltas a la pista de hielo bajo el hechizo de la música navideña y las luces, con el Empire State, el One Vanderbilt y la New York Public Library como telón de fondo.

A Lucía no le pasó desapercibida la cara de felicidad de su hermana e intentó recordar, sin éxito, cuándo fue la última vez que la había visto tan contenta.

Una hora después estaban eligiendo qué cenar en un restaurante chino a un par de manzanas de Bryant Park. Se les había antojado un asiático y hacía demasiado frío para comer sushi. Jon conocía aquel lugar de uno de sus viajes anteriores.

—Voy a sacar mi vena infantil —les confesó una vez que pidieron—. Me encantan las galletas de la fortuna. No entiendo por qué en Madrid no las ponen en todos los restaurantes.

—Porque no todo el mundo es tan friqui como tú, querido... —le dijo Lucía sonriendo—. No te preocupes, que te cederé la mía.

—¡No! ¡Sacrilegio! —La expresión de horror de Jon les arrancó una carcajada a todos—. El mensaje que contienen es personal e intransferible. Pero, vale —añadió—, para ti el mensaje y para mí la galleta.

Comenzaron la cena charlando animadamente sobre temas a priori banales: cómo habían encontrado Nueva York —todos la conocían—, lo corto que se les había hecho el viaje y los planes que tenían para Navidad. Según fue circulando el vino, como suele ocurrir, las conversaciones fueron haciéndose más personales: sueños por cumplir, viajes por hacer, arrepentimientos...

Jon anhelaba comprarse una casa. Por el momento vivía de alquiler —nada mal— en un apartamento pequeño, pero con grandes ventanales a la plaza de Olavide. Era un chollo, pues la propietaria era una amiga de sus padres que se había ido a vivir a las afueras y por cuestiones sentimentales quería mantener su apartamento de soltera.

—Aunque yo creo que más bien es por si acaso se divorcia y necesita un lugar decente al que volver. En todo caso —añadió—, es como si yo estuviese viviendo su vida veinte años por detrás, aunque pienso que ha llegado el momento de dejar el centro de Madrid y salir al extrarradio, con silencio y zonas verdes.

—Bueno, el centro de la ciudad es infernal, sobre todo si tienes niños pequeños. Tu hijo ya es mayor... —intervino Lucía—. Para mí la zona en la que estoy, Mirasierra, es ideal. Es Madrid con todas las facilidades que conlleva, pero tenemos muchísima zona verde y un ambiente muy de barrio. Todos los amigos de mis hijos viven por ahí y eso hace la vida muy cómoda en una ciudad como la nuestra.

—Yo es que voy más allá. Quiero todo eso, pero en una casa con jardín. Aspiro a tener más hijos algún día y quisiera darles esa calidad de vida que tuve de niño. También os digo que ya me puedo poner a ahorrar desde hoy, porque con el tren de vida que llevo, ni casa, ni jardín ni una triste plaza de garaje. Vivo gastando como si el mes que viene me fueran a ingresar por error la nómina de Cristiano Ronaldo. Y eso que soy financiero. Pero ya se sabe, en casa del herrero... Cualquier día los de la ONG con la que colaboro me hacen a mí beneficiario de sus ayudas.

—¿Sabes? —Elena intervino por primera vez—. Te pega mucho ser padre de una niña.

—Coño, ¿y eso por qué? —Jon la miró entre sorprendido y divertido.

—No sé. Pero soy un poco bruja, que te lo diga mi hermana. Apuesto a que en menos de cinco años tienes tu casita con jardín y una niña correteando por él.

—Brindemos por ello. —De repente a Jon le habían entrado muchas ganas de que ese futuro estuviese a la vuelta de la esquina.

Antes de que la conversación pudiera continuar llegó el momento tan esperado por Jon: las galletas de la fortuna.

—Venga, empiezo yo. —Lucía no vaciló y rompió la suya—. «Pronto encontrarás la paz». Joder, suena a descanso eterno. Como coger el 71. ¿Sabéis que en Viena ese es el tranvía que lleva al cementerio y que cuando alguien está ya más en el otro barrio que en este se dice que va a coger el 71? Pues suena un poco a lo mismo. Eso o meto a mis hijos en un internado un añito. No veo cómo alcanzar la paz de otro modo...

—¡No serás capaz! —saltó su hermana al instante, horrorizada ante la idea de no ver a Jaime y Miguel durante un año entero.

—Pues si me lo dices ahora mismo, les ayudo a hacer las maletas, pero sé también que en cuestión de una semana me estaría arrepintiendo. El eterno dilema de las madres separadas... Ni con ellos ni sin ellos puedes vivir. Intento concentrar todas mis gestiones en la semana que están con su padre para no quitarles tiempo a ellos y a la vez no echarlos tanto de menos, pero casi no me cunde y al final estoy deseando que vuelvan. La semana que les tengo en casa estoy feliz... y tan agotada que cuando se van solo quiero meterme en la cama. También tengo pesadillas recurrentes con que los dejamos tirados en algún sitio y nos olvidamos de ellos pensando que están con el otro... En fin, *perks* de la custodia compartida, de tener una relación tan buena y estar cambiando turnos todo el día. Así que ojalá la *cookie* esta tenga razón y conozca la paz antes de conocer el descanso eterno... —Lucía alzó su copa y todos brindaron.

Jon no aguantaba más. Necesitaba abrir su galleta y ver lo

que el destino le deparaba. Era su momento favorito de la noche. Se entretuvo más de la cuenta en partirla por la mitad y desenrollar el mensaje. Disfrutaba con el suspense. Era un dramático, como le decía siempre su hijo. No podía evitarlo. Todos permanecieron en silencio mientras la leía para sí mismo. Jon sonrió y mostró el mensaje: «Pronto te verás en el hogar de tus sueños».

Guillermo nunca había creído en aquellas bobadas y ni siquiera le gustaba el sabor demasiado dulce —en todos los sentidos— de esas galletas, pero decidió seguir el juego. Sentado junto a Jon, había llegado su turno. Con todo el ceremonial que su compañero de mesa esperaba de él, procedió a la solemne apertura del mensaje.

Según lo leyó confirmó su posición al respecto.

—«Te espera un año lleno de viajes». Creo que la galleta se ha equivocado de destinatario. —Arrugó el papel y se lo pasó a Elena, sentada junto a él—. Seguro que era para ti.

—Pero ¡si me dijiste que te encantaba viajar! —contestó ella, confundida.

—Y no te mentí. Pero me he buscado mala compañera de vida para ello. Mi mujer tiene pánico a volar desde que hace muchos años en un vuelo por trabajo a Berlín tuvieron que hacer un aterrizaje de emergencia. Volvió en autobús y jamás ha vuelto a coger un avión.

A Elena, viajera empedernida que guardaba todos sus ahorros para seguir conociendo un mundo que no se acababa nunca, aquello le pareció la peor de las pesadillas. Por una parte, entendía a Eva, ella también lo pasaba mal durante los vuelos, pero a pesar de todo no podía renunciar a conocer todos los lugares que le esperaban y le quedaban por conocer o a revisitar aquellos donde tan feliz había sido.

—¿Y qué hacéis? —Apenas le salían las palabras—. Quiero decir, ¿no ha vuelto a viajar por trabajo? ¿Y adónde vais cuando tenéis vacaciones?

Elena tenía tantas preguntas que no sabía ni por dónde empezar a formularlas.

—Pues trabaja en una galería de arte. El viaje a Berlín fue para asistir a una exposición de un nuevo artista cuya obra querían llevar a Madrid, pero desde entonces este tipo de viajes los hacen otros compañeros. Ella no ha vuelto a ir a ningún lugar a donde no pueda llegar en tren. Y nuestras vacaciones las pasamos en la playa. Sus padres tienen un apartamento en la costa del que casi nos hemos adueñado. Pablo encantado, claro. Parece un pez. Estar junto al mar es lo que más le puede gustar en la vida. —Su rostro se iluminaba cada vez que mencionaba a su hijo—. Alguna vez cogemos el coche y nos escapamos a Portugal o al sur de Francia. Pero poco más. Confieso que este es el viaje más apasionante que he hecho en los últimos quince años.

—Me lo puedo imaginar... Te admiro, en todo caso. No sé si yo sería capaz de compartir mi vida con alguien con quien no pudiera disfrutar de mi mayor pasión. Debes de quererla mucho para que te compense.

—Sí, la verdad es que sí.

La dulce sonrisa de Guillermo conmovió a Elena y pensó que era bonito que te quisieran incluso con tus fobias limitantes sobrevenidas.

XIII

Elena sabía que con la edad se iba convirtiendo en una persona más especial e iba adquiriendo diversas manías y le costaba menos establecer ciertas líneas rojas. Es ley de vida. Era consciente de que cada vez era más tiquismiquis. Una de sus líneas rojas era que se veía incapaz de compartir su vida con alguien a quien no admirara, que no tuviera inquietudes e intereses medianamente profundos, más allá de ir al gimnasio o leer revistas de coches.

Aún recordaba a aquel chico con el que había empezado a salir pre *ministerio-gate*. Cuando tras dos citas se metió en su Instagram —Elena había descubierto que aquella era una buena forma de conocer a una persona y descubrir sus gustos e intereses— y vio que solo seguía cuentas de chicas guapas —y solo es SOLO; no había ni una sola cuenta de viajes, música, libros, decoración... algo medianamente relacionado con la cultura—, le dio largas y no volvió a verle. Necesitaba estar con alguien que tuviera sueños e ilusiones. Y que a su vez la acompañara en el camino hacia los suyos.

Otro elemento fundamental para que barajara mantener una relación con alguien era que compartiera con ella al menos alguna afición. Evidentemente, tampoco pedía que fuese su espejo, pero tenía que haber un punto de conexión. Si no, serían dos burbujas flotando en el vacío sin tocarse.

Sin duda, Guillermo y Eva tendrían algo en común. Él parecía quererla mucho.

Pero —pensó— ¿y si lo que tienes en común de repente desaparece? Como la capacidad de viajar, en este caso. ¿Qué haces? ¿Puedes ser feliz? ¿Seguir con la misma persona? ¿O es que la quieres ya tanto que estás dispuesto a sacrificar parte de tu vida por seguir junto a ella?

XIV

—Pero viajarás con amigos o algo, ¿no? —A Jon le parecía igual de inconcebible que a Elena el hecho de no salir de la península ibérica e intentaba descubrir cuál era la vía de escape de Guillermo, porque estaba claro que tenía que haber alguna.

—La verdad es que Eva me anima constantemente a que lo haga. Al principio hice alguna escapada con amigos, pero ya todos están casados y con parejas que viajan y cogen aviones, así que como mucho hacemos un viaje de colegas cada cuatro o cinco años. Y no le veo la gracia a viajar solo, la verdad. Soy de los que piensan que un viaje se disfruta más en compañía.

—Estoy de acuerdo —intervino Elena—. Y eso que yo viajo mucho sola, pero el poder comentar las cosas con alguien no tiene precio. O reírse de la torpeza de algunos patinando —se rio mientras le daba un ligero codazo a Guillermo para ahuyentar un poco el velo de tristeza de la conversación.

En aquel momento una luz se encendió en la cabeza de Elena. Tenía frente a sí una persona simpática, amante de los viajes, pero sin la posibilidad de hacerlos. Por otro lado, ella estaba deseando recorrer el mundo y llevaba dos años hibernando. Ahora, las pocas veces que viajaba, lo hacía sola por su reparo a pasar las veinticuatro horas con alguien. No quería compartir habitación de hotel ni con sus amigas más íntimas, por el miedo a que la vieran sin peluca al acostarse. Una idea comenzó a germinar, pero tenía sus riesgos. Por eso no quiso decir nada en voz alta. No todavía.

Solo quedaba una galleta por abrir y era la suya. Sin miramientos, la partió en dos. Tampoco creía en aquellas cosas de la fortuna, el horóscopo o leer las líneas de las manos o los posos del café. Pero si decían algo positivo... Entonces ¿por qué no creerlo? Su fe en aquellas cuestiones era por conveniencia. Y lo que le salió en el interior de la galleta le gustó: «Una amistad intensa y trascendental llegará pronto a tu vida».

XV

La noche terminó, tal como habían acordado, tomando unos cócteles para celebrar el éxito del viaje. El lugar elegido fue The Campbell, uno de los bares más bonitos de Nueva York, con paredes de caoba, sillones de terciopelo, una imponente chimenea y techos de más de siete metros de altura.

—¿Cómo descubriste este sitio? —preguntó Elena a Guillermo mientras atravesaban la puerta del local, bastante escondida en un lateral de la Grand Central Station.

—Un poco por casualidad. Lo vi en una película, me llamó la atención, investigué... y en un viaje a Nueva York con amigos hace varios años vinimos a tomar unas copas.

Mientras los conducían a la mesa y les dejaban la carta de cócteles, Guillermo les contó la historia del local, cuyo nombre se debía a John Campbell, que se lo alquiló a William Vanderbilt II —cuya familia era la dueña de la Grand Central Station— para instalar en él su despacho. Campbell decoró el lugar inspirándose en los palacios florentinos del siglo XIII. Cuando murió, se convirtió en una pequeña prisión y posteriormente en un almacén de la policía en el que depositaban las armas requisadas. Fue en 1999 cuando lo abrieron al público, y el bar era efectivamente tan bonito que había aparecido en numerosas series y películas.

—Por un viaje breve pero muy productivo. —Lucía alzó su copa.

—Con invitada sorpresa incluida. —Guillermo le guiñó un ojo a Elena.

—Gracias por haberme acogido tan bien. Lo he pasado fenomenal. Al contrario de lo que me dijo mi hermana, no sois nada muermos.

—¡Oye, no inventes! —Lucía protestó indignada.

A la primera ronda de cócteles siguió otra. El tamaño de las copas era pequeño, pero iban bastante cargadas, por lo que Jon y Lucía se pasaron al Faux Aperol Spritz, una de las opciones sin alcohol que había en la carta. Las risas no cesaron y ninguno tenía ganas de regresar al hotel.

—Yo propongo aprovechar que nuestra invitada sorpresa se ha bebido ya casi dos Midtown Cosmo del tirón para sonsacarla un poco... Que lo sabe ya todo de nuestras vidas, sueños y aspiraciones y ¡apenas sabemos nada de ti! —Jon miró a Elena con ojos interrogantes y Guillermo le siguió.

—Venga, es verdad. Seguro que tu hermana lo sabe todo de ti, pero yo de momento lo único que sé es que patinas muy bien sobre hielo y que tienes un gusto literario bastante peculiar.

—Vaya, lo dijo el amante de Sally Rooney...

—Querida, millones de lectores avalan mi gusto.

—Bla-bla-blá —Elena se burló de él. En el fondo le daba igual lo que leyera. No coincidían en la autora irlandesa, pero sí lo hacían en muchas otras cosas.

—Lo que se habla en Nueva York se queda en Nueva York. Elena los miró, en broma, con gesto serio y solemne.

—Prometido. —Los dos hombres levantaron su mano derecha.

Apoyada en la fuerza —o inconsciencia— que le habían dado los dos cócteles, Elena se lanzó a contarles aquello de lo que no había vuelto a hablar con nadie, salvo con su hermana, en los dos últimos años. Lucía se preguntó hasta dónde iba a contar. Pronto lo sabría.

—Tras terminar Periodismo estuve trabajando en un periódico local y luego en una radio, pero no terminaba de encontrar mi sitio. El descontrol de horarios, de días libres... Yo tenía espíritu de funcionaria. Os preguntaréis que por qué estudié Periodismo. Pues porque me gustaba escribir y comunicar. No pensé en cómo sería mi futuro laboral. Total, que preparé unas oposiciones no muy complicadas y saqué una plaza en el Ministerio de Industria.

Elena sonrió recordando aquellos primeros años en el ministerio, que habían sido los más felices de su vida laboral.

—A los pocos meses de incorporarme parecía que llevaba allí media vida. Hice un buen grupo de amigas, con las que bajaba a desayunar cada día. Gema, Carolina, Ana, Silvia, a veces Miriam y Alicia... —A Elena se le iluminaba la cara recordando a sus antiguas compañeras—. El mollete del desayuno era sagrado. Eso sí, el entorno era de lo más rancio. Si has ido a ver a Ubaldo allí alguna vez lo sabrás —se dirigió a Guillermo, que asintió.

—Nada que ver con la agencia de publicidad, doy fe. Una mezcla entre prisión franquista y *Cuéntame cómo pasó*.

—Pues eso. Todo era muy casposo, pero la gente era maravillosa y lo compensaba. Es increíble lo que varía el ambiente de trabajo del sector privado al público. Allá donde la gente no tiene miedo de perder su empleo no hay malos rollos, ni puñaladas, ni trepas. Hasta se camina a otro ritmo; a ritmo de museo, como decía un compañero —sonrió recordando la gracia que le había hecho la expresión—. Siempre hay excepciones y algunos se creen que están en Deloitte en vez de en un ministerio, pero son los menos. Incluso la relación con los superiores era más fluida.

Lucía contuvo el aliento.

—Tanto, de hecho, que entablé una buena amistad con el que era mi jefe. Y compañero de Ubaldo, por cierto. —Elena miró de nuevo a Guillermo, que de repente empezó a intuir hacia dónde iba aquella historia.

Su propio amigo se la había contado a modo de chascarrillo hacía un par de años, pero jamás hubiera imaginado que Elena era la protagonista de lo que Ubaldo había definido como «lo más fuerte que ha pasado en el ministerio en los últimos diez años». Sintió pena por aquella chica que tan mal lo había pasado.

—En fin, por no hacerlo más largo y no entrar en detalles escabrosos... Solía bajar a desayunar con mis amigos, pero muchos días me iba a comer con mi jefe, incluso aprovechábamos ese rato a mediodía para ir a dar un paseo o acercarnos a una librería que había cerca del trabajo... Compartíamos intereses y aficiones.

—¿Tuviste un lío con él? —Jon también estaba viendo venir la historia, o eso creía.

—No. Cometimos un crimen peor. Nos convertimos en buenos amigos.

—Mujer, eso no es ningún crimen...

—Créeme, sí que lo es. ¿A cuántos hombres heterosexuales conoces que estén casados o en pareja y mantengan una amistad estrecha con una mujer soltera?

El silencio se hizo en la mesa.

—Pues eso.

El famoso autor irlandés Oscar Wilde llegó a escribir que entre un hombre y una mujer no hay amistad posible: que hay amor, odio, pasión, pero no amistad.

XVI

Mientras seguía con el relato, Elena miraba de reojo a Guillermo. No tardó en darse cuenta de que este había comenzado a atar cabos. Ella se había querido adelantar y contárselo antes de que se enterara por su amigo, pero no había pensado que ya conocería la historia.

—Nunca supimos quién fue, pero al cabo de unos meses, desde el buzón oficial de la subsecretaría en la que yo trabajaba, se envió un correo electrónico masivo a más de mil destinatarios en el que se decía que mi jefe (por aquel entonces casado) y yo teníamos una aventura. Mi compañera Alicia, que era un amor, me mandó un mensaje para alertarme cuando me estaba tomando el café en casa antes de ir al trabajo. Pensé que era una broma... Abrí el correo en el móvil y allí estaba. El mensaje llegó a todos los buzones oficiales del ministerio, al gabinete de prensa, al del ministro, a la empresa que estaba llevando a cabo las obras del edificio, a los organismos dependientes del ministerio... Durante los días siguientes recibí llamadas de compañeros de colegio y de universidad e incluso del periódico en el que había trabajado. Parece que no quedó nadie por enterarse. Ni siquiera tú. —Elena miró a Guillermo, que se puso rojo enseguida.

—Conocía la historia, sí. Pero no sabía que eras la desafortunada protagonista.

—Ya me imagino.

—¿Y nunca averiguaron quién fue? No me lo puedo creer.
—Jon, el único que no conocía la historia de antemano, estaba turbado con aquel enredo que parecía sacado de una película mala de las que ponen los fines de semana después de comer.

—Nunca. Fue enviado desde un buzón al que tenía acceso mucha gente. Demasiada. Lo que sí hicieron como medida preventiva a raíz de aquello fue bloquear los envíos masivos de *e-mail*. Desde entonces solo se pueden enviar desde Recursos Humanos, Servicios Generales y los correos de los directores.

—Pero tendrías tus sospechas...
—Bueno —Elena hizo gala de esa prudencia que pocas veces en la vida le había fallado—, una siempre tiene sus dudas, pero ya da igual.

—Dará igual ahora, pero supongo que no lo pasarías nada bien en aquel momento. —Guillermo se compadecía sinceramente.

—Pues imagínate esa entrada en la oficina, con todo el mundo mirándome... El silencio se fue haciendo a mi paso. Durante días la gente me abría la puerta, me dejaban pasar en la cola de la cafetería... Debían de pensar que el contenido del *e-mail* era cierto y que me tenían que rendir pleitesía por ser la querida del jefe. Fue una auténtica pesadilla.

Por un momento, Lucía dudó si Elena iba a contar lo que vino después. Si serían ellos las primeras personas a las que les explicaría que aquel episodio le había generado tal estrés que había desembocado en un brote de una enfermedad autoinmune que le había hecho perder todo el pelo. Que sufrió tal depresión que estuvo varios meses de baja y muchas semanas hasta que se atrevió a salir de casa con una peluca. Y que terminó pidiendo una excedencia, porque nunca tuvo la fuerza suficiente como para volver al ministerio.

Le hubiera gustado que verbalizara aquello para que se diera cuenta de que la gente no daría importancia al hecho de que llevase una peluca. Pensó que Jon y Guillermo eran el público de prueba ideal, estaba segura de que tendrían una reacción natural y cariñosa con su hermana. En todo caso, Lucía sabía también que no debía de ser nada fácil. Por eso entendió cuando Elena terminó su relato explicando cómo había cambiado su vida y cómo desde entonces se había dedicado a escribir esos libros por encargo.

—Madre mía, yo creo que el cóctel se me ha subido demasiado. —Elena se llevó las manos a la cabeza—. Os juro que no suelo hablar tanto, mi hermana os lo puede decir. ¡Y basta ya de tristezas! Que esto parece la cena aquella de la peli de *Notting Hill,* con todos contando sus penurias...

—Perdón, ha sido culpa mía. —Jon alzó la mano—. Si queréis os cuento las mías para compensar.

Y así fue como un grupo de dos hombres y dos mujeres abrieron sus corazones y hablaron frente a unos cócteles sobre las penas, arrepentimientos y culpas que arrastraban. Pero intercambiaron sobre todo anécdotas divertidas, como cuando Elena se fue a navegar por las islas griegas con unos amigos y se le cayó el móvil por la borda mientras chateaba con su hermana.

—Allí se debió de quedar, en el fondo del mar con Bob Esponja —se lamentó Elena aún entre risas.

—Y yo aquí un día entero pensando que la que estaba en el fondo del Egeo era mi hermana. Hasta que conseguí localizar a su amiga Miriam...

—Que, por cierto, fue la culpable del incidente. Nos íbamos a hacer un selfi en la proa del barco, mi amiga patinó, cayó sobre mí... y ¡pum! Móvil al agua.

—Yo tengo bastantes de estas... Confieso que soy bastante torpe —reconoció Guillermo.

Elena pensó que tenía aspecto de serlo; torpe y despistado. Probablemente el amigo con el que te ríes hasta el infinito pero que como pareja puede llegar a sacarte de quicio. No se equivocaba.

—Soy un gran aficionado a la fotografía, me divierte muchísimo. Cuando voy conduciendo y veo un lugar que me gusta, paro y me bajo para sacar una foto. No puedo evitarlo. Dejo las gafas de sol sobre el coche... —el desastre se veía venir, pensaron los demás— y cuando he terminado el reportaje, me pongo de nuevo al volante y arranco. Sin recoger las gafas, claro. He perdido por las carreteras de España alrededor de veinte pares en los últimos años. Mi mujer ha establecido un presupuesto anual y, si me paso, tengo que apañarme con una gorra de mi hijo.

Y así se fueron contando una anécdota tras otra, llenando de risas, que llegaron en ocasiones a las lágrimas, el bar más bonito de Nueva York. No dejaban de ser cuatro jóvenes que habían vivido varias vidas en una. Cuando regresaron al hotel, se sentían un poco más ligeros —y también más borrachos—. Mientras entraban al vestíbulo por la puerta giratoria, Elena tuvo la sensación de que aquella noche se había formado entre ellos un vínculo que no se rompería fácilmente.

XVII

—Espero no haberme excedido con el peso después de tantas compras... Si no tendré que meter algo en tu maleta.

Elena y Guillermo estaban en la cola para facturar el equipaje. Jon y Lucía habían viajado solo con una maleta de mano, así que se habían adelantado y habían ido ya hacia el control de seguridad. Los esperarían dentro tomando un café.

—Es lo que tiene comprar tantos libros, amiga mía. ¡Mientras nosotros trabajábamos, has vaciado las librerías de la ciudad!

—Tal cual. Es mi debilidad, qué le voy a hacer. —Elena se encogió de hombros—. Tengo que viajar a más países cuyo idioma no hable, es la única manera de contenerme.

—¿Tienes ya algún viaje a la vista? —A Guillermo le costaba disimular la envidia sana que le producía el que Elena pudiese planear viajes alegremente.

—Yo siempre tengo un billete comprado. Si no tengo un viaje en el horizonte me entra ansiedad. ¡No te rías! Otros se ilusionan con el último modelo de móvil o con un par de zapatos. Lo mío son los viajes.

—Como vicio, viajar me parece el mejor. Coincido contigo. Ojalá pudiera ejercerlo. Tenerlo ya lo tengo.

Elena sintió pena por él.

—Quizá deberías hacer caso a tu mujer, y emprender algún viaje, aunque sea solo. De verdad, que no está tan mal.

—Quizá...

XVIII

Guillermo echó la vista atrás y recordó esos años —no muchos— en los que Eva y él habían podido viajar juntos. Desde algunas escapadas que hicieron de novios a Praga, Viena o Florencia hasta su luna de miel recorriendo la Costa Oeste de Estados Unidos durante tres semanas: San Francisco, Yosemite, Death Valley, Las Vegas, el Gran Cañón, Los Ángeles, San Diego... Se preguntó cómo era posible que Eva no echara de menos aquello, esa adrenalina de descubrir lugares nuevos.

Aunque sus suegros tenían una casa en la playa de la que ellos estaban sacando ahora más partido del que hubiera imaginado jamás, Eva y él siempre habían dicho que nunca invertirían en una segunda residencia. Lo que realmente les gustaba era descubrir lugares desconocidos, recorrer Europa, cruzar el charco. Eso fue antes de que a Eva le entrase el pánico a volar. Soñaban con viajar a Asia y explorar un nuevo continente. Sabían que si invertían en una segunda residencia, se sentirían obligados a ir allí cada verano y muchos de los puentes a lo largo del año.

Si alguien le hubiera dicho en aquel momento que al final no tendrían ni segunda residencia ni opción de recorrer el mundo, habría pensado que se estaban quedando con él. Cuando se casó con Eva veía muchas cosas en su futuro; algunas se habían cumplido y otras aún no. Pero lo que nunca vio venir fue el cierre de las fronteras para ellos.

No obstante, Guillermo era un hombre que se conforma-
ba con todo —o eso le gustaba creer— y se había acostumbrado a aquella vida. Al fin y al cabo, no podía culpar a Eva; los
miedos eran así, irracionales. Se querían y eso era lo más importante.

XIX

Unas trece horas después, con pocas horas de sueño, Elena y Guillermo esperaban sus maletas en el aeropuerto de Barajas.

Elena miró a su acompañante mientras este le hablaba de las innumerables virtudes de un antifaz para dormir mejor en los vuelos. Le hacía gracia su aspecto de recién levantado. Confirmó la primera impresión que tuvo de él. Era lo que proyectaba: una persona sencilla, con buen corazón. Sin dobleces ni lado oscuro. O al menos eso parecía. Aunque la vida le había demostrado en varias ocasiones que la gente siempre tiene la capacidad de sorprenderte, con Guillermo tenía un buen pálpito. Sus intereses y su sentido del humor eran además muy similares a los suyos. Lo que en un mundo ideal uno llamaría un amigo.

Por desgracia, Elena había aprendido que en este mundo tener un amigo del otro sexo, heterosexual y con pareja, era una utopía. Y un pecado mortal por el que uno podía ser duramente castigado. Sintió una punzada en el corazón. Pocas veces había conectado tan bien con alguien. Y en apenas unos minutos tendría que despedirse de esa persona, probablemente para siempre.

Lo que Elena no sabía era que mientras se dirigían a la zona de los taxis, Guillermo iba pensando lo mismo.

¿Cuáles eran las probabilidades de cruzarte en tu vida, a esa edad, con una persona con la que no faltara la conversación, con la que harías mil planes, y sin las complicaciones que el amor podía llevar aparejadas?

Aunque él había sido siempre de esas personas que tienen a sus colegas de toda la vida y pasada una edad ya no hacen nuevas amistades, salvo excepciones muy concretas, miró a Elena y se dio cuenta de que no le importaría en absoluto convertirse en su amigo. Suspirando, se acercó hasta el lugar que ella ocupaba en la fila.

—¿Cómo es que no te has ido con tu hermana en el taxi? —Jon y Lucía habían salido ya hacía un buen rato, pues no tuvieron que esperar las maletas.

—Somos hermanas, pero no vivimos juntas. Tenemos ya una edad... —Elena sonrió—. Ella vive en Mirasierra y yo por el Paseo de la Habana.

—¿En serio? ¡Yo también!

—Venga ya, no te creo. Misma facultad, mismo barrio... ¿Seguro que no nos hemos visto antes?

—Me habría quedado con tu cara. —Guillermo sonrió—. ¿Compartimos taxi? Paga la agencia.

—Siendo así..., ¡sin dudarlo!

Se sintieron afortunados por poder compartir un rato más juntos.

La primera parada fue la casa de Elena.

—Bueno..., gracias por el viaje. Por todo.

Costaba despedirse.

—Nos veremos por el barrio.

—Quizá. —Elena no confiaba mucho en ello, pero por si funcionaba, añadió—: Suelo bajar a escribir ahí enfrente.

Señaló hacia Eggocentrico, una agradable cafetería-pastelería que casi se había convertido en su despacho.

—Si algún día quieres un café, ya sabes dónde encontrarme.

—Tomo nota.

Elena se bajó del coche y esperó a que el taxista le diera su maleta. Se despidió de Guillermo con la mano y caminó hacia el portal mientras buscaba las llaves en el bolsillo del abrigo.

—¡Elena!

Se giró y vio que Guillermo había bajado la ventanilla.

—Yo sí creo que es posible la amistad entre un hombre y una mujer, aunque uno tenga pareja.

Sonrieron.

Aquello había pasado de ser un «adiós» a un «hasta pronto». Intuyeron que sus caminos no tardarían en volver a cruzarse.

XX

Transcurrieron semanas después del viaje a Nueva York y los tres compañeros de trabajo volvieron a su rutina. La integración con la agencia estadounidense había sido un éxito y, gracias a ella, estaban gestionando campañas más importantes que las que solían llevar. Tanto Jon como Lucía, pero sobre todo Guillermo, trabajaron sin parar, incluso durante las vacaciones de Navidad. No obstante, pudieron disfrutar de algún día para pasarlo en familia.

Las dos hermanas celebraron la primera mitad de las fiestas con Jaime y Miguel. Ya eran casi dos adolescentes, pero su madre se encargaba de que el espíritu de la Navidad continuara imperando en casa. Hasta Lío participaba, disfrazado de Papá Noel, con gorro y botas negras. El pobre golden retriever era más bueno que un santo.

Durante aquellos días en los que uno se pone especialmente melancólico, Elena estuvo tentada de escribir a Guillermo para felicitarle las fiestas, pero fue Jon el que se adelantó. A través de un grupo de WhatsApp que habían creado y del que ninguno de los cuatro se había salido, les envió una cálida felicitación. El mensaje fue disuasorio para Elena, que también se limitó a felicitarles las fiestas a todos a través del chat.

«Mejor así», pensó. Había quedado tan tocada por su historia en el ministerio que no quería volver a dar motivos para hablar a nadie, así que evitó los mensajes privados. No fueron pocas las ocasiones en las que se acordó de Guillermo, pues cada vez que veía un anuncio de la cadena de hamburgueserías que le había lanzado a la fama se acordaba inevitablemente de él. Igual que cuando se preparaba un café en casa en aquella taza que habían comprado en la New York Public Library. ¿La utilizaría él también? ¿Se acordaría de ella al hacerlo?

XXI

Era casi febrero cuando se produjo un inesperado encuentro. O al menos inesperado para Elena, que como muchas mañanas se encontraba escribiendo en Eggocentrico en una mesa junto a la ventana. Había helado por la noche. Concentrada en la redacción de un nuevo libro sobre las mejores cien películas de las últimas décadas, no reparó en la persona que había entrado al local hasta que se sentó frente a ella.

—Pero ¡bueno!

La enorme sonrisa de Guillermo contagió a Elena. ¿Sería posible que tantas semanas después recordara que le había dicho que solía bajar a escribir a ese lugar?

Se dieron dos besos y Elena cerró su portátil.

—Tenías razón, este café está muy rico.

—Pues tienes que probar el frapé en verano. Para morirse. Pero no me creo que hayas venido hasta aquí solo por sus estupendas bebidas calientes...

—¡Si vivo a dos manzanas! Y siempre escucho las recomendaciones de gente con buen criterio.

—Uy, pues entonces escucha una que te voy a dar. —Con un gesto, le invitó a que se sentara—. Me estoy leyendo una novela que me tiene loca. No es Sally Rooney, pero creo que te encantaría.

Elena le enseñó el libro al que estaba enganchadísima: *El descontento*, de Beatriz Serrano. No se olvidaba de meterlo en el bolso. Ya a la altura del segundo capítulo estuvo a punto de mandarle un mensaje a Guillermo para recomendárselo —imaginó que trabajando en una oficina iba a morirse de risa, como lo hacía ella con cada giro de la protagonista—. No obstante, se había contenido. Poco podía imaginar que unos días después tendría ocasión de decírselo en persona.

De la novela pasaron a comentar la serie de moda en Netflix, que ambos estaban viendo, y de eso al libro que ella estaba escribiendo y la campaña en la que él andaba inmerso. La complicidad entre ellos era evidente y Elena pensó en cuánto había echado de menos charlar con él, incluso de las tonterías más absurdas.

—Bueno, espero que ya me hayas perdonado mi animadversión hacia Sally Rooney... —le dijo Elena cuando la conversación volvió a girar sobre libros.

—Totalmente. No he venido por el café, me has pillado. —Guillermo se acomodó en la silla sujetando nervioso la taza de café ya vacía y pensó en cómo decirle, sin parecer un loco, lo que llevaba semanas pensando—. He venido a hacerte una propuesta.

Elena le miró intrigada.

—Soy toda oídos.

Lo que vino a continuación se había estado cocinando en la cabeza de Guillermo desde que habían vuelto de Nueva York. Le había dado mil vueltas y había pasado por todas las fases, desde pensar que era una idea magnífica hasta que era la peor del mundo. Pero lo que tenía claro es que ellos dos serían unos compañeros de viaje magníficos.

Aún sentía algo de escepticismo ante los peligros que conllevaba, pero no quería darle la razón a todo el mundo y ser una de esas personas rancias y antiguas que no creían en la amistad entre un hombre y una mujer. Porque él creía de verdad. No tenía el más mínimo interés romántico en Elena; era una chica guapa y muy simpática, pero no era su estilo. Además, él estaba enamorado de Eva, que era precisamente lo que le daba miedo de aquel plan tan... ¿loco?

Estuvo dándole vueltas durante días hasta llegar a la conclusión de que no era ninguna insensatez. De hecho, era una buenísima idea que iba a hacerlos felices a ambos. Solo esperaba que Elena opinara lo mismo. Cómo se lo contaría a Eva, si Elena aceptaba, lo pensaría después.

—A ver, repíteme el plan.

Elena tuvo tentaciones de pellizcarse.

—¿Por qué no viajamos juntos? Tú me dijiste que hiciera caso a Eva y que viajara solo, pero no es lo mío. Al menos no para hacerlo siempre. Contigo lo pasé fenomenal en Nueva York y creo que seríamos unos estupendos compañeros de viaje. No puedo ser el único que piense que hacemos un buen equipo. —Guillermo hizo una pausa para tomar aire—. Te propongo que hagamos una escapada a mi ciudad favorita, que me guardo en secreto de momento. Luego iremos a la tuya. También a alguna que no conozcamos ninguno de los dos. Tengamos siempre un billete comprado... ¡Para que no te dé ansiedad! En el fondo lo hago por ti...

Recordó lo que Elena le había dicho en el aeropuerto de Nueva York y sonrió con su mejor cara de niño que está pidiendo quedarse a jugar un rato más.

—A ver, Rockefeller, que el hecho de que me guste viajar y siempre intente tener un billete comprado no significa que pueda hacerlo cada semana.

—¡Ni yo! Mi mujer me echaría de casa. Pablo es mucha tela para entretenerle un adulto solo durante un fin de semana entero.

—Me lo puedo imaginar. Aún no sé cómo mi hermana se

apaña con dos. Yo solo estoy a ratos con ellos y me dejan exhausta.

—Pues eso. Estamos a principios de año, ¿crees que podríamos permitirnos tres o cuatro viajes cortitos? Uno por cada estación. A lo mejor es un poco locura. Lo cierto es que me he plantado aquí para proponértelo sin pensarlo demasiado —mintió—. Pero podría funcionar, ¿no? ¿Qué me dices?

Elena no sabía qué decir. Si viajaba con Guillermo se alojarían en habitaciones separadas, por lo que no tendría que preocuparse por dormir con la peluca puesta ni momentos raros como salir o entrar de la ducha, que era lo que le había impedido en este tiempo viajar con amigas. Por otro lado, ¿no estaría adentrándose en terreno peligroso? No sentía por Guillermo nada más allá de un gran cariño. Como le había dicho a Lucía en Nueva York, era como un flechazo, pero en versión amistad. No podía ignorar que la idea le había atravesado la mente ya desde Nueva York, pero una cosa era la idea y otra llevarla a la práctica. ¿Y qué pensaría la mujer de Guillermo de estos viajes de amigos?

—Creo que lo tengo que pensar. Te confieso que me has pillado un poco fuera de juego y no sé qué decir...

—Me parece justo. Dale una vuelta y me dices. Tienes mi número.

Guillermo se levantó para marcharse y dejar que Elena siguiera trabajando, pero ella no pudo evitar hacerle una pregunta.

—¿A tu mujer le parecerá bien esto?

—Eva lleva años animándome a viajar. Créeme que será la que más se alegre.

«No estoy yo tan segura», pensó Elena para sus adentros. Pero al fin y al cabo, era asunto de ellos.

Guillermo se dirigió hacia la agencia con las palabras de Elena resonando aún en su cabeza. Que Eva fuera la que más se alegrase de que viajara con otra mujer no lo tenía tan claro como había dado a entender. Si tan solo pudiera resultar tan convincente con Eva y asegurarle que no tenía ningún sentimiento por Elena más allá de la amistad...

No había mentido a Elena cuando le había dicho que él sí creía que era posible una amistad entre un hombre y una mujer, aunque uno de los dos tuviera pareja. Pero empezaba a darse cuenta de que vender esa idea no era tan fácil como vender una campaña publicitaria.

XXII

Unos días después Elena y Lucía estaban en la cafetería del hospital. Lucía había acompañado a su hermana a la dermatóloga, que por fin le había recetado el nuevo tratamiento para su enfermedad. Si funcionaba, quizá en un par de meses empezaría a salirle pelo.

—¿Te imaginas? —Elena apenas podía contener la emoción—. Ya casi ni me acuerdo de lo que es tener pelo. Parece una tontería, pero sueño con poder hacerme una coleta o volver a una peluquería.

—No puedo hacerme una idea de lo que has pasado. Aunque a veces me quejo de las cuatro horas que me tiro cada vez que voy a la peluquería, confieso que es mi momento de paz. En ocasiones voy a cortarme las puntas o retocarme las mechas solo por tener unas horas para mí.

—Te creo. Es que vivir es ya de por sí un trabajo... Benditos sean los momentos de relax.

—Hablando de lo cual... Ya que tenemos un rato —les faltaba algo más de una hora hasta la cita que les habían dado en la farmacia del hospital para recoger la medicación—, cuéntame eso que me querías comentar, anda. Mira que te pones misteriosa a veces...

Tras el encuentro con Guillermo en Eggocentrico, Elena no había parado de darle vueltas a la propuesta. Su primer impulso, como siempre que tenía que tomar una decisión que no tenía clara, fue llamar a Lucía. Pero por algún motivo pensó que no era la mejor de las ideas y se estuvo comiendo la cabeza sola durante días.

Hasta que aquella mañana ya no pudo más y decidió que mal iba a empezar aquello si se lo ocultaba a su hermana. No tenía nada que esconder; no estaba haciendo nada malo. Así que cuando Lucía pasó a recogerla para ir al hospital le pidió que se tomaran un café más tarde para contarle algo. Sin darle muchas vueltas, Elena soltó a bocajarro la propuesta de Guillermo y le expuso a su hermana sus dudas.

—Cariño, te verás inmersa en otra historia como la del ministerio, ¿o es que ya no te acuerdas de lo que pasaste?

—Lu, querida. Mira dónde estamos. —Señaló el rótulo del hospital que se veía por la ventana—. ¿Crees que se me puede olvidar? Pero de verdad, no tengo ningún interés romántico en Guillermo. Me cae tan bien como... ¡mi amiga Miriam! Igual que me gusta compartir tiempo con ella, también me apetece compartirlo con él y, de paso, encontrar un buen compañero de viaje. Llevo tanto sin viajar con alguien que no seas tú... ¡Sin ofender!

Pensó con tristeza en la última persona con la que había disfrutado de viajes inolvidables, pero rápidamente lo apartó de su cabeza. No era momento de pensar en Sebastián.

—¿Y te compensa el riesgo?

—No tengo nada que perder —le aseguró Elena—. No, no me mires así. Él mismo me ha dicho que en su casa tiene luz verde para viajar. Podemos probar al menos una vez. Oye, a lo mejor terminamos como el rosario de la aurora, quién sabe.

—Lo dudo...

—Pues eso. En todo caso, al menos no nos quedamos con la duda. ¿Hay algo peor en esta vida que arrepentirse de no haber hecho algo que te apetece de verdad?

XXIII

—

Esa misma noche, ya con la medicación en el bolso, Elena se fue una vez más a hacer de canguro de sus sobrinos. Aunque se sintió un poco naif pidiendo opinión a dos preadolescentes, sabía también que eran los más sinceros y que a veces veían cosas que a los adultos les eran invisibles.

—A ver, chicos —les dijo mientras cenaban la lasaña que Lucía les había dejado preparada—. Contadme, ¿qué opináis de la amistad entre chicos y chicas?

—No lo sé, todos mis amigos son chicos —saltó enseguida Miguel. Empezábamos bien—. Tengo alguna amiga, pero son muy pesadas, tía. No callan. Me lo paso mejor con mis amigos.

—Es verdad, hablan mogollón... —opinó Jaime.

Aquello no estaba llevando a ningún sitio. Elena iba a tener que cambiar de estrategia.

—Vale, no penséis en las chicas de vuestra clase. Así, en abstracto, sin pensar en nadie en concreto... ¿Creéis que los chicos y las chicas pueden ser amigos?

—A ver, si las chicas fueran como tú —Miguel meditó su respuesta—, yo querría ser su amigo, porque molas mucho.

—Pues yo tengo una muy buena amiga, Celia. —Elena suspiró. Sabía que podía confiar en Jaime—. Quedo mogollón de veces con ella para estudiar o para ir a la piscina en verano. O viene aquí o voy a su casa, vive aquí al lado.

—A ti lo que te pasa es que te mola Celia —intervino Miguel, burlándose de su hermano.

—¡Qué dices, renacuajo! Que tú seas un troglodita no quiere decir que los demás no podamos tener amigas sin más. —Jaime pasó de su hermano y se dirigió a su tía—. Yo creo que puede haber amistad entre chicos y chicas, pero cuando un chico tiene una amiga todo el mundo piensa que son novios. —Miró a su hermano con cara de odio—. Y es un rollo estar todo el día explicando que solo es amistad. A veces te cansa tanto que ni compensa.

Auch. O sea que esto pasaba ya desde la adolescencia. El mundo iba a peor.

Aquella noche, cuando Elena llegó a casa, le mandó un mensaje a Guillermo. A pesar de todo, decidió seguir su instinto. La conversación con sus sobrinos le había devuelto las ganas de demostrarle al mundo que podía existir una amistad sana entre un hombre y una mujer, aunque alguno de los dos tuviera pareja. Se lo tomó casi como un reto personal.

Lo intentaría... o se inmolaría en el intento.

Sin pensárselo mucho, Elena escribió a Guillermo:

Elena
Está bien. Acepto. Elige destino.

Guillermo respondió a los dos minutos:

Guillermo
Sabía que no me fallarías. Vámonos a Roma.
Busca fechas en marzo. Hablamos mañana.
No te arrepentirás.

Elena miró el calendario del mes siguiente. Su cumpleaños caía en fin de semana; le pareció una señal. Estaba aún dando vueltas a las fechas cuando recibió un nuevo mensaje de Guillermo:

Guillermo
Por cierto, tienes deberes para el viaje a Roma:
ver *La grande bellezza* y leerte, si no lo has
hecho ya, *El último verano en Roma*.

Elena
Conozco la novela de Gianfranco Calligarich,
es una de mis lecturas pendientes. Pero ¿las
pelis de Sorrentino no son un poco raras?

Guillermo
Raras no, amiga. Son obras de arte.
Extraordinarias. Y esta te encantará.

Elena
Eso es lo que se dice siempre de lo raro.

Elena pensó entonces en su rareza, la falta de pelo. ¿La convertía eso en extraordinaria?

XXIV

No tardaron en tenerlo todo organizado. Tras estar varios días intercambiándose mensajes, quedaron una mañana a primera hora en Eggocentrico para ultimar los detalles del viaje con un buen desayuno.

—Este sitio terminará por convertirse en uno de mis favoritos —dijo Guillermo mientras metía mano a unos huevos Benedict.

A Elena, que siempre había disfrutado comiendo y nunca había sido una de esas chicas que pretendían picar como un pajarito, le encantaba compartir esa pasión.

—Yo siempre tengo hambre. —Guillermo sintió la necesidad de justificarse ante la divertida mirada de Elena.

—Yo le sumo a eso el sueño. No importa en qué momento del día me preguntes: siempre tengo hambre y sueño.

—Vamos a llevarnos muy bien. ¡Y a coger un par de kilos en cada viaje!

Elena miró a su amigo y le costó imaginárselo con unos kilos de más. No tenía cuerpo de deportista, ni mucho menos, aunque según le había contado salía a correr un par de días a la semana. Pensó que, tal vez, por eso conseguía mantenerse en un peso aceptable a pesar de su apetito voraz.

Una vez más se dedicó a estudiarlo mientras él repasaba los datos del viaje. Le costaba explicar en palabras el magnetismo de aquel hombre. Transmitía un encanto especial del que parecía no ser consciente.

Cuando se rio por un comentario que le hizo sobre lo atractivos que eran los italianos y lo enamorada que estaba de su idioma tan musical, se dio cuenta de que tenía además una risa contagiosa. Lo iban a pasar muy bien juntos, estaba segura.

XXV

Lucía se cruzó con Guillermo cuando este entró en la agencia una hora más tarde y no le pasó desapercibida la gran sonrisa que traía en el rostro. Cuando a media mañana le llegó a través de la intranet su solicitud de un día de vacaciones a finales de marzo, enseguida ató cabos. Elena había aceptado. Se preguntó si su hermana no estaría cometiendo —una vez más— un gran error. Por el momento, decidió no aceptar la solicitud de Guillermo hasta no tener claro que aquello fuera una buena idea. Quizá aún podría convencer a Elena de que lo pensara bien. No quería que volviera a sufrir.

XXVI

Eva abrió el grifo de la pila de la cocina cuando oyó que Pablo cerraba el agua caliente de la ducha. Aquella noche cenarían tortellini con pesto, su plato favorito. Guillermo le había mandado un mensaje para avisar de que ya iba hacia casa, así que puso la pasta a hervir.

Cuando Pablo nació, Eva buscó una galería de arte en la que pudiera trabajar solo por las mañanas. Los horarios de su marido eran un infierno y como cualquier trabajo en publicidad, conllevaba numerosos eventos nocturnos al menos una vez por semana. Suerte que ella encontró un chollo en aquella galería del barrio de Chamberí, porque si no su hijo se habría criado con niñeras desde su nacimiento.

Guillermo se ocupaba de llevarle al colegio, iban andando, pues estaba cerca de casa, y él solía decir que era su momento favorito del día. Pablo se despertaba siempre muy dicharachero y no dejaba de hablar en todo el camino. Ese momento de intimidad entre los dos, Guillermo no lo cambiaba por nada en el mundo.

Eva iba a la galería temprano y antes de abrir dedicaba un par de horas a todo el papeleo que conllevaba su trabajo. Después atendía a los clientes que eran tan ricos que podían dedicar sus mañanas a ver muestras de arte en busca de nuevos talentos, y hacia las tres y media ya estaba de vuelta en casa. Tras comer algo ligero y echarse una siesta, recogía a Pablo y le acompañaba a sus entrenamientos de fútbol y otras actividades extraescolares. Guillermo solía llegar a casa cuando ambos estaban ya de regreso y listos para cenar.

Aquella era simplemente una noche más. O eso pensaba Eva.

XXVII

A Guillermo le encantaba desplazarse por Madrid en moto. Aunque la agencia no estaba lejos de su casa, pues se encontraba ubicada al otro lado del Paseo de la Castellana, se ahorraba una buena caminata al tiempo que evitaba el atasco en los alrededores del Bernabéu. Por no hablar de esa sensación de aire frío en la cara que tanto disgustaba a algunos y que a él, sin embargo, le hacía sentirse vivo. Le encantaba dejar la mente en blanco, hasta tal punto que cuando entraba al garaje de su casa a menudo era incapaz de recordar cómo había llegado hasta allí. Se desplazaba casi en piloto automático.

No era el caso de aquel día. Desde que había salido de la agencia un único pensamiento ocupaba su cabeza: cómo contarle a Eva que finalmente se había decidido a hacer un viaje. Aún no tenía claro si le diría que iba con Elena o si era mejor decirle que iba solo.

Él nunca había engañado a su mujer. Siempre se lo habían contado todo y jamás había sentido la necesidad de ocultarle algo, pues no tenía nada que esconder. Aunque también opinaba que la verdad estaba sobrevalorada. No obstante, había verdades que era necesario verbalizar. ¿Qué hacer en este caso?

XXVIII

Cuando abrió la puerta de casa, Guillermo aún no había decidido qué iba a contar.

—¡Papá!, he metido un gol en el entrenamiento. —Pablo salió a recibirle, orgulloso de su hazaña.

—¡Muy bien, cariño! Eres un crack. Si metes uno en el partido de este fin de semana me lo dedicarás, ¿no?

—¡Claro!

Juntos fueron hasta la cocina. Guillermo saludó a Eva con un beso.

—Qué bien huele, madre mía... No me había dado cuenta del hambre que tenía hasta ahora. Me cambio y cenamos enseguida.

Desde la habitación oyó cómo Eva y Pablo ponían la mesa y sintió una oleada de cariño. Supo que no quería poner en riesgo a su familia. «No es necesario herir sin motivo», pensó. Y tomó una decisión a sabiendas de que a la larga podría salirle cara.

Esperó hasta que Pablo se hubo acostado y cuando estuvieron en el sofá, tranquilos y relajados, soltó la bomba.

—¿Sabes? Voy a hacerte caso. Después del maratón de trabajo con el tema de la fusión, y como premio por la campaña de la hamburguesería, me voy a regalar un viaje. En avión —añadió, por si Eva pensaba que era un viaje en familia.

Eva permaneció en silencio unos segundos, intentando disimular su sorpresa. Varias preguntas se agolparon en su cabeza, pero prefería elegir con cuidado las que iba a verbalizar. Era cierto que ella misma le había animado en innumerables ocasiones a viajar solo. Pero se dio cuenta de que siempre fueron palabras vacías. Ninguna de las veces que las pronunció creyó que se harían realidad. ¿Cómo actuar ahora?

Era difícil saber cuál de los dos corazones sentados en aquel sofá latía más deprisa.

Guillermo estudiaba el rostro de su mujer en busca de una señal que le permitiera saber lo que le pasaba por la cabeza. Aunque se conocían bien, a veces la reacción exterior de Eva no reflejaba lo que realmente estaba pensando.

A ella la cabeza le iba a mil por hora. Las ideas circulaban tan rápido que le era difícil seguirlas. Le daba miedo que su marido viajara solo, sin ella. No sabía a qué tenía miedo, pero lo tenía. Quizá era el temor a que si la experiencia le gustaba y se convertía en una costumbre, los terminara distanciando. Por otro lado, ¿no era mayor el riesgo de que no lo hiciera y se diera cuenta de que ella era un ancla en su vida que le impedía hacer una de las cosas que más feliz le hacían? ¿Pueden permanecer unidas las parejas a las que separa una brecha tan enorme? Eva era consciente de que su fobia a volar funcionaba como dique de contención para las ilusiones de su otra mitad, pero no sabía cuál era la solución al problema.

—Me parece estupendo. Ya sabes que siempre te he animado. —Eva sonrió mientras hablaba, convencida a medias de que esta era la única respuesta posible—. ¿Y adónde has pensado ir?

—A Roma, mi ciudad favorita. Me parece un buen lugar para empezar. —Guillermo prefirió dejar claro que no sería el único viaje que haría solo. Para suavizar el tema, añadió—: Quizá algún día podríamos escaparnos con Pablo. Creo que hay barcos que salen desde España, podemos mirarlo. Se tarda bastante más, pero quizá en verano que tenemos más días...

—Claro, qué buena idea.

Aquella era probablemente la conversación más extraña que habían tenido en mucho tiempo y de las pocas en las que las palabras no casaban con la procesión que iba por dentro.

Eva no preguntó si iría solo.

Guillermo no sacó el tema.

XXIX

La noche antes de irse a Roma, Guillermo salió del baño tras cepillarse los dientes y se encontró a su mujer sentada en la cama, mirando un libro abierto sobre sus rodillas, pero sin leer ni una línea. Sonrió pensando en lo bien que la conocía.

Pero lo que estaba por venir no lo esperaba.

—¿En qué andas pensando?

—Cariño..., ¿y si me voy contigo?

—¿Cómo?

—Llevo días dándole vueltas. Sé que en el fondo no te gusta viajar solo —Eva cerró el libro y lo dejó en la mesilla de noche—, y lo cierto es que a mí siempre me gustó viajar. Quizá deba enfrentarme a mis miedos para poder superarlos. He mirado en la web y quedan algunas plazas en tu vuelo. Si mañana cuando nos levantemos aún queda alguna..., lo tomaré como una señal. ¡Me voy contigo!

Guillermo sintió que le faltaba el aire. El día siguiente comenzó a pasar a toda velocidad por su cabeza: él llegando al aeropuerto con Eva, Elena esperándole allí, las dos mujeres que jamás se habían visto frente a frente... Tendría que avisar a Elena antes de que ocurriese tal catástrofe. No podía hacerle esto, encima había sido él quien había propuesto lo del viaje. Y tendría que pagarle todos los gastos que no pudiera recuperar y... ¿a nombre de quién estaba la reserva del hotel? Encima recordó que era el cumpleaños de Elena. ¿Cómo la iba a dejar tirada? La voz de Eva le devolvió al mundo real.

—¿Hola?

—Perdona, cariño. —Guillermo se acercó a la cama y se acostó junto a su mujer—. Es que me has pillado por sorpresa. Nada me haría más ilusión que ir contigo, te lo aseguro. —Y lo dijo de verdad. Por muy bien que le cayera Elena, Eva era el amor de su vida. Eso no lo iba a perder nunca de vista—. Pero ¿estás segura?

—No. —Eva se rio a medias y puso esa cara de miedo que tanta gracia le había hecho siempre a Guillermo—. Por eso, que el destino decida. Esperamos a mañana por la mañana y si quedan plazas, saco el billete.

Cuando apagaron la luz, Guillermo pensó que aquella noche iba a ser muy larga. No pegó ojo, repasando mentalmente todo lo que tenía que hacer en el caso de que Eva al final comprara el billete.

Por la mañana, Eva le sacó de su miseria. Cuando entró en la cocina, Guillermo estaba encendiendo la cafetera y se giró, con una sonrisa nerviosa, para mirarla. De inmediato se dio cuenta de que ella tampoco había podido dormir bien: su mujer tenía una expresión en el rostro difícil de describir.

Eva se acercó y él la abrazó, aunque sentía una mezcla de emociones que iban del miedo a la alegría.

—¿Qué pasa? —le preguntó mientras su mujer se refugiaba en su pecho.

Eva comenzó a gemir antes de hablar:

—Lo siento, cariño. No me veo capaz. No puedo.

XXX

Unas horas después, Guillermo estaba con Elena en Barajas para coger el vuelo a la capital italiana. Aún arrastraba la falta de sueño, pero con una leve mejoría gracias al café cargado que se había tomado a primera hora.

—No me puedo creer que el domingo sea tu cumpleaños. ¿Seguro que no habrías preferido pasar el día con tu familia? ¿O en alguna ciudad que hubieras elegido tú?

—Mira, si te cuento... ¿Te puedes creer que tuve la mala suerte de que Jacobo, el ex de mi hermana, naciera el mismo día que yo? Una descortesía. Bueno, más bien la descortesía fue por mi parte, que nací unos cuantos años después. —Guillermo la miraba divertido—. Cuando estaban casados, lo celebrábamos todos juntos. Pero ahora los niños se van con él ese día, lógicamente, así que mi cumpleaños queda relegado a celebrarse el siguiente fin de semana...

—Vamos, que soy el segundo plato. Estupendo.

Elena hizo una mueca divertida.

—Qué bobo eres. Además, sí que me apetece Roma. No voy desde que era una niña y recuerdo mucho calor, mucha suciedad y mucho aburrimiento. Espero que consigas cambiar mi opinión sobre la ciudad.

—Calor no vamos a pasar en estas fechas. Sobre la suciedad no creo que notes mucho cambio y poco puedo hacer... Pero lo que sí te prometo es que no vas a aburrirte.

XXXI

Las emociones comenzaron desde el aterrizaje, que fue especialmente movido. Guillermo notó cómo Elena se aferraba a los reposabrazos hasta que los nudillos se le quedaron blancos. Se conmovió al descubrir que su nueva compañera de viaje también tenía miedo en los vuelos, pero tenía otra manera de gestionarlo para poder seguir volando y disfrutar de su pasión. Puso la mano sobre su brazo en un intento de calmarla —le pareció menos íntimo que cogerle la mano—. Elena estaba tan tensa que ni se dio cuenta. Concentraba toda su atención en la pista, como si fuera ella quien pilotaba el avión. Por eso siempre se sentaba junto a la ventanilla.

—Siento que controlo más lo que está pasando —se explicó.

—¿Y también vas frenando? —Guillermo señaló divertido hacia los pies de Elena, tan en tensión que supo que tendría agujetas al día siguiente. No era la primera vez.

—Bobo —sonrió, ya más tranquila tras el mal rato que había pasado—. Venga, ¡vamos a descubrir Roma!

La capital italiana resultó ser una excelente elección para su primera escapada. Mientras iban en taxi hasta el hotel, que habían reservado junto al Panteón, Elena no apartaba la vista de las calles y monumentos que iban dejando atrás.

—La verdad es que encontraste un chollo... ¡Mira dónde estamos!

Elena no daba crédito. El hotel no había sido caro y sin embargo estaban justo enfrente del Panteón, en una de las plazas con más encanto de la ciudad, según le había confirmado Guillermo.

—Es que viajar en esta época es lo que tiene. Y si llegamos a venir en enero o febrero, nos hubiese salido más barato aún. Venga, vamos a dejar las cosas y nos sentamos a comer en algún restaurante de estos. —Señaló las numerosas terrazas que había en la plaza, donde ya empezaban a sentarse algunos turistas animados por los rayos de un sol que calentaba lo suficiente como para sentarse a comer al aire libre con vistas a uno de los lugares más hermosos de la Ciudad Eterna.

Tan solo unos minutos después, Guillermo y Elena eran dos de ellos. Cuando el camarero les trajo los dos platos de pasta que habían pedido —¿qué otra cosa podían comer en Roma?—, Guillermo le comentó algo que llevaba días rondándole la cabeza. No quería tener secretos con ella.

—¿Sabes? El otro día hablé con Ubaldo.

—Vaya, ¿qué tal le va? —añadió.

—Bien, bien, parece ser que anda con algún lío de faldas, pero no me quiso contar mucho. Es bastante cerrado para sus asuntos personales... Pero estuvimos hablando de ti.

Elena guardó silencio y se preguntó si Guillermo había llamado a su amigo simplemente para cotillear sobre ella y lo que ocurrió en el ministerio. Pero concluyó que en ese caso no se habría molestado en contárselo. Además, Ubaldo siempre le había parecido un tipo excéntrico, pero le caía fenomenal. Con ella se portó muy bien hasta el final. No era un tipo al que le pegase el chismorreo.

—Le dije la verdad, que me parecías una tía estupenda y que yo te veía muy bien ahora. Tras las últimas noticias que tuvo sobre ti, se había quedado preocupado y no sabía cómo te iba.

—Ya, bueno... Fueron meses difíciles después de aquello.

—A Elena no le apetecía mucho remover aquel tema, pero sabía que la intención de Guillermo era buena.

—Me lo puedo imaginar. Perdona por haber sacado el tema. No quiero estropearte la comida más cara que voy a pagar en mi vida.

Elena se relajó y sonrió.

—No te preocupes. Al final mi hermana va a tener razón y es mejor soltarlo todo —suspiró y cogió aire antes de continuar—. Es cierto que el mismo día del correo electrónico fui a trabajar, pero ni yo ni nadie en todo el ministerio hizo nada aquel día. No aguanté mucho más. Al poco tiempo me dieron la baja. Tuve problemas... Bueno, ya sabes, el estrés y la tensión te acaban saliendo por algún lado. —Se detuvo unos segundos, pensando si contarle lo del pelo, pero aún no tenía la suficiente confianza y prefería que primero se conociesen mejor y no la viera solo como esa chica que perdió el pelo—. Tras unos meses de reposo, a una se le hace duro volver al lugar donde sucedió todo...

Inconscientemente, Elena se retorció un mechón de pelo, una de las pocas manías que había podido trasladar de su melena original a la peluca. Guillermo la miró, pensativo. Y recordó aquel episodio por el que tuvo que ser ingresado, años atrás, debido a un pico de estrés. Lo de ser creativo sonaba muy bonito, divertido y hasta glamuroso. Pero la realidad es que era un trabajo muy estresante, pues dependía por completo de la creatividad. Lo cual, como había comprobado no pocas veces, era incontrolable e impredecible.

—¿Y del otro volviste a saber algo?

—¿De quién?

—De tu jefe. Del... otro protagonista de los *e-mails*. De tu amigo.

—¡Ah! Sí, claro. De hecho, seguimos en contacto, aunque ya sabes cómo son estas cosas. Hablamos por teléfono y quedamos a comer o cenar un par de veces al año. No creas que más. Se portó muy bien tras lo ocurrido y estuvo muy pendiente de mí, pero tampoco quería líos en casa. Aunque luego se divorció, en aquella época estaba casado. Y, de verdad, que solo éramos amigos, te lo juro...

—Pero nadie cree en la amistad entre un hombre y una mujer. Salvo yo.

—Y yo.

—Exacto.

Roma era la ciudad favorita de Guillermo. No es que hubiera recorrido el mundo entero, pero sí había viajado bastante, sobre todo por Europa, cuando era joven. Y de todas las ciudades que había visitado, era la capital italiana la que se había quedado en su corazón para siempre. Quizá por su luz, por sus colores, por esa historia que encerraba cada piedra.

Se sintió feliz por poder mostrársela a Elena; como cuando uno se convierte en padre orgulloso y presume de hijo ante los demás. Ahora le tocaba presumir de Roma ante ella y conseguir que viera la ciudad a través de sus ojos.

Decidió comenzar su «visita guiada» por un lugar que no muchos turistas recorrían la primera vez que pisaban la ciudad: la isla Tiberina.

—La luz de esta ciudad es única. Hay pocas vistas que me gusten más que las del Tíber bañando esta isla que tiene una curiosa historia. —Guillermo se dispuso a contársela mientras se acercaban hasta ella—. Cuenta la leyenda que hace muchos años una gran plaga azotó la Antigua Roma...

Elena le escuchaba, embelesada. Se notaban las tablas que tenía contando cuentos.

—Para intentar frenarla, mandaron a Grecia una delegación en busca de una serpiente que ofrecerían a Asclepios, el dios de la Medicina. Pero cuando la delegación regresaba a Roma, el barco chocó contra esta isla y se hundió. Solo se salvó la serpiente, que se enroscó a la rama de un árbol. Por eso una serpiente enroscada es actualmente el símbolo universal de la medicina.

—Ostras, no tenía ni idea. —Elena no esperaba ese final del relato, aunque de repente se dio cuenta de algo—. Mira, de hecho, hay un hospital en la isla.

La isla se encontraba en mitad del río, entre el popular barrio del Trastevere —que visitarían al día siguiente, según el *planning* de Guillermo— y el barrio judío de la ciudad.

—Me gusta recorrer los barrios judíos de las ciudades —señaló Elena—. Siempre encierran historias curiosas. La mayoría aterradoras, claro. Pero encuentro que suelen tener mucho encanto. ¿Has estado en el de Venecia? ¿Y en el de Cracovia? Son mis favoritos.

—Sí, he estado en el de Venecia, pero no en el de Cracovia. Mira, ese puede ser otro viaje. —Guillermo ya soñaba con mil y un destinos después de aquel. Una vez abierto el melón de las escapadas europeas, le iba a costar cerrarlo.

Continuaron caminando mientras charlaban sobre las ciudades que conocían, las que les habían sorprendido y las que más les habían decepcionado. Aunque sus gustos eran muy similares, diferían en algunas cuestiones.

—En serio, ¿¿Turín?? —Elena no daba crédito.

Quizá fue el calor pegajoso de aquel verano, pero Elena guardaba un recuerdo bastante poco agradable de la ciudad.

—Pero ¡si es una pasada! Sin duda la ciudad más señorial de Italia.

—Bueno, señorial depende de cómo lo mires... No te quiero contar cómo es el mercado. Vamos, que no es precisamente Saks Fifth Avenue. Ni el mercado de las pulgas de París. Y recuerdo todo como muy desangelado. No sé. —Elena se encogió de hombros—. Quizá deba darle una segunda oportunidad. Apúntalo en la lista de nuestros posibles destinos futuros.

Casi sin darse cuenta llegaron a una tranquila plaza dentro del barrio judío.

—Lo mejor de Roma. —Guillermo observó divertido a Elena, que intentaba descubrir el porqué de aquella parada en una plaza que no parecía tener nada especial.

—¿Ves aquel edificio? Es el palacio Cenci y está vinculado a una de las historias más trágicas que alberga esta ciudad.

—Pues ya estás tardando en contármela. Adoro las historias trágicas.

XXXII

Y Guillermo, como el buen contador de historias que era, puso toda la carne en el asador para atrapar a Elena con un buen relato:

—El *palazzo* era propiedad de los Cenci, una familia del siglo XVI cuyo patriarca Francesco había heredado una gran fortuna. A los doce años se casó con una joven más o menos de su edad y tuvieron siete hijos. Uno de ellos fue Beatrice, que nació en esta misma casa, construida sobre las ruinas de un antiguo circo romano y un palacio medieval. Al morir la madre, bastante joven, Beatrice fue enviada a un convento, donde pasó ocho años de su vida. Entretanto, el padre se volvió a casar y fue acusado de sodomía y de haber cometido varios asesinatos.

»Pero como solía ocurrir en aquella época, pocas eran las cosas que no podían solucionarse con dinero. Francesco consiguió escapar de las condenas y terminó yéndose a vivir a La Petrella, un castillo que tenía en el campo, con su nueva mujer Lucrezia y con Beatrice, que ya había regresado del convento. Los acompañaron también Giacomo, el hijo mayor, y Bernardo, el pequeño.

»Allí, las cosas se desmadraron del todo. El hombre se volvió loco. Maltrataba al servicio y abusaba de Lucrezia y Beatrice. También decidió desheredar a todos sus hijos. Ante tal situación, la familia se reunió y acordaron matarle con ayuda del amante de Lucrezia. Primero intentaron envenenarle, pero calcularon mal la dosis y no llegó a ser letal, por lo que las dos mujeres tuvieron que rematarle a mazazos. Después lo lanzaron por uno de los muros del castillo e hicieron que pareciera un accidente, pero el papa Clemente VIII no se lo creyó y ordenó capturar a los miembros de la familia y torturarlos hasta que confesaran.

»El amante de Lucrezia murió sin confesar. Los otros tres miembros de la familia fueron ejecutados en el puente que lleva al Castel Sant'Angelo. Giacomo fue descuartizado y Beatrice y su madrastra decapitadas. El pequeño Bernardo fue el único que se libró de la muerte, pero le condenaron a galeras.

Guillermo hizo una pausa y sonrió ante la cara atenta de su interlocutora, que no se había perdido palabra. Ambos sabían disfrutar con las buenas historias.

XXXIII

—Y déjame adivinar —intervino Elena—. El papa se quedó con la fortuna de la familia.

—Casi. Digamos que la repartió con sus parientes.

—Madre mía... El tema de los papas en aquella época daba un poquito de miedo.

—Y que lo digas... La historia de Beatrice ha sido recogida en numerosas novelas, óperas y algunas obras de arte. La mujer se convirtió en un símbolo de lucha contra la violencia machista ya en su época.

—Menuda tragedia. —A Elena le recorrió un escalofrío—. ¿Vamos a tomar algo para recuperar la alegría de vivir?

—Me parece una idea excelente.

Tras atravesar varias callejuelas y plazas del barrio judío llegaron a Il Fantino, un restaurante en el que decidieron sentarse a cenar, aunque todavía era temprano.

—Ya sabes nuestra máxima: siempre hay hambre. —Guillermo no pudo evitar una risa.

—Nos adaptamos al horario europeo... y al que haga falta. Seguro que en algún lugar del mundo es hora de cenar. —Elena alzó la copa de su Aperol Spritz para brindar—. Por Roma.

—Por Roma. Y por las nuevas amistades.

Bebieron y se quedaron unos segundos mirando al tendido. Habían escogido una mesa en la terraza, pues la temperatura era muy agradable.

—¿Alguna vez has pensado en volver al ministerio?

A Elena no le sorprendió la pregunta. Se la habían hecho ya muchas veces. Y siempre contestaba lo mismo.

—Creo que no sería capaz. Me parece ya muy lejano, como una etapa que llegó a su fin. Soy feliz con mi vida tal como es ahora. Dispongo de mi tiempo para organizarlo como quiera, me da mucha libertad. Y además me dedico a escribir, que es lo que más me ha gustado siempre.

—Ya te lo pregunté, pero ¿por qué no escribes una novela?

—Creo que todos los que nos dedicamos a escribir nos hemos planteado alguna vez escribir nuestra propia historia. Pero no sé si me veo...

—Pues tu vida tiene ingredientes suficientes como para convertirse en una novela, amiga mía.

Elena se rio.

—Me refería a una historia creada por mí, ¡no a una autobiografía!

A Guillermo le encantaba picarla; entraba siempre al trapo.

—Pero no sé..., me da un poco de vértigo. Quizá más adelante.

—Confieso que te admiro.

—¿A mí?

—A ti. Yo intenté trabajar como autónomo una época, pero lo pasé fatal. Me agobiaba no tener la estabilidad de una nómina, no saber lo que iba a cobrar cada mes, no poder hacer previsiones de nada... Creo que hay gente hecha para vivir así, desde luego. Pero no era yo.

—Yo he pasado por ambas cosas. La estabilidad de una nómina y la independencia de ser autónomo... Y al final he conseguido adaptarme a una y a otra. Pero hay dos tipos de gente para todo.

—¡Siempre! Como los de ventanilla en el avión y los de pasillo. Ya sé que tú eres de las primeras.

—Correcto, ya has visto lo «bien» que lo paso en los despegues y aterrizajes...

—Doy fe.

—También están aquellos que en un hotel desayunan como si no hubiera un mañana y los que, ante un bufé lleno de infinitas y deliciosas opciones, se toman un café y una tostada —añadió Elena.

—Yo soy de los primeros. ¿Tú?

—¡La duda ofende!

—Más cosas que dividen a los viajeros: los que facturan maleta siempre y los que viajan únicamente con equipaje de mano.

—Facturo.

—Hmmm... Yo, depende.

Elena se lo estaba pasando fenomenal con este juego.

—¡Tengo otra! Los que hacen la fila para embarcar desde una hora antes y los que embarcan los últimos. Ídem para salir del avión.

—Uy... Eso está complicado. Intervienen muchas variables. —Guillermo, que también se estaba divirtiendo con aquello, se dispuso a explicarlas—. Si viajas solo con maleta de mano y no quieres que te la bajen a la bodega, más vale embarcar pronto. Si te da lo mismo o has facturado la maleta... ¿Para qué embarcar de los primeros? Estás más cómodo en la terminal.

—¿Y qué hay del desembarque? Confieso que cuando llego al destino me quiero bajar enseguida para aprovechar bien el tiempo. Pero cuando vuelvo a casa me da más igual...

—A mí me da igual en todos los casos. En general odio ir con prisas a cualquier lado. Dicho esto —añadió, alzando el vaso—, brindo por haber encontrado una compañera de viaje tan compatible.

Cuando llegó la cena, Elena decidió cambiar las tornas. Sabía que su acompañante y ella tenían muchas cosas en común, pero se dio cuenta de que no sabía gran cosa de su vida, más allá de que tenía una mujer y un hijo al que adoraba.

—Soy un libro abierto. Dispara. Por cierto, estos carbonara están de morirse... ¿Quieres probar? Vamos a volver con tres kilos de más, qué barbaridad...

A Elena le encantaba la naturalidad de Guillermo, no podía evitarlo. No se imaginaba a ningún hombre heterosexual emparejado que compartiera plato de comida con una amiga con semejante despreocupación. A él, sin embargo, le parecía lo más normal. De hecho, cogió un trozo de la alcachofa que había pedido ella —la especialidad del lugar— sin siquiera preguntar. Y no se acabó el mundo. Qué fácil podía ser todo.

XXXIV

—¿Por qué estudiaste publicidad? ¿Y por qué en Madrid?

—¿Vamos a hacer una entrevista de trabajo? Si lo llego a saber me pongo corbata... —bromeó Guillermo—. Mentira, creo que la única vez que me la he puesto ha sido en Nueva York cuando fuimos a conocer a los americanos... Y era el único que llevaba.

Guillermo se echó las manos a la cabeza de la vergüenza y Elena se rio.

—Lo cierto es que no me imagino a muchos creativos con corbata... Me recuerdas a Chandler Bing cuando aparece vestido de traje en la sala de los becarios de la agencia de publicidad.

—¡Muy graciosa! En realidad, eran mayores mis ganas de trasladarme a Madrid que las de estudiar publicidad. Tenía claro que quería salir de Burgos y tener más oportunidades.

—Por eso en Madrid nadie es de Madrid, supongo...

—Todos llegamos buscando el sueño americano. —Guillermo sonrió antes de continuar en ese viaje por sus recuerdos—. En mi último año de colegio hicimos un concurso de eslóganes para conocidas marcas, y me llevé los dos primeros premios. Un profesor me preguntó si había pensado dedicarme a la publicidad, una cosa llevó a otra...

—Y ahora eres el creativo de moda en el país. ¡Has salido hasta en *Expansión*!

Elena recordó que su hermana le había enviado la entrevista por *e-mail*.

—Fue un golpe de suerte. Créeme, la labor del creativo es un poco como la del investigador científico. Trabajas, trabajas, trabajas..., y pasas desapercibido. Hasta que un día, si tienes suerte...

—No es suerte, ¡es talento!

—Bueno, es una confluencia de ambas cosas. He conocido a gente muy buena, que aún está esperando que le toque el billete dorado.

—Como a Charlie. —El tener dos sobrinos había ayudado a Elena a ampliar sus referencias culturales infantiles, aunque *Charlie y la fábrica de chocolate* había sido uno de sus libros favoritos de niña. Lo había leído unas veinte veces.

—¿Sabes? Siempre me ha parecido tremendo que uno tenga que decidir a qué dedicará el resto de su vida cuando aún no sabe nada del mundo real. Salvo los que tienen vocaciones muy claras..., ¡es una decisión trascendental y que afectará a todo tu futuro! No estamos preparados para elegir a los dieciocho años. Tuviste suerte de acertar. —Elena asintió ante las palabras de su amigo.

—Sí, aunque te diré que el otro día me salió un *reel* en Instagram de un tipo que decía que la decisión más importante que uno toma en su vida, sin lugar a dudas...

—Es la persona que eliges para compartirla.

—¿Lo viste?

—No, pero me lo he imaginado. Supongo que no le falta razón. Pero... ¿y si no compartes tu vida con una única persona? ¿Y si prefieres estar soltero y rodearte de buenos amigos?

Estar soltero no significa estar solo. Estar soltero es muchas veces una opción de vida. La que muchos eligen. Y aunque el amor tiene esa capacidad de poner nuestra vida patas arriba cuando menos lo esperamos, este poder no le es exclusivo. La amistad también lo tiene.

XXXV

Regresaron pronto al hotel, pues el madrugón y la noche en vela previa que había pasado Guillermo empezaron a hacer mella después del postre.

—Buenas noches —se despidió Elena al salir del ascensor.

La habitación de Guillermo estaba una planta más arriba.

—Buenas noches —contestó él entre bostezos—. ¡Nos vemos a las nueve en el desayuno!

Justo cuando entraba por la puerta de su habitación le sonó el móvil. Miró la pantalla: Eva. Sonrió instintivamente. Pablo había tenido partido aquella tarde y seguro que se lo iba a retransmitir con todo lujo de detalles. Se sentó en la cama y se preparó para una larga conversación.

—Hola, cariño...

—¿Lo has visto? —La respiración de Elena sonaba entrecortada.

—¿El qué? —Guillermo miró la pantalla del móvil y vio que tenía varios mensajes de WhatsApp—. Perdona, ¿me habías escrito? Llevaba el teléfono en silencio sin darme cuenta.

—Nada, no te preocupes. De hecho, ni te lo iba a contar, pero han empezado a preguntar en el grupo del fútbol y no quería que te asustaras al verlo...

—¿Asustarme por qué?

—Nada, nada, tranquilo. Estoy en el hospital con Pablo. Se ha hecho un esguince en el partido y llevamos aquí un par de horas entre radiografías, vendajes y demás. Parece que ya por fin nos vamos a casa.

A Guillermo se le encogió el corazón. No podía creerse que estuviera en Roma mientras su mujer y su hijo pasaban la tarde en urgencias. Eva le explicó todo lo que les había dicho el médico: un par de semanas con muletas y otras dos más sin hacer deporte. Imaginó cómo estaría su hijo.

—Al pobre se le saltaban las lágrimas —le contó su mujer—. Más por las cuatro semanas sin jugar que por el dolor.

—Pásamelo, anda...

Guillermo quiso tranquilizar a Pablo y animarle diciéndole que ese tiempo pasaría volando. El niño no tenía muchas ganas de hablar así que enseguida le devolvió el teléfono a su madre, que insistió a Guillermo para que no se preocupara y disfrutara de Roma.

—Es solo un esguince. Y no será el último...

De eso estaba seguro. Pero era el primero y él no estaba allí para consolarle y cuidarle. Cuando acabó la llamada, se sintió tan mal que lo único que quería era coger un vuelo de vuelta a Madrid. Le daba igual Roma, los planes del día siguiente... Pero no podía dejar colgada a Elena, el domingo era su cumpleaños. Si volvía, en vez de sentirse como un gusano en Roma, lo estaría haciendo en su casa. Ninguna opción era buena. Se quitó la ropa y se preparó para pasar otra noche de insomnio. ¿Por qué se le había complicado la vida de aquella manera?

XXXVI

Aunque a la mañana siguiente seguía sopesando la posibilidad de volver a Madrid —algo de lo que no hizo partícipe a Elena—, afortunadamente su amiga tenía el don de hacerle olvidar cualquier problema. Los ratos con ella le recordaban a aquellos con amigos, charlando de todo y de nada, en los que el mundo parecía detenerse. Cuando terminaron de desayunar, tenía claro que se quedaría con ella en Roma.

El sábado comenzó con un tranquilo paseo por Via Margutta, la calle favorita de Guillermo. Aquel remanso de paz en el centro, lleno de antiguos talleres de artistas, había sido además el lugar elegido para situar la vivienda de Gregory Peck en *Vacaciones en Roma*.

—La casa estaba aquí, en el número 51 —le dijo Guillermo mientras se adentraban en el patio.

—Adoro esa película. Es eterna.

—Confieso que soy más de *thrillers*, pero el cine clásico tiene su encanto.

—¿Película favorita?

—¿Clásica? Diría que *El halcón maltés*.

—Yo me decanto por *Casablanca*...

—Previsible.

—... y *El jovencito Frankenstein*.

Elena estaba segura de que le había sorprendido.

—¡Me encanta esa película! Madre mía, a veces me río yo solo recordando alguna escena.

—Es maravillosa. Ideal para ponérsela cuando uno tiene un día un poco flojo...

—Totalmente.

—«¡Cuidado! Puede ser peligroso. Vaya usted delante». —Elena recordó la famosa escena de la película mientras entraban al patio.

Pasaron un rato riéndose y se colaron en patios interiores, talleres de artistas y galerías de arte para terminar caminando hacia el Trastevere.

—Es la mejor forma de conocer la ciudad. He venido decenas de veces y jamás he cogido el autobús ni el metro, solo el tren para ir al aeropuerto. —Se notaba que Guillermo estaba disfrutando mucho.

—Ídem en París. Es así como se conocen de verdad las ciudades..., ¡no metiéndose bajo tierra! También te digo que si uno es capaz de moverse en metro en una ciudad extranjera y no perderse, puede con lo que sea.

—Sobre todo en algunas ciudades. Yo sigo sin aclararme en Londres. Eso de que las líneas de metro se bifurquen... Odio la negra con toda mi alma.

Elena rio. Hasta en eso se parecían. Ella siempre había pensado que la Northern Line se había construido expresamente para hacer desaparecer a turistas despistados.

—El de París es más sencillo. Pero siempre he preferido caminar. He llegado a ir andando desde Montmartre hasta Saint-Germain.

—Me estoy arrepintiendo de haber propuesto que fuéramos... ¡Vas a terminar conmigo!

—Le dijo la sartén al cazo. ¡Si llevamos todo el día caminando! ¿Cuánto queda?

—Elena, querida, hay que bajar la comida. Que vamos a volver a Madrid rodando.

Bajaron por la Via di Campo Marzio, atravesaron la Piazza Navona —donde aprovecharon para comprar un helado que se fueron tomando por el camino— y cruzaron el Tíber para pasear por el barrio más encantador de la ciudad.

—Vamos a buscar un sitio para comer y luego caminamos un poco más. Hay que reponer fuerzas, ¡que luego toca escalar!

—¿Cómo? —La cara de pánico de Elena hizo reír a Guillermo.

—Es un decir..., más o menos —sonrió misterioso—. No te preocupes que no voy a matarte un día antes de tu cumpleaños.

—¡Todo un detalle...! —le contestó ella, poniendo los ojos en blanco.

XXXVII

En Madrid, Lucía pasaba la tarde en el parque de atracciones con Jacobo y los niños. Su exmarido había tenido el detalle de no llevar a su novia —ya prometida, según le había confirmado ese mismo día— para que Jaime y Miguel pudieran disfrutar de un día sin tensiones innecesarias. Cada año desde que se separaron, los cuatro pasaban un día juntos en el parque.

—Me alegro por ti. Por vosotros —le dijo a Jacobo mientras esperaban a que los niños bajaran de la montaña rusa—. De verdad. Espero que tengáis una boda preciosa.

Jacobo no captó el retintín en el tono de su exmujer; todo lo contrario. Sonrió, se relajó, y se animó a pedirle un favor.

—¿Me ayudarás a contárselo a los niños?

—Eres ya un tío con pelos en las piernas, Jacobo. Operas cerebros. Yo creo que se lo puedes contar tú solo a dos niños de once y trece años. Que me parece que son más maduros que tú, por cierto. Pero —hizo una concesión para tranquilidad de Jacobo— cuando vuelvan mañana a casa les diré que estoy muy contenta y que Nerea me parece una chica estupenda que seguro que se va a portar fenomenal con ellos.

—Ya lo hace.

—Más le vale, si no la perseguiré hasta el fin de sus días. —Lucía puso la cara más malvada que pudo, aunque estaba convencida de que Jacobo sería el primer interesado en que su nueva mujer tratara bien a sus hijos.

Era un auténtico padrazo y sabía que Lucía no se andaba con chiquitas cuando se trataba de proteger a sus dos hijos. Dicho esto, la procesión de Lucía iba por dentro. No hay mujer en el planeta —ni probablemente hombre— que se alegre de que su expareja rehaga su vida. Quizá solo si esa expareja ha dedicado su vida a hacerte la vida imposible, entonces sí que es una ventaja que se enamore de otra persona y te deje de fastidiar. Y Lucía no era ninguna excepción. No es que quisiera volver con Jacobo, pero tampoco quería que se casara con otra. Como el perro del hortelano, vaya.

Jaime y Miguel bajaron de la montaña rusa hiperexcitados y pidieron a su padre que los acompañara a subirse a una máquina infernal que Lucía no pensaba mirar ni de lejos. En su lugar, se quedó en un banco al sol, desde donde tenía una buena vista de la atracción.

Les dijo a sus chicos que los esperaría allí y sacó el móvil del bolsillo para entretenerse. Lo primero que hizo fue entrar al Instagram de su hermana, donde se encontró con varias fotos de Roma. En todas ellas aparecía sola y feliz. Claramente Guillermo había hecho de fotógrafo —y era muy bueno; se notaba su afición a la fotografía—. Le gustó en especial una instantánea donde su hermana se reía como hacía tiempo que no lo hacía, sujetando un cucurucho en la mano y con un poco de helado en la punta de la nariz. Al fondo, se vislumbraban las fuentes de la Piazza Navona.

Le recordó en cierto modo a esos viajes que solían hacer solas —cada vez con menos frecuencia— y esas risas que las llevaban a menudo hasta las lágrimas.

Por primera vez desde que Elena le había hecho partícipe de su loca idea de viajar junto a Guillermo, se preguntó si estaba equivocada. Aquello parecía una amistad sana y, sobre todo, estaba haciendo a su hermana más feliz de lo que la había visto en mucho tiempo. ¿Tan feliz que aquello podría acabar en amor? Imposible saberlo.

Tampoco sabía qué opción era peor: si que los dos se enamoraran y la familia de Guillermo se fuera a la mierda, como se había ido la suya, o que fuera Elena la que se enamorara de él... y su corazón se rompiera una vez más.

Pensó en Jacobo y Nerea, que también habían empezado siendo amigos y estaban ahora a un paso del altar. La cabeza le daba vueltas. Pero volvió a mirar la sonrisa de su hermana en la fotografía y pensó que quizá valía la pena arriesgarse. Al fin y al cabo, una amistad podía ser tan bonita como el amor.

Ella misma tenía varios amigos hombres con los que nunca había tenido intención de acostarse y mucho menos enamorarse.

A continuación miró el Instagram de Guillermo, pero encontró retratos muy distintos a los de la cuenta de su hermana. Preciosas fotografías, eso sí, pero simplemente de paisajes y monumentos de la ciudad. Ni rastro de Elena. Pero ni siquiera salía él.

Advirtió, con curiosidad, que los dos amigos no se seguían en la red social. Pero no le dio tiempo a mirar nada más, pues sus dos vástagos se dirigían hacia ella corriendo, con cara de gran emoción, dispuestos a montarse en la siguiente atracción. Iba a ser un día largo.

XXXVIII

Tras pasar la tarde callejeando por el Trastevere, entrando en pequeñas librerías y comprando algún que otro recuerdo, Guillermo y Elena pusieron rumbo al Belvedere del Gianicolo.

—Ya puede valer la pena —le dijo ella, con la lengua fuera—. Tela con la cuestecita...

—Venga, quejica, que hacemos una parada aquí.

Señaló la imponente fuente Acqua Paola, más conocida como Il Fontanone. Por su cercanía a la Academia de España se había convertido en tradición que los becarios se bañaran en ella al terminar los exámenes.

—¡Anda! ¿Esta no es la fuente que aparece al principio de *La grande bellezza*?

—Vaya, así que la viste...

—Yo soy muy obediente. —Elena sonrió y se sentó al borde de la fuente para recuperar el aliento—. Pensé que estaría bastante más concurrida.

—Están todos en la Fontana di Trevi..., ¡pardillos!

Elena pensó en lo agradable que era viajar con alguien que, como ella, huía de los sitios típicos y buscaba descubrir rincones más especiales.

—¡Venga, arriba! Que está a punto de atardecer y nos quedan cinco minutos..., diez, a tu ritmo, para llegar hasta el Gianicolo.

Para ser perfecto, a Guillermo solo le faltaría no meterle tanta caña, pensó Elena. ¡Qué energía!

Cuando llegaron arriba, tuvo que reconocer que había merecido la pena. A sus pies yacía la Ciudad Eterna, sobre la que se estaba poniendo el sol.

—Siempre me han gustado los miradores. Me transmiten mucha paz.

—Y ayuda a poner todo en perspectiva. Te das cuenta de que no eres tan importante.

—Ni tampoco tus problemas. —Elena pensaba en voz alta, qué lejos parecía quedar todo lo que le preocupaba.

Permanecieron apoyados sobre la barandilla, disfrutando de la calma y de las vistas. Allí sí que había varias personas, pero todas parecían haberse puesto de acuerdo para guardar silencio mientras el sol se escondía en el horizonte y las luces de la ciudad comenzaban a brillar.

—¿No te da pena no poder compartir momentos así junto a tu mujer? —Elena no pudo evitar la pregunta.

Se imaginó que si ella estuviera enamorada, querría tener a la otra persona a su lado en ese instante.

—Mucha. Pero si algo he aprendido es que no merece la pena lamentarse por las cosas que no tienen solución. —Pensó en cómo Eva había intentado sacarse el billete, aunque al final se había echado atrás.

Quizá no estaba todo perdido.

—He oído que Iberia hace cursos para perder el miedo a volar...

—Sí, lo sé. Pero Eva no quiere ni oír hablar de ello. Dice que puede ser perfectamente feliz sin necesidad de volver a subirse a un avión, y creo que ya ha pasado tanto tiempo que es imposible convencerla —no mencionó el incidente del día anterior—. Esto es como cuando tienes un accidente de moto o de coche. O vuelves a conducir de inmediato o le coges tanto miedo que ya no lo haces nunca más.

—Es cierto. Yo tuve un accidente de esquí con doce años...
Y hasta hoy.

—Y, sin embargo, ¡mira cómo patinas sobre hielo! Eres
una caja de sorpresas.

—No lo sabes bien. —Elena sonrió, enigmática.

Pero Guillermo se dio cuenta de que era una sonrisa triste.

Guillermo le anunció, cuando estaban regresando hacia el
centro de la ciudad, que tenía una sorpresa.

—Mañana es tu cumpleaños... ¡No creerás que no íbamos
a celebrarlo!

Elena tembló, y no por el frío. En general, nunca le habían
gustado demasiado las sorpresas. Prefería tener el control de
su vida, y la experiencia le había enseñado que no todas las
sorpresas eran de su gusto. La gente las prepara con toda la
buena intención del mundo, pero son pocos los que conocen
de verdad al destinatario y aciertan.

Desde hacía dos años, además, había que añadir a su poca
afición por las sorpresas el hecho de que ahora le aterraba que
pudieran implicar algo relacionado con el pelo. Aún recordaba con pavor cómo sus amigas habían organizado una visita
sorpresa al parque de atracciones el año anterior. Llevaban
meses viéndola mustia y querían animarla —aunque ahí mostraron que conocían poco sus aficiones—. Elena pasó un día
terrible sujetándose la peluca cada vez que subían a una atracción, por no hablar del desaguisado con las atracciones de agua,
que convirtieron su pelo en una maraña que le costó horas desenredar.

Afortunadamente, Guillermo parecía conocerla mejor.
Cuando Elena vio adónde se dirigían después de la cena, sonrió, porque el sorprendido iba a ser él.

XXXIX

Tras despedirse de sus hijos, que se fueron a cenar con su padre y su novia, Lucía exhaló un suspiro. Le entró una mezcla entre agotamiento, necesidad de desconectar de niños, gritos y parques de atracciones —en eso se parecía a su hermana— y ganas de llegar a casa y comer cualquier guarrería delante de una película que no requiriese pensar.

Entró en el Supercor que había junto a su casa y se dirigió directamente a por una pizza y una tarrina de Cookie Dough de Ben & Jerry's. Sin miramientos, a lo Bridget Jones. Ya haría dieta en otro momento; no justo el día en que acababa de enterarse de que su exmarido se iba a casar con la mujer por la que se habían separado.

«¡Cómo somos las mujeres a veces...!», pensó mientras se dirigía a la caja. «Si en el fondo yo ya no estoy enamorada ni tengo ningún interés en volver con él, pero me encantaría verle llorando por las esquinas, siendo miserable y suplicándome volver. Solo por el gustazo de decirle que no, vamos».

Se preguntó qué pensaría él cuando —y si— ella se echara una nueva pareja. Tan absorta iba en sus pensamientos que no se dio cuenta de que según salía por la puerta del Supercor, Jon pasaba por delante.

—¿Lucía?

—¿Jon? ¿Qué haces aquí?

—Coño, que vivías en este barrio. Buen plan —sonrió mirando la pizza y la tarrina de medio kilo de helado que Lucía llevaba en las manos por no haber querido coger una bolsa.

—Me has pillado. Tengo una cita fascinante conmigo misma. No te puedo engañar. —Lucía se encogió de hombros—. Y a ti ¿qué te trae por Mirasierra?

Jon, siempre tan seguro de sí mismo, cambió el peso del cuerpo de un pie a otro, incómodo, mientras Lucía le interrogaba con la mirada. Decidió confesar. Total, ella estaba en una situación casi peor con su cena de dos mil quinientas calorías.

—Vengo de una cita.

—¿En Mirasierra? —A Lucía le costaba mantener la risa—. Hijo mío, qué tristeza...

—¡Y eso que aún no te he contado la cita...!

Por un momento, no eran jefa y empleado. Directora general y director financiero de la misma agencia de publicidad. Eran solo Jon y Lucía, amigos y residentes en Madrid.

—Venga, acompáñame y me cuentas, anda. Tengo que subir a dejar esto a casa para que no se derrita el helado, pero si te apetece nos tomamos unas cañas por aquí.

Aunque era una zona residencial familiar, los padres necesitaban desahogos, motivo por el cual el barrio de Lucía estaba lleno de sitios para tomar unas cervezas o una copa de vino y poder robar al día un momento de asueto.

Caminaron juntos hasta el portal de Lucía y Jon esperó a que bajara de nuevo a los cinco minutos. Ya sentados en una cervecería a la que ella solía ir a tomar algo de vez en cuando con alguna madre del colegio de sus hijos, Jon procedió a narrarle su cita de Tinder: una madre —probablemente del colegio de sus hijos, pensó Lucía—, recién divorciada, con un hijo adolescente y con ganas de retomar su actividad sexual. A lo loco.

—En serio, no he visto cosa igual en mi vida. Le interesaba cero cualquier tipo de conversación. Pero cero.

—Pero ¿qué esperabas? Si la encontraste en Tinder, ¿no?

Esa aplicación que está plagada de hombres y mujeres recién divorciados, que huyen del compromiso como si fuera la encarnación del anticristo y que solo buscan divertirse. A ser posible, cada semana con alguien diferente.

—Sí, fue un *match* de Tinder. Llámame romántico, pero yo escucho historias por ahí de gente que se ha conocido por aplicaciones de estas y se ha enamorado... Yo solo quiero encontrar a la Maricarmen de turno, enamorarme, casarme, irme a vivir a una casita con jardín a las afueras y tener una niña a la que consentir y mimar hasta el infinito. Recorrer el mundo con mi familia, hacer planes, pasar las tardes del domingo arreglando el jardín o redecorando la casa... ¿Pido tanto?

—Jon, querido, te lo digo con todo el cariño del mundo: eres un poco mujer, ¿lo sabes? Eso lo primero. Lo segundo: ¿Maricarmen?

—Bueno, por decir un nombre. Una chica normal, sin taras, que busque lo mismo que yo...

—Ay, amigo. Sin taras. Mucho pides.

—*I know*... Brindemos, anda. Ahoguemos las penas.

Cuando entró a casa un par de horas después, con el abdomen dolorido de las risas que se había echado con Jon, Lucía se acordó de su hermana y pensó, por primera vez, en la razón que tenía. Acababa de pasar una velada divertidísima con un amigo, hombre y heterosexual. No había atracción por ninguna de las dos partes. Y, sin embargo, de haber estado casada —o de haberlo estado él— aquellas cañas improvisadas no habrían tenido lugar. ¿O sí?

XL

Guillermo y Elena, entretanto, cenaron en un restaurante cerca de la Piazza Navona, tras lo cual cruzaron de nuevo el río hasta llegar a un karaoke-piano bar.

—Eres como antiguo, ¿no? —Elena le picó mientras él le sujetaba la puerta para que entrara al local.

—¿Ya no están de moda los karaokes? —Se hizo el sorprendido—. Hace demasiados años que no salgo. Y aunque siempre es divertido tomarse algo mientras ves a la gente hacer el ridículo cantando grandes hits de la historia del pop, confieso que lo que más me llamó la atención del lugar fue el concepto de piano-bar.

—Es un clásico que no pasa de moda.

—¿Ves? Soy clásico, no antiguo...

Guillermo pensó que la sonrisa de Elena en aquel momento escondía de todo menos tristeza. Había acertado con la sorpresa. Mientras tomaban asiento en la mesa que tenían reservada, Elena sonreía pensando en el estupor de su amigo cuando descubriera uno de sus secretos.

Les dejaron la carta de bebidas junto al catálogo de canciones que podían pedir si se animaban a cantar. Mientras Guillermo echaba un vistazo a los cócteles, ella se dedicó a las canciones. Cuando el camarero volvió, pidieron dos mojitos —lo mejor para empezar, decidieron.

—Ah. —Elena llamó su atención antes de que se fuera—. Y tocaremos *City of Stars*.

La cara de Guillermo fue un poema.

—¿Tocas el piano? ¿Desde cuándo? Joder, y la sorpresa te la iba a dar yo...

—Desde niña. Me relaja muchísimo. Dicen que todo lo que haces con las manos ayuda a relajar la tensión. Lo cierto es que llevaba tiempo sin practicar, pero cuando ocurrió... aquello, me volqué de nuevo en el piano, y ahora soy incapaz de dejarlo. —El rostro de Elena se iluminó como lo hacía el de Guillermo cuando hablaba de su hijo—. Pero no es algo que cuente el primer día que conozco a alguien... —Como tantas otras cosas, pensó—. Tampoco se suelen dar oportunidades tan claras para demostrar mi talento. Me lo has puesto a huevo, querido.

Elena le guiñó un ojo, divertida, y se puso en pie cuando el chico que estaba en el escenario junto al piano le hizo una seña para que se acercara.

—Vale. —Guillermo se puso también de pie—. Tú serás una caja de sorpresas, pero yo no tengo vergüenza.

Y así fue como dos amigos empezaron la noche al son de *City of Stars*, mientras Elena tocaba y ambos cantaban como si fueran los mismísimos Ryan Gosling y Emma Stone.

Cuando la gente se puso en pie para aplaudirlos al final de la actuación, Elena miró a Guillermo haciendo reverencias sobre el escenario y sintió el corazón lleno por primera vez en mucho tiempo. No era amor. Pero aquello podría durar toda la vida, como solo duran las mejores amistades.

—¿A quién te recuerda la canción? —le preguntó Guillermo mientras caminaban de vuelta hacia el hotel.

—¿*City of Stars*? ¿Me tendría que recordar a alguien?

—*La La Land* nos recuerda a todos alguna historia de amor inacabada.

Siguieron caminando en silencio, cada uno absorto en esa historia que se quedó a medias.

Guillermo le contó a Elena la suya con Irene, su primera novia seria. Habían empezado a salir en el último año de colegio, cuando tenían diecisiete años y les quedaban apenas unos meses para trasladarse desde su Burgos natal a Madrid, donde él estudiaría Publicidad y ella Farmacia.

Irene era una chica morena, con el pelo largo, liso y tan brillante que llamaba la atención. Con los ojos ligeramente rasgados, solía bromear diciendo que tenía algún antepasado asiático —aunque hasta donde sabía, el lugar más lejano del que provenían sus ancestros era Cantabria.

El primer mes en Madrid fue como una pequeña luna de miel. Mientras Guillermo compartía piso con otros tres chicos, Irene lo hizo con su hermana mayor y otra amiga. Dedicaron esas semanas en las que aún no habían empezado las clases en la universidad a comprar cosas para sus respectivas habitaciones, ir a conocer las facultades en las que pasarían los siguientes cinco años y salir a descubrir Madrid.

Conocieron a mucha gente nueva pero aun así no se separaron; al contrario, estaban más unidos que nunca. Compartían sueños e ilusiones. Hacían planes sobre el barrio en el que alquilarían un piso cuando pudieran irse a vivir juntos. Y especulaban sobre dónde abriría Irene su farmacia. De vez en cuando volvían a Burgos a pasar un fin de semana y ver a su familia y los amigos que habían dejado allí.

Pronto llegó la primera Navidad y, el día antes de volver a casa, Irene salió a cenar con sus amigas de la facultad. Guillermo decidió quedarse en casa y acostarse temprano, pues él sería el encargado de conducir al día siguiente hasta Burgos, y claramente no iba a poder contar con Irene ni con su hermana, que también salía aquella noche de fiesta. Ninguna de las dos bebía, pero no se acostarían temprano, eso seguro.

Cuando se despertó por la mañana, cogió el móvil para mirar la hora y encontró una llamada perdida de Irene. Era de las dos de la mañana, y le había dejado un mensaje en el buzón de voz:

Gordo, solo te llamaba por si seguías despierto... He llevado a Candela a su casa, ¡mira que vive lejos! Y ahora volviendo por la carretera me está entrando un sueño que no veas... Así que era para ver si me dabas conversación. Bueno, nos vemos por la mañana. Llámame cuando te despiertes. Si no te lo cojo a la primera, insiste, que tengo taaaanto sueño que podría dormir hasta mediodía. ¡No esperes que te dé conversación en el viaje mañana! Pienso dormir hasta que lleguemos al Landa... Te quiero.

Guillermo tuvo un mal presentimiento. A los pocos minutos de dejar el mensaje, Irene se había dormido al volante y se había empotrado contra una parada de autobús. No sufrió; murió en el acto. A la mañana siguiente no solo su novio, sino varios de sus amigos y también su hermana se encontraron un mensaje similar en sus buzones de voz.

De haber descolgado el teléfono cualquiera de ellos, quizá Irene seguiría viva. Aquel pensamiento había obsesionado a Guillermo durante muchos años.

—No sé cómo alguien puede superar algo así. —A Elena apenas le salían las palabras.

—No lo superas. Pero vives con ello. No te queda otra.

Elena miró de nuevo a aquel chico, pero viéndole con unos ojos con los que no le había visto antes. Admiró aún más esa alegría de vivir que había reconocido en su mirada el primer día y sintió ganas de abrazarlo. Los problemas que tenía le parecieron pequeñísimos comparados con el infierno que debió de pasar su nuevo amigo.

—Venga, que solo quedan unos minutos para tu cumpleaños... —Guillermo miró el reloj, que marcaba las doce menos cuarto—. No es momento de ponerse tristes. ¡Si lo sé no te lo cuento...! Es parte de mi vida. Triste, pero como tantas otras historias. Soy quien soy, y como soy, en parte gracias a ella y a cómo me cambió esa experiencia. Ahora valoro mucho más la vida y el día a día. Soy plenamente consciente de que hoy estamos aquí... y mañana no sabemos. Por eso conocerte a ti me ha hecho mucho bien. ¡Quizá nunca habría vuelto a Roma de no ser por ti!

Ella le sonrió y le cogió del brazo, sintiéndose inmensamente feliz.

XLI

En los pocos metros que los separaban ya del hotel, Elena le contó su historia inacabada. Que además daba la casualidad de ser con la persona con la que había visto *La La Land* por primera vez.

—No es una historia tan trágica, y al lado de la tuya te parecerá una tontería...

—Jamás me río de nada que a alguien le parezca importante. Yo también he tenido mi dosis de tonterías, ¡a ver si te crees que todas las historias de mi vida son trascendentales!

Elena le habló de aquel chico con el que había empezado a salir en la época en la que trabajaba como periodista, mucho antes del ministerio. Se habían conocido en un vuelo, cuando le dieron unos días libres en el periódico y por recomendación de su hermana decidió ir a conocer Oporto. El destino le encantó —tanto que había vuelto varias veces desde entonces— y regresó con las pilas recargadas tras una época de bastante estrés.

Al despegar en Oporto, como siempre, Elena se había aferrado al reposabrazos y había cerrado los ojos con fuerza. Unos segundos después, notó una mano sobre la suya. Sobresaltada, se giró para descubrir que era del chico que estaba sentado a su lado.

—Yo también lo paso mal. ¿Por qué no lo pasamos mal juntos?

Sebastián era la antítesis de lo que normalmente atraía a Elena. Pelo rubio, largo, despeinado, ojos entre verdes y marrones... Un estilo surfero, entre descuidado y cuidado, pero vestido con unos Dockers y una camisa. Desconcertante.

Pasaron todo el vuelo hablando y para cuando aterrizaron era como si se conocieran de toda la vida. Sebastián era fotógrafo y se dedicaba a viajar por el mundo para hacer fotografías que luego vendía a editoriales de guías de viaje o a revistas especializadas en la materia. Soltero y sin hijos, decía no tener tiempo para una familia ni una relación estable, pues pasaba gran parte del tiempo fuera de España. Estaba abierto sin embargo a conocer a alguien que le hiciera cambiar de idea. Y ese alguien fue Elena.

Se enamoraron locamente y durante unos meses vivieron un cuento de hadas. Elena le acompañó en algunos viajes; en todos los que pudo tirando de los días de vacaciones que tenía en el periódico. Cuando no podía viajar —porque ni sus ingresos ni sus días libres eran ilimitados—, Sebastián espaciaba sus trabajos lo más posible para pasar más tiempo juntos. Elena temía que terminara arrepintiéndose de renunciar a proyectos por ella, y fue precisamente por eso por lo que le dejó.

—Pero ¿ocurrió algo? —A Guillermo aquel final le resultó tan abrupto como al propio Sebastián en su momento.

—No, en absoluto, nada. Simplemente que éramos muy jóvenes y no quise ser un ancla en su vida. Yo no podía seguirle el ritmo de sus viajes y él estaba renunciando a muchos proyectos por mí, justo cuando su carrera estaba despegando.

—Fuiste muy generosa. No debió de ser fácil.

—Nada fácil.

—¿Y nunca os habéis vuelto a ver?

—No, nunca volvimos a hablar.

Elena no estaba aún preparada para contarle la historia completa, pues se sentía culpable del distanciamiento entre ambos. En realidad, pasó muy poco tiempo, tras romper con

Sebastián, antes de que se diera cuenta del enorme error que había cometido. Semanas después seguía echándole de menos mañana, tarde y noche y era incapaz de poner su vida en orden sin él. Andaba por la vida como pollo sin cabeza y en una melancolía constante. Al final se tragó su orgullo y a los pocos meses contactó de nuevo con él pero Sebastián, con bastante frialdad, le dijo que estaba con otra persona y que ella debería también rehacer su vida.

Le costó un mundo reponerse de aquello. Fue la primera vez que le rompieron de verdad el corazón; de hecho, también la única, pues desde ese momento lo blindó para no dejar que nadie se colara de nuevo en él y tuviera la oportunidad de destrozárselo. Jamás hubiera imaginado que Sebastián terminaría llamándola al poco tiempo suplicándole volver. Se había dado cuenta de que se había equivocado y que Elena era el amor de su vida. Había roto la relación con su nueva novia y estaba dispuesto a hacer cualquier cosa por volver.

Pero Elena ya no era la misma persona. Había aprovechado el dolor que le había provocado el anterior rechazo de Sebastián para sacar las oposiciones, y acababa de entrar en el ministerio hacía nada. Allí había descubierto un nuevo mundo; había salido de su caparazón, había hecho nuevas amistades y se había dado cuenta de que el mundo no giraba en torno a Sebastián. Lo había sacado definitivamente de su corazón y no estaba dispuesta a dejarle entrar de nuevo. Ya no quería sufrir. Así se lo hizo saber y esa fue su despedida...

Hasta que él reapareció por las redes sociales enviándole mensajes que Elena no había contestado. Para entonces, había perdido ya todo el pelo y se sintió incapaz de quedar otra vez con Sebastián y que la viera así. Él la conocía demasiado bien y estaba segura de que notaría lo de la peluca enseguida. No quería darle lástima. Y, sobre todo, no le apetecía abrir una herida que no estaba segura de poder cerrar después.

No tuvo la fuerza suficiente para contestarle y tampoco la

tenía ahora para contarle a Guillermo la historia completa. Temía que pensara que era tonta. Y probablemente lo era, haciendo una montaña de un grano de arena. Le había costado años entender que el pelo era solo pelo y que, como bien le decía Lucía, la gente le daba muchísima menos importancia de la que ella le daba. Pero Sebastián no era «gente». Era la persona a la que más había querido en su vida.

Miró a Guillermo y se preguntó cuándo sería capaz de normalizarlo tanto como para contárselo a la gente sin ese miedo que la paralizaba desde hacía dos años.

XLII

Sebastián había conocido muy bien a Elena, pero a pesar de ello nunca entendió por qué ella le había dejado. Por qué de la noche a la mañana, cuando más felices eran, ella decidió terminar. Y mucho menos por qué no había querido volver a intentarlo cuando él la llamó meses después, tras haber dejado a aquella chica a la que nunca quiso como a Elena. Había mucha gente en el mundo que nunca llegaba a sentir por alguien lo que sentían el uno por el otro. Y ellos, que habían sido tan afortunados de encontrar un amor así..., ¿renunciaban a él?

Pasaron años sin saber el uno del otro hasta que un día decidió buscarla en Instagram. Sonrió al ver su foto de perfil. Elena posaba en la orilla del Duero, en Oporto. Una foto del viaje en el que se habían conocido. Quiso pensar que era una señal y que eso significaba que le seguía recordando. Se arriesgó y decidió enviarle un mensaje privado. Pero ella nunca contestó. Tardó días en abrirlo, lo cual indicaba que o no era muy activa en redes sociales o había leído su mensaje en la notificación emergente y había decidido ignorarlo.

Desde entonces, regularmente, se metía a ver sus publicaciones. Así había descubierto que estuvo una época trabajando en un ministerio y que, tras un silencio que duró varios meses, volvió a la vida reconvertida en escritora. Hacía poco había visto que se encontraba en Roma y parecía feliz. Seguramente estaría con alguien; la persona que le había hecho esa foto con el helado en la Piazza Navona en la que salía tan sonriente. Cuánto le gustaba verla feliz y cuánto le seguía doliendo que no fuera con él.

No se atrevió a volver a contactar con ella, pero no la olvidaba.

XLIII

Cuando Elena bajó a desayunar a la mañana siguiente, Guillermo la esperaba ya con un regalo encima de la mesa.

—Pero ¡bueno! No hacía falta... ¿Cómo se te ocurre?

—Es una tontería. Y no me digas nada. ¡No podía dejarte sin regalo el día de tu cumpleaños!

Elena abrió el paquete con la misma ilusión que una niña la mañana del día de Navidad. En su interior encontró una libreta de cuero como las que habían visto el día anterior en la Cartoleria Pantheon, una papelería de la que se había quedado prendada. En la cubierta de la libreta había un mensaje grabado: «*Life is a journey. Take notes along the way*». («La vida es un viaje. Toma notas en el camino»).

—Millones de gracias. —Le besó en la mejilla en un gesto espontáneo y abrió la libreta, desatando las cintas de cuero que servían para cerrarla.

Sacó del bolso un bolígrafo y escribió con cuidado en la primera página la fecha y el lugar.

—Será un bonito diario de viaje. ¡Espero que lo llenemos entero!

—Por favor, escribe todo lo sucedido anoche, incluidos mis gallos cantando. Así seguro que algún día podrás chantajearme. Y nunca se sabe..., ¡quizá saques de aquí ideas para tu primera novela!

Elena se permitió soñar durante unos segundos. Y se dijo

que ellos dos serían unos magníficos protagonistas de cualquier novela.

Pasaron el resto del desayuno recordando las risas de la noche anterior.

—¿Qué me dices de la que subió a cantar la de Céline Dion?

—Pues que una tiene que ser consciente de sus limitaciones. Yo a lo más que llego es a Emma Stone, como ves. Y porque no es cantante.

—A mi lado es cantante cualquiera. Pero soy un caballero, no te iba a dejar ahí sola encima del escenario...

—Fue muy divertido, sí... Y viendo cómo cantas, agradezco doblemente el gesto. —Guillermo giró la cabeza, haciéndose el indignado, y Elena no pudo contener la risa.

El día de su cumpleaños no podía haber comenzado mejor.

Su avión salía a media tarde, así que aún les dio tiempo a disfrutar un rato de la ciudad. Se acercaron caminando hasta la Orden de Malta para mirar por el ojo de la cerradura de la puerta, desde donde había una vista perfecta de la cúpula de San Pedro. Otro de los secretos que Elena no conocía de la ciudad y que apuntó, por supuesto, en su recién estrenada libreta.

En el camino de vuelta hacia la zona del hotel pasaron por la temible Boca de la Verdad, la famosa escultura de mármol cuya boca muerde la mano de aquellos que mienten. Ambos la introdujeron con cierto miedo, pues en el fondo los dos tenían secretos. Pero pasaron la prueba porque eran secretos, no mentiras.

Guillermo no le había contado a Eva que viajaba acompañado.

Elena le ocultaba la enfermedad que padecía.

La Boca de la Verdad decidió ser piadosa con ellos y darles la oportunidad de revelarse mutuamente sus secretos más adelante.

Ya de vuelta en la plaza del Panteón, se sentaron a comer en un restaurante en el que Guillermo había reservado la noche anterior para celebrar el cumpleaños de Elena: Casa Bleve.

—¡Qué preciosidad! —exclamó ella entusiasmada cuando descubrió que el restaurante se encontraba en el interior de un *palazzo* del siglo XVI.

—Podría quedar fenomenal, pero confieso que lo reservé anoche buscando en Google un sitio mono por la zona. ¡No íbamos a comer un trozo de pizza por la calle el día de tu cumpleaños!

A Elena no le habría importado nada, pero agradeció el gesto. El lugar era de ensueño. La comida estaba deliciosa e incluso le trajeron un trozo de tarta de postre con una vela. Tenía tantas cosas que apuntar en su libreta nueva.

—Pide un deseo.

«Que nuestra amistad sea eterna». Sopló. Y la vela se apagó a la primera.

XLIV

Aún les dio tiempo a tomar un café con calma, que aprovecharon para conocerse un poco más e indagar en sus respectivas vidas, que eran muy distintas. Y, sin embargo, coincidían en tantas cosas que daba miedo.

—Somos un poco gemelos separados al nacer. ¿En qué hospital dices que viniste al mundo?

—Pero ¡si eres de Burgos! Salvo que me hayan engañado o sea un bebé robado, yo nací en Madrid. Gata, gata.

—Pues eso sí que es raro...

—Y que lo digas. Reconozco que me encanta, pero alguna vez he echado de menos eso de no tener pueblo o ciudad de provincias a la que ir de vez en cuando. Cuando llega un puente, todo Madrid sale pitando al suyo. También te digo que visitando los de mis amigos me he recorrido toda la geografía española...

—¿Conoces Burgos?

—Solo de pasada... Un finde corto hace mil años. Recuerdo un paseo junto al río muy agradable, lleno de árboles.

—El Paseo del Espolón.

—Ese. Me pareció precioso. Recuerdo una librería que tenía una selección muy buena de literatura. Me llamó la atención. Y más ahora, viendo el gusto literario que tenéis los burgaleses...

—Idiota. Yo compraba siempre los libros en Santiago Rodríguez, ¡la librería más antigua de España! La misma en la que los compraban mi madre y mi abuela. Antes estaba en la Plaza Mayor, pero se trasladaron hace unos años a un local más pequeño.

—Algo he leído sobre su historia, sí. Y cuéntame, ¿qué leías de pequeño? Somos de la misma quinta, seguro que en algo coincidimos. ¿*Los cinco*?

—Por supuesto. Y *Los siete*. Estos no los conocía mucha gente, pero también me encantaban.

—¡Yo sí! Me los leí todos. Como los de *El pequeño vampiro* y los de Roald Dahl.

—*Check*. Y *check*. De hecho, aún los tengo por casa y me alegro... Espero que Pablo se los lea algún día. Yo creo que hay libros que no pasan de moda.

—Completamente de acuerdo. Mi hermana y yo les pasamos a mis sobrinos los de *Elige tu propia aventura* y les vuelven locos.

—Ostras, ¡es que eran buenísimos! Ahora me están dando ganas de releerlos. —Guillermo sonrió recordando los buenos momentos que había pasado entre aquellas historias.

Elena se perdió en sus pensamientos y recordó aquellas colecciones que se negaba a confesar haber leído —varias veces, de hecho—: *Torres de Malory, Santa Clara, El club de las canguro, Las gemelas de Sweet Valley...* Estaba convencida de que aquellos tomos no habían pasado por las estanterías de Guillermo. Seguro que en su lugar estaban las grandes novelas de Emilio Salgari o Julio Verne. Tenía pinta de haber disfrutado con *La vuelta al mundo en 80 días*.

—¿Tienes más hermanos además de Lucía? —Guillermo interrumpió sus pensamientos.

—Qué va. ¿Tú?

—Ninguno... Debe de ser guay crecer tan unido a alguien. No es que lo haya echado de menos, pero cuando conozco a hermanos que se llevan tan bien como vosotras la verdad es que pellizca un poco.

Elena entendió que solo hubiera tenido un hijo. Hijos únicos solían venir de hijos únicos. Al final uno no echa de menos lo que no ha conocido. Lucía, sin embargo, tuvo claro al nacer Jaime que le daría un hermano. Ellas habían crecido tan unidas que no se imaginaba privando a su hijo de la misma experiencia.

—De todos modos —añadió, para tranquilizar a Guillermo—, no todos los hermanos se llevan bien. Que hay cada historia por ahí... En el fondo es una lotería.

—Tienes toda la razón. —Guillermo miró el reloj y vio que aún les daba tiempo a otro café rápido—. Suficiente respecto a la familia. Ahora, cuéntame: amores.

—¿Amores?

—Ya conozco la historia de Sebastián. Muy apropiado el nombre, por cierto, podría ser el protagonista de *La La Land*. Pero habrás tenido más historias... ¿Eres de relaciones largas o cortas? ¿Alguna vez has sido infiel? ¿Te lo han sido? ¿Cuándo fue tu última relación...? Ese tipo de cosas. —La sonrisa angelical de Guillermo hizo que Elena estallara en una carcajada.

—Pero ¡si la periodista soy yo! ¿Estás seguro de no haberte confundido de aula en la facultad? Recuerdo alguna clase sobre cómo interrogar a un personaje conocido... ¡Y se parecía mucho a esto!

El último café estuvo acompañado por un relato —bastante entretenido— de las relaciones anteriores de Guillermo, que decidió dar el primer paso. La verdad es que comentar con un hombre todas esas historias, las desastrosas y las divertidas, suponía una experiencia nueva y diferente. Un soplo de aire fresco.

Antes de casarse, la relación más larga de Guillermo había sido la que había tenido con Irene y que tan trágicamente había terminado. Después, había estado con varias chicas, nunca más de un año. Casi todas bastante normales, aunque también había tenido su pequeña dosis de extravagancia. Como aquella loca del deporte que le dejó exhausto.

—Cada fin de semana era una actividad distinta. Empezó con pequeñas cosas: una carrera, un torneo de pádel... Hasta que me propuso que fuéramos al rocódromo por las tardes después de trabajar para mejorar nuestro nivel de escalada y poder salir a la sierra los fines de semana. A despeñarnos, supongo, porque yo no había escalado en mi vida ni tenía intención. Y mira que yo soy muy activo, pero lo suyo era otra liga. Llegó un momento en que tuve que elegir entre mi integridad física o ella. Lo tuve claro.

Elena rio imaginando al pobre Guillermo siguiendo a la chica por todas partes con la lengua fuera.

—Lo que yo siempre digo; hay líneas rojas en las relaciones. No hace falta que todas las aficiones sean comunes, pero... Entre eso y jugarse la vida siguiendo al otro, hay un trecho. Yo soy *cero* deportista. No me importaría estar con alguien que lo sea, siempre que me dejara tranquila y pudiera esperarle sentada en el sofá leyendo un libro.

—Exacto. Qué manía a veces de querer compartirlo todo. Para eso Eva es estupenda, la verdad. Nuestro lema: «Estamos casados, no cosidos».

—¡Me encanta! Me lo apunto.

—Es una buena definición de lo que debe ser una relación sana. Según mi opinión, vamos.

—Totalmente de acuerdo. Háblame de Eva, anda.

XLV

Guillermo disfrutó recordando cómo habían sido los inicios de aquella relación que se había convertido en la más importante de su vida.

Se habían conocido, como suele ocurrir, por amigos comunes. Fue en la fiesta de lanzamiento de un nuevo producto cuya campaña había llevado Guillermo en la primera agencia en la que trabajó. Una de sus compañeras, que desde el primer día parecía empeñada en encontrarle novia, llevó a una amiga que estaba segura de que encajaría con él, aunque a priori no tenían demasiadas cosas en común. Pero el instinto de su compañera no falló. El flechazo con Eva fue instantáneo. No dejaron de hablar en toda la noche... ni en las semanas siguientes. No tenían muchas aficiones comunes, salvo viajar —y ya sabemos cómo terminó aquello—, pero tenían inquietudes, sueños e ilusiones. Y esas ganas maravillosas de querer acompañar y apoyar al otro en ellos.

—No sé decirte qué me enamoró de ella, pero creo que eso es lo bonito. Cuando te enamoras y es por nada y por todo a la vez.

Elena estaba de acuerdo.

—Ella me apoyó en mi carrera, se ha ocupado siempre de nuestro hijo para que yo pudiera adaptarme al ajetreo de la vida y eventos del mundo de la publicidad. Y siempre con una sonrisa; jamás me ha echado nada en cara. Cuando la conocí

—continuó— ella soñaba con dirigir su propia galería de arte. Por aquel entonces hacía unas prácticas en ARCO y tenía un trabajo precario en una importante casa de subastas del barrio de Salamanca.

—¿Y qué hace ahora?

—Pues tiene un trabajo mejor y la verdad es que para dedicarse a lo que se dedica, un chollo de horario. Pero me da un poco de pena ver cómo parece haber renunciado a sus sueños. Intento animarla a que los retome y abra su propia galería, pero es como si hubiera tirado la toalla.

—Quizá ya no es su prioridad... Supongo que cuando tienes hijos la vida te recoloca las cosas y haces sacrificios.

—Pero no tendría que ser la única que se sacrificara. Yo no siento haber renunciado a grandes retos profesionales por Pablo. Y además sería un buen ejemplo para él ver a su madre cumpliendo el sueño que le llevó a estudiar Historia del Arte. En fin... *enough about me.* Deja de esquivar la pregunta, que al final nos vamos de Roma y ¡no me has contado nada sobre tu vida amorosa! Te advierto que cuanto más esquives el tema, más me va a picar la curiosidad. —Guillermo era un hombre de ideas fijas—. Soy cotilla por naturaleza, qué quieres que te diga. Y me cuesta pensar que una mujer tan interesante como tú no esté viviendo una historia detrás de otra.

—Pues no te creas que hay mucha chicha... Sobre todo en estos últimos años. Y antes de eso, fui más bien de relaciones largas. Vamos, no de diez años, pero sí de cuatro o cinco.

—Uf, eso me parece ya un montón.

—Se puede hacer muy largo, sí... —Elena sonrió recordando alguna que se le había atragantado.

Siempre le costaba dejar una relación y en más de una ocasión había tardado hasta un año en pronunciar en voz alta la decisión que su cabeza había tomado hacía ya mucho tiempo.

Decidió justificar la ausencia total de relaciones en los últimos dos años con el hecho de que tenía mucho trabajo y llevaba una vida muy solitaria.

—¿Y no echas de menos compartir tu vida con alguien?

Elena reflexionó. En eso Guillermo y ella no se parecían mucho; ella abrazaba más la soledad.

—Supongo que a veces. Cuando viajo y veo cosas así, por ejemplo. —Señaló hacia una mesa donde una pareja hablaba mirándose a los ojos como si no hubiera nadie más en el restaurante—. Pero cuando estoy sola en casa, leyendo, tocando el piano, escribiendo..., haciendo lo que quiero a cualquier hora del día, soy tan feliz que ni me planteo volver a compartir techo con alguien. Si te soy sincera, el amor no es mi prioridad ahora mismo.

Lo que Elena no verbalizó fue que aquello no era del todo cierto. Había estado pensando mucho en Sebastián últimamente, y en lo feliz que fue con él. Muchos dirían que llamarlo «el amor de su vida» era una exageración, pero era sin duda la relación en la que más feliz había sido. A menudo, especialmente en los últimos meses, se preguntaba si había sido una tonta al dejarle cuando aún le quería. Y si era más tonta aún por no haber aceptado volver con él ni haber contestado a sus mensajes.

Guillermo había escuchado atentamente a Elena y le pareció evidente que ocultaba algo, pero no quiso preguntarle. Era cotilla pero también sabía respetar los tiempos de cada persona. Elena ya se lo contaría cuando estuviera preparada.

XLVI

Eva dejó el teléfono sobre la mesa cuando oyó el ascensor. Había estado mirando la cuenta de Instagram de Guillermo, viendo las fotos de Roma y recordando cuando estuvo allí de viaje de fin de curso en tercero de BUP. Ya por aquel entonces la Ciudad Eterna la había enamorado con sus obras de arte escondidas en cada rincón. Ojalá pudiera volver algún día.

A juzgar por las fotos que había subido, su marido había disfrutado en grande de aquella escapada sorpresa. El fin de semana de ella, desde luego, había sido muy distinto, con el esguince de Pablo y todas las tareas del hogar, que solían hacer entre los dos. Tenía ganas de verle.

Mientras oía abrirse la puerta de casa, volvió a sentir ese miedo que la inundó cuando le contó que se iba. ¿La habría echado de menos? ¿Se habría dado cuenta de lo mucho que echaba de menos viajar? ¿De lo bien que estaba solo? ¿De que no la necesitaba? Todas las inseguridades del mundo se adueñaron de ella, que por otro lado no era precisamente una mujer insegura.

Guillermo entró en el salón, dejó la maleta junto a la mesa del comedor y, sin intercambiar palabra, fue corriendo a besar a su mujer. Y a Eva se le pasaron todos los males.

Viajar es una sensación maravillosa. Pero es aún mejor la de volver a un hogar al que estás deseando regresar.

XLVII

Elena, que había vuelto a compartir taxi con Guillermo para regresar desde el aeropuerto, entró a su piso y se derrumbó en el sofá. Barajó quedarse ahí un buen rato, pero había algo a lo que no podía resistirse: una buena ducha. Siempre que volaba en avión tenía la necesidad de pegarse una ducha en cuanto llegaba a casa. Como si volviera sucia —ni que uno sudara en los aviones, donde más bien podías ver pingüinos caminando por los pasillos habida cuenta de la temperatura a la que ponían el aire—. Pero era una manía que tenía.

Justo cuando iba a levantarse del sofá, oyó una notificación de su móvil, aún dentro del bolso. Alguna felicitación tardía de cumpleaños, pensó. Realmente ya le habían felicitado todas las personas que esperaba: la familia y aquellos amigos con los que tenía un contacto más o menos habitual. Incluso alguno que se habría acordado por las siempre efectivas notificaciones de Facebook que a todos nos seguían llegando para recordar cumpleaños de compañeros de colegio. El mensaje que no esperaba recibir era el que aparecía en la pantalla de su móvil en aquel momento: el de Sebastián.

Sebastián
Muchas felicidades, Elene. Veo por
Instagram que andas por Roma y muy feliz.
Me alegro en el alma. Espero que hayas

pasado un día maravilloso. Un beso fuerte.
Sebastián.

Elene. Solo él la había llamado así. Una punzada en el corazón le hizo dejar el móvil sobre la mesa; no sabía si contestar ni qué contestar.

Se dirigió hacia el baño y mientras dejaba correr el agua se quitó la peluca. Se preguntó qué pensaría la gente que la conocía si la viera así. Y cuántos de los que la rodeaban sospechaban que llevaba una peluca. Pero no tuvo tiempo de pensarlo mucho porque algo llamó su atención. Se acercó al espejo, que empezaba a acumular algo de vaho... Y lo que vio hizo que las lágrimas afloraran a sus ojos.

Le estaba empezando a salir pelo.

Se quedó perpleja, mirando su reflejo durante casi un minuto entero. Después salió al salón envuelta en una toalla y sin apenas secarse, cogió el móvil y escribió un mensaje:

Elena
Muchas gracias. Han sido unos años difíciles,
pero por primera vez vuelvo a sonreír en
mi cumpleaños. Espero que seas muy feliz.
Te lo mereces.

Cuando Sebastián recibió el mensaje, no supo si el motivo de aquella sonrisa había sido él o si lo era el fotógrafo de aquella instantánea en Roma.

Jamás hubiera imaginado que había sido un reflejo en el espejo.

XLVIII

Poco después de su viaje a Roma, Elena fue a recoger a sus sobrinos al colegio. De vez en cuando le gustaba sorprenderlos y llevarlos a merendar a la pastelería que había justo enfrente. A Lucía le hacía un favor y ella disfrutaba con un café, una palmera de chocolate y la conversación atropellada con aquellos pequeños terremotos.

—¡Tía Elena! —Miguel se acercó corriendo a chocarle la mano.

Un abrazo delante de sus amigos era pedir demasiado.

—¿Qué tal te ha ido el día? ¿Y tu hermano?

—Ahora saldrá, se han ido de excursión esta mañana y ahora están haciendo un coloquio. ¿Y sabes qué? —le dijo con una cara de felicidad inmensa—. ¡He sacado un ocho en matemáticas!

Elena se alegró de corazón. En casa estaban acostumbrados a los dieces de Jaime; cuando sacaba un nueve era un drama. Se le daba bien absolutamente todo. Miguel tenía otras cualidades; era más simpático, más divertido y mucho más espontáneo que su hermano, pero también le gustaba mucho menos estudiar. Se movía en el terreno del seis-siete, así que un ocho era todo un acontecimiento.

—Pues eso hay que celebrarlo. Mira, ¡por allí viene tu hermano! Ve pensando qué vas a elegir de merienda, canijo. ¡Hoy te la has ganado!

Un rato después estaban los tres sentados en una mesa llena de palmeras de chocolate, mini croissants y donuts. «Menos mal que no meriendo esto cada día», pensó Elena.

Jaime les habló de la obra de teatro que habían ido a ver, que no le había gustado nada. Le había parecido extremadamente tendenciosa. A su tía le hacía gracia que a su corta edad ya tuviese el criterio y las opiniones propias de un adulto. Miguel por su parte le contó que su equipo se había inscrito en un torneo de fútbol y le rogó a su tía que fuera a verle.

—No me lo pierdo por nada del mundo. Solo con una condición —le advirtió—: si marcas un gol me lo tienes que dedicar.

—Es que...

—Sí, ya lo sé. Estás muy concentrado y a veces se te olvida. Pero ¡a ver si por una vez te acuerdas!

Tía y sobrino cerraron el acuerdo con un apretón de manos.

Elena los acompañó después a casa y se quedó con ellos hasta que llegó su madre. Mientras los pequeños hacían los deberes, Lucía le ofreció a Elena un café.

—Así charlamos un rato, ¡que desde que has vuelto de Roma no nos hemos visto!

—Es que llevas una vida muy ajetreada, hermanita... ¿Así cómo quieres sacar tiempo para un novio?

—No puedo. Menos mal que me casé antes de que empezara esta vorágine, o esos dos mocosos —dijo señalando hacia la habitación de los niños— no existirían. Auuuuunque...

—Madre mía, ese tono promete algo interesante. ¿Has tenido una cita mientras estaba en Roma? ¿Has vuelto con Jacobo?

—Uff, ni lo menciones. Lo había borrado de mi mente. —El semblante de Lucía cambió de pronto—. Pero que sepas que me dijo que se va a casar con Nerea.

—¡Noooooooooo!

—Te lo juro. Y encima estábamos en el parque de atracciones con los dos niños subidos a no sé qué invento. Tuve que poner cara de «me alegro por vosotros» mientras por dentro pensaba «ojalá te deje plantado en el altar». O donde sea, porque no creo que se case por la Iglesia.

—Joder, qué fuerte. ¿Y tú cómo estás?

—A ver, que no debería importarme. En el fondo, me da igual y lo único que quiero es que mis hijos estén bien. Ella parece una chica maja y con ellos se porta fenomenal. Pero ya sabes...

—Ya. —Elena entendía a su hermana sin necesidad de que lo verbalizara. Era duro ver cómo la persona que había sido tu otra mitad era capaz de ser feliz sin ti. Una vez más pensó en Sebastián y se preguntó si él habría rehecho su vida de nuevo. Decidió meterse más tarde en su Instagram en busca de alguna señal—. Pero lo que me ibas a contar era otra cosa, ¿no?

—Ah, sí. ¿Sabes a quién me encontré el sábado cuando volví del parque de atracciones? ¡A Jon!

—Anda, ¿dónde?

—Pues aquí mismo, a la vuelta de la esquina. Alucina; venía de una cita de Tinder.

—¿Por aquí? —preguntó Elena con cara de sorpresa.

—Lo mismo pensé yo.

Lucía le contó a su hermana cómo había acabado la noche, entre cañas y risas, y una luz comenzó a encenderse en la cabeza de Elena.

—No me digas que aquí hay tema...

—¡No!

—Pero ¿te gusta? —Lucía dudó un segundo, lo que Elena tardó en saltar—. ¡Te gusta! ¡Qué fuerte! Y tú intentando liarme con él en Nueva York...

—Alto ahí..., ¡que no me gusta! De verdad. Cero. Tenemos además unos planes de vida diametralmente opuestos. Vamos, más distintos, imposible. Pero sí te tengo que decir una cosa: las cañas con él me hicieron darme cuenta de que tenías mucha razón. No está igual vista la amistad entre dos personas de distinto sexo cuando están solteras que cuando están en pareja. Tenías toda la razón.

A Elena le encantaba que su hermana por fin reconociera algo que ella había aprendido a la fuerza. Sintió algo de paz. Lo que le llevó a recordar la gran noticia que llevaba días queriendo compartir.

—Me da algo de miedo, como si lo fuera a gafar o algo... Pero ¡me está saliendo pelo!

A Lucía se le llenaron los ojos de lágrimas. Abrazó a su hermana y ya todo lo demás dejó de tener importancia.

El tema de la amistad entre hombres y mujeres no era lo único en lo que Lucía había entendido por fin a su hermana. Esa misma mañana había acudido a una revisión médica y mientras esperaba su turno se quedó mirando los vídeos divulgativos que proyectaban en bucle en los televisores que había en la sala de espera. Solía quedarse hipnotizada mirándolos, y es que siempre se aprendía algo.

Esa mañana estuvo viendo una entrevista a una joven que había superado un cáncer. La chica contaba entre lágrimas que cuando le dieron el diagnóstico solo pensaba en poder ver crecer a su hija, que acababa de hacer la primera comunión. Se había sometido a distintos tratamientos para luchar contra aquel agresivo tumor y en un momento de la entrevista admitió, avergonzada y entre lágrimas, que con lo que peor lo había pasado era con la caída del pelo. «Verme con la cabeza desnuda y tener que llevar una peluca durante meses fue lo más duro a lo que me enfrenté. Parece una frivolidad, pero estoy segura de que todas las mujeres que han pasado por lo mismo me entienden».

A Lucía se le puso la piel de gallina y pensó en su hermana. Siempre había tenido mucha delicadeza con ella y había tratado de ponerse en su lugar, pero esa entrevista le había abierto aún más los ojos.

En ese momento, viéndola sentada al otro lado de la isla de la cocina, con esa enorme sonrisa similar a la de la foto con el helado en Roma, sintió que por fin la vida estaba haciendo justicia con ella.

XLIX

La celebración del cumpleaños de Elena se fijó para ese fin de semana. Las dos hermanas y los niños fueron a comer unas pizzas a su restaurante favorito y por la tarde disfrutaron de una tarde de cine en familia con toneladas de palomitas. Fue la celebración que la cumpleañera había elegido, y no se arrepintió. Todos disfrutaron como niños.

Más tarde, tras dejar a Jaime y Miguel en casa de su padre, las dos hermanas pasaron a recoger a Lío por casa de Lucía y se lo llevaron a casa de Elena, donde iban a cenar con un grupo de amigos muy especial.

A la cena estaban invitados Jon, Guillermo, Miriam —la única amiga del ministerio con la que Elena seguía quedando asiduamente, pues era una fuente constante de alegría y buen rollo— y Óscar. Elena no sabía si Óscar entraría en casa como novio o amigo de Miriam. Cuando invitó a su amiga le había dicho que podía ir con acompañante y ella enseguida le dijo que iría con Óscar. Elena esperaba que su amiga por fin hubiese dado el paso definitivo con ese compañero de trabajo por el que siempre había sentido algo más que amistad.

Por su parte, Lucía le había dicho a Guillermo que podía llevar a su mujer y este pensó que podía ser una buena ocasión para introducir a Eva en aquel grupo —y que conociera a Elena— de una forma distendida.

Pero cuando se lo planteó un par de días antes, Eva creyó que aquello sería más una cena de trabajo que de celebración de cumpleaños y prefirió quedarse en casa.

—No te preocupes, me quedo con Pablo viendo una peli. Tú ve y disfruta.

—Podemos llamar a Jimena para que venga a quedarse con él. —Guillermo se refería a la vecina que solía quedarse con el pequeño cuando ambos tenían compromisos o las pocas noches que salían a cenar solos.

—De verdad, prefiero quedarme. Ya sabes además que los viernes yo estoy muerta. No hay plan que me apetezca más que sofá, manta y peli. El sábado ya hacemos algo si te apetece.

—Como quieras. —Guillermo no quiso insistir más.

L

Aunque entendió que fuera, a Eva le pareció algo chocante que Guillermo hubiera sido invitado a la cena de cumpleaños de la hermana de su jefa.

Sabía que la chica se había acoplado al viaje a Nueva York con su hermana y que allí se habían conocido todos. Pero ¿cuatro días de viaje de trabajo daban para terminar invitando unos meses después a su cena de cumpleaños a todos los que fueron? Si ni siquiera se habían vuelto a ver, que ella supiera.

Decidió no darle mayor importancia y llamó a su hijo para que fuera al salón a decidir con ella qué película verían aquella noche. Aquel era para ella el mejor plan, pero ni así logró quitarse de encima esa sensación de que había algo que se le escapaba.

LI

Mezclar a gente era algo que siempre le había gustado a Lucía; no tanto a Elena. Pero la cumpleañera tuvo que reconocer que el experimento finalmente salió bien. La cantidad de invitados había tenido que ser limitada por el número de comensales que cabían en su mesa de comedor, pero fueron la combinación perfecta.

No había vuelto a ver a Jon desde Nueva York, aunque el grupo de WhatsApp seguía vivo y de vez en cuando aprovechaban para ponerse al día y enviarse los típicos memes o *reels* en los que agentes inmobiliarios enseñaban apartamentos de lujo en la Gran Manzana. Además, también quiso invitarle por su hermana; no estaba del todo convencida de que Lucía no estuviese interesada por su director financiero. A Elena le había recorrido la espalda un escalofrío cuando esta le dijo que había invitado a la mujer de Guillermo. No tenían nada que esconder, ni mucho menos. Pero no estaba segura de cuál sería la actitud de Eva hacia ella. Suspiró aliviada cuando él le confirmó que iría solo; aunque imaginó que tarde o temprano se encontrarían.

Guillermo y Jon fueron los primeros en llegar.

—No sabía que erais matrimonio —bromeó Elena al abrir la puerta y verlos llegar juntos.

—Boba..., nos hemos encontrado en el portal. —Jon se acercó a darle un beso—. ¡Feliz cumpleaños!

—Muchas gracias. Pasad, anda. Y dadme vuestros abrigos, que los llevo a la habitación.

—Te acompaño. —Guillermo cogió su abrigo y el de su compañero—. Así me enseñas la casa. ¡Me encanta cómo la tienes decorada!

—A ver, que no es el palacio de Buckingham, en treinta segundos te la enseño. De hecho, desde un punto concreto del salón es posible ver casi toda la casa entera.

El apartamento de Elena no era muy grande, pero a Guillermo le pareció de lo más acogedor. Un amplio dormitorio lleno de estanterías con libros del suelo al techo, un cuarto de baño que parecía recién reformado, con una ducha de esas en las que dan ganas de pasarse media mañana, y un salón con la cocina integrada.

—Todo está como muy nuevo, ¿no? —dijo fijándose en los electrodomésticos.

—Sí, reformé el baño y la cocina hace unos años. Y se nota que no cocino mucho —se rio—. De todos modos, el piso estaba muy bien cuando lo compré.

—Vaya, vaya... Aquí está el rincón donde practica Mia... —dijo Guillermo aludiendo a la protagonista de *La La Land* cuando descubrió el piano en un rincón del salón.

Elena sonrió.

—Mi secreto mejor guardado. —Se llevó un dedo a los labios—. No digas nada o me harán tocar.

A pesar del episodio de Roma, con público incluido, Elena era una persona muy tímida y le gustaba disfrutar del piano en soledad. Rara vez tocaba con gente delante; se moría de vergüenza. Por algún motivo, sin embargo —o quizá, cuando había una botella de vino de por medio—, con Guillermo la perdía toda. Recordó con una sonrisa la velada en el piano-bar de la capital italiana y deseó poder repetirla en otra ocasión. Tal vez en otra ciudad. Tendría que ensayar alguna otra canción que pudieran cantar a dúo.

Lucía apareció en el salón junto a Jon con una botella de vino y unas copas. Venían riéndose de algo que Lucía había dicho.

—Lo de tu hermana es muy fuerte —le dijo Jon a Elena—. Directora general de una agencia de publicidad... ¡y no sabe abrir una botella de vino!

—*I know.* Y no será porque no he intentado enseñarla... Creo que sería más práctico enseñar a mis sobrinos.

—A ver, chicos, que no bebo nunca sola en casa, soy una madre responsable. Y cuando viene alguien a cenar o algo..., pues ya la abren ellos.

—Trae, anda. —Guillermo cogió la botella, la abrió en dos segundos y llenó las copas.

Justo en aquel momento sonó de nuevo el timbre. Lío pegó un ladrido como si quisiera avisar desde su rincón junto al mirador y Elena fue a abrir la puerta a los últimos dos invitados: Miriam y Óscar.

LII

Miriam era una de las mejores amigas de Elena. Era una amistad curiosa, pues no podían ser más opuestas. Mientras Elena disfrutaba con la soledad y rehuía el jaleo, Miriam, por el contrario, estaba rodeada de gente. Su casa parecía un hostal, pues siempre andaba acogiendo a alguien que empezaba quedándose a pasar la noche y terminaba instalándose durante una semana entera —¡o cuatro!—. Y eso jugándose la vida, pues vivía en un dúplex cuya escalera carecía de barandilla, lo que hacía que cualquier tropezón pudiera terminar con tu cuerpo cayendo por el hueco de la escalera —y la altura no era pequeña.

Durante su etapa en el ministerio ocupaban el mismo despacho y Elena aún se reía recordando anécdotas con su compañera: esos días que según llegaba tenía que volverse a casa para apagar la vela que se había dejado encendida tras hacer meditación antes de ir a trabajar, o cuando puso en marcha la nueva cafetera que habían comprado para la planta con las instrucciones dentro, haciendo que saltara la alarma antiincendios y que evacuaran a todo el edificio. Miriam era una fuente constante de risas y buen rollo y el tipo de persona que alegraba la vida de todos los que la rodeaban. Tocaba en un grupo de música y dedicaba todo su tiempo libre a ensayar con ellos y a hacer deporte.

Aquella noche vino con Óscar, que también trabajaba en

el ministerio —aunque en otra subdirección—. Miriam llevaba tonteando con él más tiempo del que ambas podían recordar. Elena había insistido siempre en que sería su futuro marido. Miriam seguía diciendo que solo eran amigos, pero ella
estaba convencida de que ahí había futuro. Estaba deseando
encontrar el momento para llevarse a su amiga a la habitación
y que le contara todos los detalles. Pero se conformó con pe-
garle un fuerte abrazo y un beso. Ya encontrarían tiempo para
hablar. Siempre agradecía estar con ella e ir atesorando recuerdos juntas.

LIII

Elena hizo las presentaciones oportunas. Aunque no era muy de mezclar gente, no tuvo duda de que todos los invitados se llevarían fenomenal. No se equivocó.

Miriam era la persona más sociable del mundo, así que a los cinco minutos se había metido a todos en el bolsillo. A Lucía ya la conocía y enseguida congenió con Jon y Guillermo.

—Muy monos. Te pega cualquiera de los dos. ¿Cuál es el que te gusta? —le susurró Miriam a Elena al oído en un momento en el que fueron a buscar algo de picar a la cocina.

—¡No, no! NO. No me gusta ninguno de ellos. Primero, Guillermo está casado y somos buenos amigos. Y Jon es muy majo, pero no me va nada. *Cero* clic. Ya lo intentó mi hermana, así que no te esfuerces.

Elena se rio cuando vio la cara de decepción de su amiga.

—Pero ¿no te habías ido a Roma con uno de ellos?

—Con Guillermo. Pero como a-mi-gos. —Qué difícil le resultaba a la gente entender esto, pensó Elena—. De hecho, yo creo que más bien el *match* está entre Lu y Jon, fíjate...

Las dos miraron sin ningún disimulo hacia donde los dos compañeros de trabajo hablaban distendidamente mientras Guillermo y Óscar se abrían unas cervezas.

—¿Y tan amigos os habéis hecho en tan poco tiempo como para viajar juntos? ¡Si nunca te has querido ir de viaje ni conmigo! —protestó Miriam.

—Pues... no sé explicarlo. ¿Es que hay un tiempo mínimo para que se desarrolle una amistad, acaso? ¿No nos hicimos tú y yo superamigas casi de un día para otro?

—Sí, es cierto...

—Los flechazos no solo ocurren en el amor. A veces encajas con alguien y, Miri, ya somos todos adultos. Igual que no fuerzas la amistad con quien sabes que no, no pierdes el tiempo con quien sabes que sí. La vida es muy corta.

—¿Y su mujer qué opina de esto?

Elena empezó a sentirse incómoda. ¿Acaso tenía que opinar algo? ¡Solo eran amigos! Decidió cambiar de tema y señalando a Óscar miró a su amiga con picardía.

—¿Y vosotros qué? ¿Os lanzáis de una vez? Que el vestido que me compré para vuestra boda se va a pasar de moda a este paso...

—A ver, tía. —Se rio Miriam—. Que ya te dije que Óscar y yo solo somos amigos.

—Pero siempre me dijiste que te atraía... —Elena recordó aquellos primeros meses, cuando se conocieron, y el tonteo entre Miriam y Óscar era evidente.

Su amiga estuvo a punto de dar un paso más, pero no se atrevió por miedo a estropear la amistad.

—Es un encantador de serpientes —añadió Miriam—. Si hiciera el más mínimo movimiento, él perdería el interés enseguida. Lo tengo claro.

—Nunca lo sabrás si no lo intentas, ¿no? —Elena sonrió y la dejó reflexionando mientras se dirigía al salón a reunirse con el resto de los invitados.

Después de una cena que por supuesto habían encargado, pues no les había dado tiempo a preparar nada tras el día fuera con los niños, las luces se apagaron de repente. Lucía entró en el comedor con una maravillosa tarta pavlova —la preferida de su hermana— sobre la que se erguía una sencilla vela.

«Muy bien, hermanita, no delatando mi edad», pensó Elena.

Los invitados empezaron a cantar el cumpleaños feliz y la homenajeada se sintió en ese preciso instante la mujer más dichosa del mundo.

Tras la tarta vinieron los regalos. Aunque Guillermo ya le había dado la libreta en Roma, entre él y Jon le habían comprado —asesorados por Lucía— una bonita bufanda color mostaza.

Miriam, por su parte, trajo el regalo más divertido de la noche —como no podía ser de otro modo, siendo el tipo de persona que era—. Se trataba de un simple kit de tarjetas con preguntas que dio mucho juego en la sobremesa.

—Son preguntas de todo tipo, que debemos ir contestando todos por turnos o en grupo, como prefiráis —explicó Miriam repartiendo un pequeño taco de tarjetas a cada uno—. ¿Quién empieza?

—Venga, yo mismo —se lanzó Óscar—. Pregunta para todos: ¿qué página web visitáis más de tres veces al día?

—Yo la del banco —contestaron Jon, Lucía y Elena a la vez.

—Yo creo que la prensa —dijo Guillermo, tras meditarlo.

—Spotify —concluyó Miriam, que según recordaba Elena se pasaba el día escuchando música en el ordenador con sus auriculares mientras trabajaba.

Óscar confesó que no consultaba ninguna web con demasiada frecuencia y continuó con la siguiente pregunta:

—Si estuvierais obligados a abandonar vuestra casa y solo pudierais coger una cosa, ¿qué os llevaríais?

—Mi ordenador —la respuesta de Elena y Guillermo fue automática.

—Cómo se nota quiénes son los dos espíritus creativos... —bromeó Miriam—. Yo creo que si la casa ardiera lanzaría el mío al fuego para asegurarme de que se quema. Salvaría mi guitarra, sin duda.

—Yo a mis dos hijos. Si se pueden interpretar como cosas. Y a ti, claro —dijo Lucía, acariciando a Lío, que se había tumbado a sus pies. No se separaba de su dueña salvo cuando veía la oportunidad de rascar algo de comida.

Así siguieron un buen rato contestando a preguntas sobre los temas más variados, lo que les sirvió para conocerse un poco mejor. Conforme iban avanzando, las cuestiones se fueron volviendo más personales. Desde la edad que tenían la primera vez que se acostaron con alguien, lo que osciló entre los dieciséis y los diecinueve años, hasta el número de parejas que habían tenido.

Elena fue la encargada de sacar la siguiente tarjeta:

—¿Quién creéis que liga más de vosotros? ¿Por qué motivo?

Todos estuvieron de acuerdo en que Jon, aunque este disintió con vehemencia.

—Pero ¡si no me como un rosco!

—A ver —intervino Lucía—. Es que el amor no está en Tinder. Estás buscando en el sitio incorrecto.

—Yo disiento. —Miriam había encontrado ya unos cuantos novios en la famosa aplicación de citas—. Pero vamos, que eres muy mono y muy majo. Seguro que no te hace falta ni Tinder.

—No te creas... Si es que además yo busco amor para una relación larga; definitiva, si es posible. Y me parece que en nuestro rango de edad la gente ya busca otra cosa.

—Eso es verdad —confirmó Lucía—. Pero la vida a veces te sorprende. Hay líos pasajeros que pueden transformarse en otra cosa. Incluso amistades que pueden dar paso a otros sentimientos.

—Me encantan las historias de amor que nacen de una amistad. —Miriam era, en el fondo, una romántica.

Elena asistía a aquel debate, no desconocido para ella, en silencio.

Óscar tampoco quiso intervenir, al menos por el momento. Le hacía gracia ver lo apasionada que era Miriam hablando de cualquier tema y además solía estar de acuerdo con ella en casi todo.

—Muy calladito te veo... —Justo en ese momento Miriam se dirigió a él.

—No tengo opinión sobre el tema. Ya sabes que yo soy más bien de relaciones efímeras y la única amiga (mujer) que tengo eres tú, que no me interesas en absoluto sexualmente hablando. —Óscar le guiñó un ojo haciendo ver que bromeaba y le dio un sonoro beso en la mejilla, al tiempo que la atraía hacia sí en el sofá.

Era un hombre muy cariñoso y eso Miriam, que también lo era, lo valoraba muchísimo. La amistad entre ellos había surgido hacía ya varios años por casualidad. Cuando Miriam entró en el ministerio, un amigo le dijo que conocía a un chico que trabajaba allí y le dio su teléfono, por si quería llamarle para un café. Los comienzos en los nuevos trabajos son duros, y tener una cara conocida siempre tranquiliza un poco.

Así que Miriam le llamó, quedaron el primer día a desayunar... Y hasta hoy. El flechazo, amistosamente hablando, fue instantáneo. Aunque cuando la gente los conocía veían tal compenetración que todos pensaban que eran pareja. Elena sí que sabía los sentimientos reales de su amiga y, por eso, nunca había dejado de insistirle para que lo intentara.

Pero Óscar era efectivamente un alma libre, que buscaba divertirse sin comprometerse con nadie. Como decía la propia Miriam, un encantador de serpientes que en cuanto conseguía a su víctima perdía todo el interés y pasaba a la siguiente. Reconocía —solo para sí mismo— que Miriam le atraía, pero temía que si daban un paso más, él terminara como siempre haciéndose una bomba de humo y que esa amistad tan increíble que tenían se echara a perder.

Miriam por su parte le quería mucho, pero ver desde primera fila su trayectoria amorosa la había hecho desistir y trataba de convencerse a sí misma de que no sentía por él más que el cariño de una amiga. Por eso quizá se llevaban tan bien. Por eso, quizá ninguno de los dos se decidía a dar el paso...

Dicen que los hombres solo son amigos de las mujeres que les gustan.
Dicen que las mujeres solo son amigas de los hombres que no les gustan.
¿Será cierto?

LIV

La velada continuó con el juego de las preguntas y cada vez era uno el que formulaba una nueva cuestión.

—¿Pensáis a veces en vuestros exnovios?

Las respuestas fueron de lo más variadas y los pensamientos de cada uno también.

Elena: sí (más bien en singular; solo en Sebastián).

Lucía: no mucho (solo en mi exmarido y porque no me queda otra).

Guillermo: solo en una (Irene).

Jon: yo soy más de mirar hacia delante (no dejé atrás nada hacia lo que valga la pena mirar).

Miri: varias veces al día (me cuesta muchísimo salir de las relaciones; sobre todo porque todos terminan siendo grandes amigos, y eso hace muy difícil el olvido).

Óscar: no me acuerdo ni de sus nombres (se puede escuchar el silencio dentro de su cabeza; prefiero pensar solo en Miri).

—¿Qué rasgo os atrae más de la persona que tenéis a vuestra izquierda?

A Elena de Guillermo: la sonrisa. Sincera y transparente (supe que era una maravillosa persona desde la primera vez que me sonrió).

A Guillermo de Jon: la mirada tan intensa (si fuera una tía, seguro que caía rendido a sus pies).

A Jon de Lucía: los ojos (jamás había visto unos ojos tan azules; ahí se han tenido que perder muchos hombres).

A Lucía de Óscar: su discreción y sencillez (algo que siempre me ha atraído en la gente; no puedo con la gente histriónica).

A Óscar de Miriam: su alegría (jamás he conocido a alguien con quien me haya reído tanto).

A Miri de Elena: su pelazo.

Elena se sintió el emoticono que se lleva la mano a la cara. Cruzó una mirada con Lucía —la única persona de las que estaban allí que sabía lo de su peluca— y no supieron si reír o llorar. Miri tenía siempre la capacidad de generar ese doble sentimiento. Pensó, divertida, que si en aquel momento se lo contara, su pobre amiga se tiraría por la ventana.

—¿Creéis que es mejor mentir para no hacer daño?

Elena y Miriam: depende.

Lucía, Guillermo y Óscar: sí.

Jon: no.

Este último no podía entender las respuestas que habían dado los demás.

—No voy a volver a fiarme de ninguno de vosotros en la vida. Especialmente de vosotros tres —dijo Jon señalando a los que habían contestado que sí casi sin pestañear—. Sois un poco psicópatas. ¿Y si os pusierais en la situación contraria? ¿Os gustaría que os mintieran para evitaros el daño o preferiríais saber la verdad?

Esta vez se lo pensaron un poco más, pero terminaron cediendo al «ojos que no ven, corazón que no siente».

—No tenéis remedio.

—¿De qué creéis que se arrepienten más las personas mayores cuando miran atrás en sus vidas?

Elena: de haber perdido el tiempo preocupándose por cosas que no tienen solución (como mi pelo; y ahora resulta que parece que sí la tiene y he perdido dos años de mi vida en los que casi no he pensado en otra cosa).

Lucía: de haberse casado con la persona con la que tocaba casarse, porque fue la que apareció en el momento en el que se suponía que ya tenías que sentar la cabeza y era alguien bastante aceptable. Pero no el amor de tu vida.

Guillermo: de haber hecho lo que se esperaba de ellas en lugar de lo que querían realmente.

Jon: ídem.

Miri: de haber dedicado demasiado tiempo al trabajo.

Jon: también ídem.

Óscar: de no haber disfrutado más.

Jon: también ídem.

Jon se los quedó mirando de nuevo a todos. Suspiró.

—No me estoy muriendo y ya me estoy arrepintiendo de todo lo que os he dicho, cabrones.

LV

Llegó el turno de la última pregunta y por unanimidad decidieron que la contestara la cumpleañera, sin antes haberla leído si quiera. Fue Óscar el encargado de hacer los honores.

—Debo decir que no ha sido adrede... Prometo que es la última tarjeta que quedaba. A mí no me mates que solo soy el mensajero.

A Elena se le pasó de todo por la cabeza. Y hubiera preferido casi cualquier pregunta de las que estaba imaginando a la que le tocó responder.

—¿Cuál es ese secreto que no has confesado a nadie?

Lucía contuvo la respiración. Las dos hermanas se miraron. Elena vaciló. Guillermo notó en su amiga una tensión que no había visto antes. Y decidió rescatarla.

—Yo conozco tu secreto...

Elena tembló.

—¡Toca el piano de maravilla! —Guillermo señaló hacia el rincón donde el piano negro de pared había pasado desapercibido al resto de los invitados.

Lucía y Elena sonrieron, relajadas. Mientras Miriam protestaba porque nunca se lo hubiera contado teniendo en cuenta que ella tocaba la guitarra en un grupo, Elena se acercó tímidamente al instrumento.

—Me das una envidia inmensa —dijo Jon—. Siempre quise aprender a tocar algo, pero soy un negado. Lo mío eran claramente los números.

—Pues que sepas que la gente a la que se le dan bien las matemáticas suele tener facilidad para la música y para los idiomas. Se utiliza la misma parte del cerebro. Y yo puedo dar fe, al menos respecto a la música y los idiomas. Reconozco que los números nunca fueron lo mío.

—Mira, juntos haríamos un equipo perfecto.

Elena le sonrió y se dispuso a tocar para deleite de sus amigos, que se acomodaron en el sofá para disfrutar de la melodía.

—No os pongáis muy cómodos que solo pienso tocar una... ¡Los vecinos me matarían!

—Lo dudo —dijo su hermana—. Están encantados contigo. Vamos, ¡si yo tuviera un vecino que tocara así, en vez de niños tocando la flauta...!

—Ya te digo... —coincidió Óscar.

—Hablando de lo cual..., mi grupo y yo damos un concierto el mes que viene en la sala Barco. ¿Por qué no os venís todos? Es más, no es una propuesta; porfa, venid. Necesitamos llenar la sala como sea.

Las caras de pena de Miri siempre le habían hecho mucha gracia a Elena.

—Pásanos la info, anda, petarda.

Todos acordaron hacer lo posible por ir; sería una buena ocasión para volver a verse. Después guardaron silencio para escuchar a Elena tocando la banda sonora de la película *Leyendas de pasión*, uno de sus largometrajes favoritos, cuya melodía principal fue de hecho una de las primeras que aprendió a tocar al piano.

Optó adrede por una melodía sin letra, pues a pesar del espectáculo del piano-bar en Roma no se sentía muy cómoda cantando en público. En Italia le dio igual porque allí no la conocía nadie, pero en este caso era distinto. Sus amigos, en cualquier caso, se mostraron felices y encantados con la banda sonora en cuestión. Tanto que todos hubieran deseado que interpretara varias canciones más.

LVI

A los invitados les costó mucho marcharse, y es que las fiestas en las casas, donde uno se encuentra a gusto, terminan a menudo alargándose más de lo previsto. Finalmente decidieron salir todos a la vez prometiendo reencontrarse en el concierto de Miriam. Solo Lucía se quedó un rato más para ayudar a su hermana a recoger un poco.

—No te preocupes, Lu, en serio. Si esto va a seguir así por la mañana; nadie se lo va a llevar. Ya lo recojo cuando me levante.

—Venga, que entre las dos lo hacemos en un plis y así mañana amaneces en una casa ordenada —le dijo mientras le pasaba un par de platos para que los metiera en el lavavajillas—. Además, cualquiera levanta a Lío ahora de aquí —señaló al perro, que dormía plácidamente en el sofá aprovechando que sus ocupantes se habían marchado.

En efecto, en apenas quince minutos habían recogido todos los vasos y platos repartidos por el salón, habían devuelto la mesa del comedor a su configuración original e incluso habían sacado la basura. Lucía se marchó con la promesa de llamarla el domingo por si le apetecía hacer algo.

Elena se fue al baño a desmaquillarse, uno de sus pequeños placeres. Le encantaba pasar un rato limpiándose la cara y dándose cremas. Se quitaba la peluca, se ponía su gorrito y disfrutaba como una niña con todos sus potingues. La sensación de frescor y limpieza con la que se iba a la cama hacía que mereciera la pena vencer la pereza que a veces le daba.

Cuando un rato después se metió en la cama, cogió el móvil para ponerlo en silencio y vio que tenía una notificación de Instagram. Su hermana la había etiquetado en una foto que se habían hecho todos —Lío incluido, a los pies— sentados en el sofá, justo después de la sesión musical.

Se fijó en que Lucía había etiquetado a todos salvo a Óscar —porque evidentemente no tenía su Instagram— y pinchó en el nombre de Guillermo. La cuenta era privada. Pinchó en el botón azul de seguir y a continuación hizo lo mismo con Jon, aunque en ese caso tenía la cuenta abierta. Llena de fotos coloridas en restaurantes o viajes por el mundo. Recordó aquella frase que pronunció en Nueva York: «Vivo gastando como si el mes que viene me fueran a ingresar por error la nómina de Cristiano Ronaldo». Echó un ojo a su perfil y se dio cuenta de que no mentía.

Dejó el móvil en la mesilla y sonrió recordando la noche tan divertida que habían pasado. Así daba gusto cumplir años.

Por la mañana, cuando se despertó, Guillermo había aceptado su solicitud y había empezado a seguirla también. Además de amigos ahora se seguían en Instagram, que según su sobrino Jaime era casi el mayor vínculo que podían tener dos personas.

LVII

Eva era siempre la primera en levantarse. Madrugaba tanto entre semana que los fines de semana le costaba remolonear. Suponía que sería la edad. Recordó cómo, cuando era pequeña, nunca entendía por qué sus abuelos se levantaban tan temprano.

—Si no tenéis que ir a trabajar..., ¿por qué no dormís hasta la hora de comer? —solía preguntarles.

—Ay, cariño, ojalá... Cuando seas más mayor verás lo injusta que es la vida. Pasas años madrugando sin quererlo, porque tienes obligaciones y has de ir a trabajar. Y cuando te jubilas..., madrugas, aunque no quieras.

Absorta en sus pensamientos, se hizo un café intentando no hacer ruido para no despertar a Pablo ni a Guillermo, que había vuelto bastante tarde de la fiesta de cumpleaños y se había quedado cacharreando con el móvil un rato antes de dormirse, como hacía siempre.

Eva se fue con el café al sofá para iniciar su rutina de cada sábado: echar un ojo a la prensa en el móvil, revisar sus correos y fisgar un poco por Instagram.

Fue así como vio, en los *stories* de Guillermo, la foto de la noche anterior. Identificó enseguida a su jefa y a su compañero, a los que había visto en varias ocasiones cuando, antes de tener a Pablo, acompañaba a su marido a algunos eventos de la agencia. En la fotografía aparecían también la que parecía ser la hermana de Lucía y una pareja más a la que no reconoció.

La hermana de Lucía, que según la etiqueta de la foto se llamaba Elena, le pareció muy mona. «Tiene un pelazo —pensó—, qué envidia». Instintivamente se llevó la mano al moño que se había hecho de cualquier forma para estar cómoda en casa. Nunca le había gustado su pelo.

Puso el dedo sobre su nombre para ver más fotos, pero su perfil era privado. No le dio a seguir. Aún no.

Cuánto nos sorprendería saber lo que hay detrás de cada persona; el peso que lleva en su mochila, las penas que lleva por dentro. Lo que pueden distar las apariencias de la realidad. Lo que uno no ve en una foto.

LVIII

Las siguientes semanas se llenaron de encuentros para tomar un café a primera hora en Eggocentrico. Elena seguía trabajando desde allí casi a diario; mientras avanzaba en la escritura de los nuevos encargos, que empezaban a acumularse, desayunaba y se tomaba el segundo y tercer café antes de volver a casa para prepararse la comida.

A Guillermo le pillaba casi de camino y tras dejar a Pablo en el colegio pasaba por allí y se tomaba su primer café en compañía de Elena. Aprovechaban ese pequeño rato para planear el siguiente viaje, que sería a Budapest, una ciudad que ninguno de los dos conocía.

—Siempre he querido ir —dijo Elena mientras disfrutaba de unos huevos Benedict que la mantenían llena de energía hasta el mediodía—, desde que vi las películas de Sissi con mi hermana cuando éramos unas niñas. Me imaginaba llegando, como ella, en barco por el Danubio.

—A mí me fascina su historia. Un país que después de haber sufrido tanto con la invasión alemana y la segregación y exterminio de los judíos, no lo pasó mucho mejor bajo el régimen comunista. ¿Te has leído *La sublime locura de la revolución*, de Indro Montanelli? Te lo recomiendo vivamente.

—Intentaré leerlo antes del viaje.

—Ayuda mucho a entender cómo han sido las últimas décadas de Hungría. Tremendo lo que ha pasado aquella gente.

—Como los polacos, siempre en medio de todas las movidas, los pobres. ¡Y son una gente encantadora! Hay que ver la capacidad que tienen algunos pueblos para renacer de las cenizas.

—Y algunas personas.

Elena sonrió. Sabía que se refería a ella. Ahora que habían establecido contacto por Instagram, se pasaban el día enviándose *reels* y posts de lugares que querían visitar en Budapest —y en París, que sería el siguiente viaje después del verano— y los guardaban en una carpeta compartida. Exposiciones, museos escondidos, pequeños cafés con encanto... Las opciones eran infinitas y era una suerte que tuvieran gustos tan parecidos.

Al cabo de un rato, se despidieron ya hasta el lunes. Él tenía obligaciones de padre el fin de semana y ella de tía.

LIX

Era ya casi la hora de comer cuando el móvil de Elena se iluminó sobre la mesa. Al mismo tiempo lo hicieron el de Lucía, Óscar, Jon y Guillermo. Era el cartel del concierto del grupo de Miriam, que esta les enviaba junto a la siguiente leyenda: «Quedáis oficialmente convocados... ¡No me falléis! Tendréis buena música garantizada y unas copas después». Aún quedaban unas semanas, pero todos se lo apuntaron en la agenda. Allí estarían, porque habían hecho buenas migas en el cumpleaños de Elena y presentían, como decía un personaje de Casablanca, que aquello podía ser el principio de una bonita amistad... Tenían que apoyar a Miriam. No podían faltar a la cita.

LX

El sábado amaneció bastante fresco, pero Elena no era de romper promesas y menos a sus sobrinos. Así que madrugó, se pegó una buena ducha caliente y se vistió por capas como una cebolla —ya estaba curtida en los torneos de fútbol que duraban una mañana entera y terminaban con el sol del mediodía, cuando te quedabas en mangas de camisa.

Llenó un termo de café y puso rumbo al campo de fútbol, en el que por lo que recordaba no habían jugado nunca. Le pillaba cerca de casa, así que se acercó dando un paseo hasta la cafetería que estaba enfrente, donde había quedado con su hermana para desayunar algo mientras Miguel calentaba con su equipo.

Allí se encontró a Jaime y a Lucía y, para su sorpresa, también a Jacobo.

—¡Cuánto tiempo! —Su excuñado, siempre agradable, se acercó a darle dos besos—. Te veo estupenda, Elena.

—Yo a ti también. Me alegro de verte. —Y lo dijo de corazón; Jacobo siempre le había caído bien—. Pero que sepas que tu hijo me prometió dedicarme a mí su primer gol, así que ni sueñes con convencerle de lo contrario. Pídete el siguiente si quieres.

Saludó a su sobrino mayor y se alegró de que fuera testigo del buen rollo que seguía reinando en su familia pese a la separación de sus padres.

Lucía estaba pensando lo mismo en aquel preciso momento, y se sintió orgullosa de estar gestionándolo tan bien, permitiendo que sus hijos crecieran felices sin pagar las consecuencias de su divorcio. Además, ahora tenían otra preocupación que aún no había compartido con su hermana. Cuando Jaime se acercó a saludar a un amigo con el que se había encontrado, Lucía aprovechó para contárselo.

—Estuvimos el otro día en la revisión del otorrino de Miguel. —Iban tantas veces que a su hermana ya ni se lo decía, salvo cuando ya habían pasado su particular ITV—. Y tiene mala pinta la cosa.

—¿Qué dices? No me digas que se le ha vuelto a reproducir...

—Pues eso parece. —Lucía confirmó los peores presagios—. Aún es pronto para decirlo, le van a hacer un TAC... Pero el quirófano está ahí otra vez sobre la mesa.

Elena deseó con todas sus fuerzas poder cambiarse por su sobrino, al que vio a lo lejos riendo con sus compañeros mientras calentaban. Recordó lo mal que lo había pasado los meses que había tenido que estar alejado del campo tras sus operaciones y pensó que no había derecho. No podía pasar por aquello otra vez. Pero ahora tocaba animar a los padres, que seguro que estaban sufriendo aún más.

—No nos adelantemos. —Elena forzó una media sonrisa que dirigió a Jacobo y pasó el brazo por el hombro de su hermana—. Los médicos siempre se ponen en lo peor. Pero mírale. —Todos sonrieron al ver a Miguel dándose de tortas literalmente con su mejor amigo—. Es un poquito animal, sí. Pero ¿tiene acaso pinta de estar mínimamente enfermo?

Cuando quedaban diez minutos para el primer partido, en el que jugaba Miguel, pagaron el desayuno y se dirigieron al campo. Allí saludaron al resto de los padres, con los que ya habían entablado una cierta amistad tras varios años unidos por el fútbol los fines de semana, y se sentaron en la grada junto a la pareja que mejor les caía, Alberto y Pilar, los progenitores del mejor amigo de Miguel.

Jaime se fue a ver el partido cerca del banquillo con los hermanos mayores de los compañeros de su hermano y Jacobo se bajó a pie de campo con otro grupo de padres.

—¡Buenos días! —Pilar señaló hacia el campo—. Ya tenemos a Ancelotti dando instrucciones.

—¿¿En el calentamiento?? —Lucía alzó las cejas.

Se estaban refiriendo a Manuel, uno de los padres del equipo, que durante cada partido se pasaba la hora y pico dando instrucciones sin parar a todos los chavales. No solo a su hijo, que hubiera sido lo normal (por decir algo); a todos. Como si fuera el entrenador. Y además, un entrenador intenso.

—¿Os acordáis del día que tuvo que hacerse cargo del equipo en aquel amistoso en Mirasierra? —Elena intervino recordando un día que el entrenador había tenido un percance y no había podido llegar al partido.

Manuel por supuesto se ofreció enseguida a cubrirle.

—Creo que fue el día más feliz de su vida. Ni en su boda disfrutó tanto.

Todos rieron.

—Pero ¿su hijo juega hoy? —preguntó Elena intentando sin éxito distinguirle entre los niños, tarea casi imposible porque todos llevaban el mismo chándal y un corte de pelo indescriptible que se había puesto de moda entre los adolescentes.

—Hombre, entiendo que no habría venido si el niño no estuviera convocado... —intervino Alberto—. Ya es lo que le falta, venir a dar órdenes a los nuestros...

Dedicaron los cinco minutos siguientes a lo que más los entretenía: hacer un estudio sociológico del perfil de padres que se daban cita en los torneos infantiles de fútbol. Estaban aquellos que secretamente pensaban que su hijo sería el próximo Cristiano Ronaldo o Leo Messi.

—Te digo que el noventa por ciento de los hombres aquí

presentes aspira a que su hijo sea la próxima revelación —señaló Alberto—. Y yo os digo que me he tragado ya cientos de partidos de chavales y todavía no he visto un solo crío que vaya a pasar de estos torneíllos de barrio. Pero bueno, que tampoco soy ojeador, vete tú a saber...

—Yo con los que no puedo es con los que gritan al árbitro. —Lucía, que era de lo más pacífico y además no le gustaba demasiado el fútbol, no soportaba a los hinchas fanáticos—. Vaya ejemplo para los chicos.

—Menos mal que en el equipo solo tenemos a uno. Pero recuerdo cada partidito en campo ajeno que telita... —apuntó Pilar.

La conversación se vio interrumpida por los aplausos cuando los dos equipos saltaron al campo. Durante los siguientes minutos, el grupo de amigos se convirtió en la mejor afición.

LXI

Los partidos en los torneos eran más cortos y sin descanso, por lo que pasaban volando. El equipo de Miguel ganó 4-1 así que se clasificaron para la siguiente ronda, pero quedaba media hora hasta el siguiente partido. Elena aprovechó para acercarse al bar del campo a por unos cafés y algo de picar. Pero no llegó muy lejos.

—¿Elena?

Esta se giró al oír su nombre pronunciado por una voz que le era familiar.

—Anda, pero ¿qué haces aquí?

—Yo tengo un hijo jugando —dijo Guillermo, sonriendo—, pero no me digas que tú vienes por afición. Jamás habría adivinado que tu plan secreto de los sábados por la mañana era ir a ver torneos infantiles de fútbol.

—Ja ja ja. Vengo a ver a mi sobrino, acaba de jugar ahora. ¿El tuyo está en el campo?

—Sí, es el rubio aquel. —Señaló a su hijo, que en aquel momento corría hacia la portería siguiendo la jugada de un compañero—. Ganamos 1-0, está la cosa ajustada.

—Bueno, pues quizá nos cruzamos en algún partido... ¡Que gane el mejor!

—O sea, nosotros.

—Eso ya lo veremos... —Elena sonrió, deseando que Miguel se cruzara con Pablo y le metiera algún gol que, por supuesto, le dedicaría a ella.

—Hola. —Una mujer menuda se acercó a ellos.

Llevaba dos cafés, uno en cada mano.

—Eva. —Por un momento, Guillermo se había olvidado de ella—. Esta es Elena, la hermana de Lucía.

Las dos mujeres se estudiaron durante unos segundos, como dos animales que se encuentran en el bosque y se reconocen mirándose fijamente antes de decidir si son amigos o enemigos. Eva se dio cuenta de que era la chica de la fotografía de la fiesta de cumpleaños, aunque al natural le pareció más joven. Elena le devolvió la mirada con curiosidad pero sobre todo con simpatía.

Cuando conoces a alguien cercano a una persona a la que quieres, sientes una inmediata simpatía, pero también cierta competitividad, pues estás compartiendo un hueco en el corazón del ser querido. Especialmente si se trata de tu pareja.

Muchas personas pueden llegar a percibir que hay más intimidad compartida en una relación de amistad que en un matrimonio.

LXII

—Encantada. —Fue Eva la que hizo el primer gesto y se acercó a darle dos besos a Elena—. ¿Has venido sola?

—No, qué va, con mi hermana. —Señaló hacia la grada donde estaba Lucía dándole dinero a Jaime, seguramente para que pudiera comprarse un refresco en el bar—. Y con mis dos sobrinos.

Lucía miró en ese instante hacia el lugar donde se encontraban y le hicieron un gesto para que se acercara. Eva intentó ser todo lo encantadora que pudo con la jefa de su marido.

—Guillermo habla maravillas de ti. —Las dos mujeres habían coincidido alguna vez pero no habían entablado demasiada conversación hasta ese momento.

—No tanto como yo de él. Es nuestro creativo del año. —Le dio una leve palmada en la espalda—. En serio, es un placer trabajar con alguien con tanto talento y que además se lleva tan bien con todos los compañeros.

Guillermo sonrió avergonzado y Eva se sintió, en cambio, enormemente orgullosa. Entretanto, Elena se preguntaba cuánto sabía de ella Eva y, sobre todo, si sabía que se había ido con su marido a Roma. No quiso sacar el tema y decidió preguntarle a él en otro momento. Por suerte, Lucía fue prudente y no mencionó nada sobre el viaje...

LXIII

Fue una mañana llena de emociones no solo para los chavales, sino también para sus padres, tíos y abuelos, que se iban viniendo arriba conforme los equipos se iban clasificando. Los ánimos se iban caldeando y el entrenador del equipo de Miguel fue expulsado en el partido de semifinales.

—Ostras, es que no hay manera... —se lamentó Elena—. Le echan al menos tres o cuatro veces por temporada. ¡Y se supone que es el que ha de dar ejemplo a los chicos!

—A Miguel no le gusta nada; está deseando que llegue el año que viene para cambiar de entrenador. Tres años ya son demasiados... —señaló Lucía, recordando cómo volvía su hijo de cabreado de los entrenamientos—. No tiene nada de mano con los niños. *Cero* psicología. No solo no los motiva, sino más bien todo lo contrario. ¿Tú te crees que es normal que les mande un WhatsApp después de cada entrenamiento para decirles quiénes lo han hecho bien, regular o mal? ¿Sin explicación alguna? Al final va a conseguir cargarse no solo el equipo, sino el buen rollo entre los chavales.

—Es tremendo. Qué poquita psicología, de verdad. Y menos mal que tenemos segundo entrenador; que si no saltaba Manuel al banquillo y tampoco tiene pinta de ser el entrenador del año. ¡Qué carencias tiene la gente, en serio! —comentó Pilar.

A pesar de todo, ganaron el partido y, para gran regocijo

de Elena, les tocó jugar la final contra el equipo de Pablo, el hijo de Guillermo.

—¿Nos acercamos a verlo con ellos? —propuso Lucía.

—¿Qué dices? ¿Meternos en territorio hostil? ¡Ni hablar! Aquí nos quedamos en modo *hooligan*. Además, Miguel va a meter gol y me lo va a dedicar. ¡Tiene que tenerme localizada!

Vieron cómo Guillermo les hacía una seña desde el otro lado de la grada, donde se había instalado la afición del equipo contrario, y le devolvieron el saludo con señal de la victoria incluida.

—Espero que ganemos —dijo Lucía—. O voy a tener que estar aguantando el recochineo en la agencia toda la semana. Venga, hijo, hazlo por mamá.

Elena sonrió y se preparó para presenciar el partido más emocionante de la jornada. Tanto que tras un ajustado empate a uno, terminaron yendo a penaltis.

—De verdad, que jugarse la final de un torneo a penaltis... Ahora espero que Miguel no tire ninguno. —Elena no quería sufrir—. Me muero si lo falla.

Las plegarias de Elena no surtieron efecto, porque Miguel no solo se ofreció a tirar uno, sino que fue el último en hacerlo. Era el decisivo. Si lo metía, se alzarían con la victoria. Si lo fallaba, el otro equipo tendría aún un tiro más y podría hacerse con el trofeo. Jamás habían visto a Miguel tan concentrado. Lucía sintió unas ganas tremendas de no mirar. Jacobo y Jaime le animaban desde la barrera a pie de campo.

Los chavales de uno y otro equipo, como si de profesionales se tratara, se abrazaban unos a otros en mitad del campo. A Elena le inspiraron una ternura inmensa. Pero no dio tiempo a pensar más. El árbitro hizo sonar el silbato. Miguel disparó, seguro, con potencia, y la colocó perfecta por la escuadra. El torneo era suyo.

LXIV

—Hay que ver, renacuajo... ¡No cumples las promesas que haces a tu tía!

Elena abrazó a su sobrino sudoroso cuando se acercó a celebrar con ellos la victoria tras librarse de los compañeros, que se habían abalanzado sobre él tras el penalti.

—Tía, todo el mundo sabe que los penaltis no cuentan... Y aunque hubiera querido dedicártelo no me habría dado tiempo... ¡Que mis amigos no me han dejado!

—Nada, nada, excusas... —Elena puso su mejor cara de ofendida.

—¡Enhorabuena, chaval! —Guillermo apareció de la nada y le tendió la mano a Miguel como si de un adulto se tratara—. Muy bien tirado.

Miguel le miró algo desconcertado, pero le dio la mano.

—Es un compañero de trabajo —le explicó su madre.

—Te dije que os íbamos a ganar... ¡Somos muy duros! —Elena se dirigió a Guillermo y, al ver acercarse a su hijo, le habló al pequeño—. Lo siento mucho. Pero habéis jugado muy bien, os podéis ir bien orgullosos. ¡Ya llegar a la final es todo un triunfo!

Le acarició el pelo con cariño y Eva, que le llevaba cogido por el hombro, sonrió agradecida.

—El fútbol es así... Y los penaltis muchas veces son cuestión de suerte. Aunque tú lo has tirado como un auténtico profesional —añadió con rapidez, dirigiéndose a Miguel.

El momento de la despedida fue extraño. Las dos hermanas se despidieron de Eva con un par de besos y Guillermo le dijo a Lucía que la vería el lunes en la agencia.

—*Ciao*, hablamos. —A Elena no se le ocurrió mejor forma de despedirse sin meter la pata.

La mirada ligeramente lastimera de Guillermo parecía indicarle que Eva sabía menos de lo que a ella le gustaría sobre su amistad. Revivió por un momento la incomodidad de la situación que vivía con Roberto, con el que mantenía una amistad a escondidas como si estuviera cometiendo algún tipo de delito.

¿Se estaría metiendo otra vez en un lío?

LXV

Jon se divirtió de lo lindo el lunes en el café escuchando el relato —bastante distinto según la versión de Lucía y la de Guillermo— del torneo de fútbol del fin de semana.

—Veo que habéis convertido el partido de los críos en una batalla personal...

—Por supuesto —afirmó Lucía sin ningún tipo de pudor.

—Yo pasé más tensión que cuando presento una campaña a un cliente, ya te digo. ¿Tu finde, qué tal?

—Menos apasionante que el vuestro, por lo que parece.

—¿Citas Tinder?

—Joder, Lucía, no te callas una, ¿eh? —El financiero miró a su jefa solo enfadado a medias, a lo que ella respondió con una disculpa.

—Qué quieres, nuestras vidas son demasiado sosas. Nos alimentamos de tus experiencias.

—Pues os voy a dejar de entretener, queridos, porque me he desinstalado Tinder. Tenías razón, Lucía. A estas edades solo hay madres divorciadas deseando vivir la vida loca. Y yo estoy en otra fase vital.

—La fase de... —Guillermo le animó a continuar.

—De formar una nueva familia.

—Pues qué ganas, querido... —intervino Lucía—. Pero en todo caso, hay que buscarte un sitio en el que puedas encontrar a alguien que quiera lo mismo que tú.

—Lástima que ya no se lleven los anuncios personales en los periódicos... —bromeó Guillermo—. ¿Por qué no pruebas en el gimnasio?

—No voy. Salgo a correr por las mañanas. TODAS las mañanas, no como tú.

—Simpático. ¿Te organizamos alguna cita a ciegas? Seguro que Eva conoce a alguien... Y tú, Lucía, seguro que tienes alguna amiga adecuada para Jon. O pregúntale a Elena.

«La más adecuada que tengo para Jon es Elena, precisamente, y eso me salió rana», pensó Lucía.

—Quizá conozcas a alguien en el concierto de Miriam... —aventuró Lucía—. Iréis, ¿no?

—Por supuesto. Yo eso no me lo pierdo. Me pareció una tía muy maja. —De repente Guillermo tuvo una idea y se dirigió a Jon—. ¿Y qué tal para ti?

—Ni hablar —se adelantó Lucía—. Esto es top secret, pero mi hermana lleva años intentando que se líe con Óscar. No le vayamos a fastidiar el plan ahora. Eso sí, si la cosa no sale, Miriam es una que estaría dispuesta a formar una familia. A lo mejor incluso contigo —bromeó—. Oye, ¿y aquí en la agencia? —De repente a Lucía se le iluminó una bombilla en la cabeza, al más puro estilo de los dibujos animados que veían sus hijos de pequeños—. Conozco a un montón de gente que ha encontrado el amor en el trabajo. Y esto lo tenemos lleno de mujeres maravillosas. No me digas que no te atrae ninguna...

Guillermo asintió afirmando que era una excelente idea mientras Jon hacía un repaso mental por el personal de cada departamento.

—Me daré una vuelta por la oficina, quizá tengáis razón.

Lo que no dijo en voz alta era que ya había alguien allí que le atraía.

Lucía.

LXVI

Guillermo eligió aquella noche para contarle a Eva que planeaba un nuevo viaje. Había cobrado el bonus del año anterior y pensaba destinar una parte a descubrir una ciudad que llevaba años queriendo conocer.

—¿Budapest? Debe de ser bonita... —confirmó Eva.

—Eso creo. Quizá me vaya con algún amigo de Burgos...

—Ah, es buena idea. ¿En quién habías pensado? —A Eva le costaba imaginarse a alguno de los amigos que conocía de Guillermo lanzándose a la aventura por Europa con él.

Silencio.

—No sé, Fede, o Rodrigo... —Fueron los primeros nombres que le vinieron a la cabeza. Amigos de los que su mujer había oído hablar, pero a los que no conocía en persona—. Quizá Hugo. —Mejor aún, el tal Hugo, amigo del colegio como los anteriores, se había ido a trabajar a Estados Unidos hacía unos años.

En todo caso, Guillermo no se sentía cómodo ocultando una vez más que se iba acompañado. Pero tampoco se atrevió a confesar que iba en compañía de una amiga. Decir que iba con un amigo cualquiera, al que Eva no conociera, le pareció un paso intermedio. Quizá en el siguiente viaje se lanzara a decir la verdad completa y contar que iba con Elena.

Cuánto se estaba acordando de ella; realmente era muy complicado en esta sociedad defender la amistad entre un hombre y una mujer. Aunque él creía en ella con firmeza, no podía evitar la sensación de que Eva no lo veía igual. Ni muchas otras personas.

Imaginó por un momento a su suegro, general de división del Ejército del Aire, descubriendo que el marido de su hija adorada se iba de viaje con una amiga. Le entró una mezcla de risa y pánico pensando en cómo planearía su fusilamiento.

—Pero antes, ¿qué te parece si nos vamos los tres fuera el próximo fin de semana? ¿Una escapadita a Oporto ahora que empieza a hacer mejor tiempo?

Aquello animó enseguida a Eva. La ciudad portuguesa era uno de sus lugares favoritos —donde además podían llegar con facilidad en coche— y a Pablo le encantaban las playas que había cerca de la ciudad. Solían ir a una especialmente bonita, la Praia de Lavadores, donde había unas enormes rocas por las que a su hijo le encantaba trepar.

—Puedo cogerme el viernes y el lunes y así lo alargamos un poquito. ¿Tú cómo lo tienes?

—Perfecto. Hablo con Lucía, pero no habrá problema.

Se abrazaron y comenzaron a hacer planes. Aquel restaurante al que querían volver, un crucero por el Duero —nunca lo habían hecho con Pablo y seguro que le encantaría—, la nueva exposición que había en la Immersivus Gallery... Se metieron en Instagram para ver fotos de la ciudad que tanto les gustaba y luego recuperaron fotos de antiguos viajes y se rieron de lo jóvenes que parecían.

«La canción miente; siempre hay que volver a los lugares en los que uno fue feliz», pensó Eva justo antes de quedarse dormida en los brazos de Guillermo.

LXVII

Transcurrieron varias semanas en las que el matrimonio vivió una segunda luna de miel en Oporto —acompañados por Pablo, eso sí, que disfrutó tanto de la playa como de perder dos días de colegio— y volvieron del viaje más unidos que nunca.

Jon tuvo una cita a ciegas con una amiga de Lucía; no hubo chispa y al joven financiero solo le sirvió para reafirmar que todo —o casi todo— lo que andaba buscando ya lo había encontrado: en su jefa.

Elena casi no vio a Guillermo y aprovechó esos días para intercambiarse algún mensaje con Sebastián, que la había vuelto a escribir y le había propuesto quedar. Ella le dio largas diciéndole que estaba muy ocupada esas semanas y que tenía un viaje a Budapest a la vuelta de la esquina. La realidad es que se moría de ganas de verle y se pasaba el día revisando su perfil de Instagram, pero aún no se sentía preparada.

¿Lo estaría de verdad algún día?

LXVIII

Elena también aprovechó uno de esos días para ir a casa de Miriam, cenar las dos solas y ponerse al día. Aunque adoraba la vida que llevaba ahora, le encantaba escuchar a su amiga contarle los últimos cotilleos del ministerio. Ubaldo se había divorciado y se había ido a vivir con otra mujer. Se preguntó si esta información la sabría Guillermo. Su antiguo jefe se había trasladado a otro organismo público. Elena ya estaba enterada de esto, porque seguían en contacto. Pero eso no lo sabía nadie; ni la propia Miriam.

Por otra parte, Miriam no acababa de ver clara una relación con Óscar y su amistad era tan especial que temía estropearla si empezaban alguna historia. Siempre la misma duda, el mismo miedo...

—Irá al concierto, ¿no?

—Claro, ¡no se lo perdería por nada del mundo! Es mi mejor *groupie*. —Miriam sonrió—. ¿En serio vais a venir todos?

—Eso dicen... Yo, además, he subido el cartel a mi perfil de Instagram. No es que tenga muchos seguidores, pero seguro que entre todos conseguimos llenar la sala. ¡Va a ser un planazo!

—Eso seguro. Pero antes... ¡te vas a Budapest! No sabes la envidia que me das. Y te diré algo —añadió Miriam mientras abría un par de cervezas—. Me encanta la amistad tan guay que tienes con Guillermo. Pensé que después de lo del ministerio no te volvería a ver cerca de un tío en la vida.

—Calla, ni lo mientes... Lo mismo pensaba yo. Pero ¿sabes una cosa? Me he cansado ya de que esta sociedad solo piense siempre en lo peor. «Piensa mal y acertarás», parece el lema que rige todo hoy en día. Y yo me niego. Pienso luchar contra ello. Total —la voz se le quebró un poco—, no tengo nada que perder.

—Te admiro por ello. ¡Cuántas amistades se habrán perdido por no haber tenido la determinación que tienes tú!

—Exacto. —Elena se puso seria—. ¿Sabes? Es que es muy difícil encontrar a gente con la que compartir tu vida. En todos los sentidos. Al final, cada uno nos hemos criado en un lugar, con una familia, unos valores y unas amistades que han determinado cómo somos. Todos venimos de un lugar distinto; y no hablo de geografía. Que haya personas tan distintas por ahí y de repente encajes con una me parece algo tan mágico y tan improbable que ¿por qué voy a tener que renunciar a ello?

—Bueno, ya sabes que yo soy muy sociable, me cuesta poco encajar con la gente... —sonrió Miriam—. Pero entiendo lo que quieres decir. A la mayoría de las personas les cuesta abrirse; tardan una eternidad en forjar una amistad. ¡Hay que ser más espontáneos! Me parece estupendo que no renuncies a lo que te hace feliz. Nadie debería hacerlo.

—Brindemos por ello.

Chocaron sus botellines y disfrutaron de una cena entre risas y música, cantando al son de la guitarra de Miriam.

LXIX

El martes por la mañana, mientras desayunaba en Eggocentrico, Elena recibió un *e-mail* de Guillermo. Lo abrió enseguida.
Era un correo con la planificación más o menos detallada del
viaje.

> He recopilado todo lo que hemos estado guardando estas se-
> manas y alguna cosa más. ¡Comprueba que no me haya dejado
> nada! Te veo mañana, que hoy no puedo pasar a desayunar.

Elena sonrió. Contaba ya los días para conocer la ciudad
con la que llevaba años soñando. Aunque se fiaba plenamente
de su amigo, repasó la lista que le había enviado mientras se
tomaba un zumo de naranja.

Ópera, Parlamento, Bastión de los Pescadores, un restaurante monísimo que habían descubierto por Instagram, la cafetería de un hotel que casi parecía un palacio, el hospital sub-
terráneo, el monumento de los Zapatos, el que decían que era
el café más bonito del mundo... Cuando llegó al final de la
lista, a Elena le dio un vuelco el corazón. «Balnearios y ter-
mas». Inconscientemente, se llevó la mano a la cabeza.

Elena pasó el resto del día sopesando cómo gestionar la
situación. Llevaba dos años sin pisar una playa, una piscina ni,
por supuesto, un balneario. Aunque era sin duda una de las
actividades estrellas de la capital húngara, y algo que al pare-

cer hacía todo el mundo, no se le había ocurrido pensar que a Guillermo le apetecería visitar uno. ¿Podía decirle que entrara él mientras ella se quedaba en la cafetería esperándole? «Pensará que soy rara. Y con razón. O peor, no querrá entrar para no fastidiarme».

¿Había llegado el momento de contarle la verdad? No sabía si se veía capaz de mirarle a los ojos y contarle el drama que llevaba condicionando su vida durante los dos últimos años. Aún, tanto tiempo después, le costaba hablar del tema sin echarse a llorar. Y llorar en público era algo que detestaba. Eso se lo guardaba para la intimidad del hogar o, como mucho, para hacerlo sobre el hombro de su hermana.

Aunque siguió trabajando, no consiguió sacarse el tema de la cabeza. Por lo pronto lo evitó, contestando brevemente al *e-mail* diciendo que todo le parecía bien. Patada hacia delante. También le dijo que esa semana no podría bajar a Eggocentrico a desayunar, con lo que se verían directamente en el aeropuerto el viernes. Eso le daba unos días para decidir qué hacer.

Y terminó optando por lo correcto. La verdad siempre llevaba a todas partes. Pero lo hizo en su propio idioma: la escritura.

LXX

Era ya tarde y casi todas las luces estaban apagadas en la agencia. Aquella modernez de las luces con sensores de movimiento hacía que cuando uno se quedaba trabajando hasta tarde, solo, pareciera que estaba siendo interrogado en un cuarto oscuro del Pentágono, con la luz directa sobre su cabeza. El viernes debía salir pronto hacia el aeropuerto y quería dejar las creatividades de una campaña de una importante marca de gafas preparadas antes del viaje. Aquella era la mejor hora para trabajar e inspirarse, cuando la gente no venía a interrumpirle, los teléfonos no sonaban y apenas entraban correos electrónicos.

Se levantó a coger un café de la máquina y cuando regresó a su mesa, dispuesto a pasar unas horas sin levantar cabeza, vio que tenía un mensaje de Elena en el móvil. Le sorprendió la extensión del texto para ser un wasap, pero lo leyó del tirón, sin sentarse siquiera. Cuando lo terminó, notó que se le había puesto la carne de gallina. Y activó todas las neuronas de su cerebro para que buscaran una respuesta rápida y a la vez adecuada para aquel mensaje que intuyó que había sido de los más difíciles que Elena había escrito en su vida.

LXXI

Elena

En primer lugar, perdóname por decirte esto por mensaje. Sé que no es lo más ortodoxo, pero no me veo con fuerzas de contártelo a la cara. Ni siquiera tenía claro si confesártelo, pero al final el viaje a Budapest que con tantas ganas espero me ha obligado a desenmascararme.

Soy periodista y escritora y mi idioma es la escritura, así que confío en que por aquí te lo contaré mejor que si tengo que hacerlo en Eggo llorando frente a una taza de café o en mitad del crucero por el Danubio.

Voy al grano para intentar no enrollarme mucho.

Hace dos años perdí todo el pelo como consecuencia de una enfermedad autoinmune que se disparó por culpa del episodio de los correos en el ministerio. La ansiedad tenía que salir por algún sitio... Y parece que esto era mi talón de Aquiles. Una alopecia areata que no había dado la cara hasta entonces pero que, alimentada por una situación estresante, hizo que perdiera todo el cabello en apenas unas semanas y que tenga que vivir desde entonces llevando una peluca.

He vivido un auténtico infierno hasta que más o menos me he acostumbrado a ello. Fue el motivo principal por el que pasé varios meses de baja, por lo que nunca volví a mi antiguo trabajo y por lo que limito mi vida social al máximo.

La enfermedad no tiene cura, aunque hay algunos tratamientos. Los he probado todos, sin éxito, pero hace poco empecé uno que parece que está funcionando. Son inmunosupresores, así que tienen sus riesgos, pero ya no tengo nada que perder.

Esto solo lo saben mis padres, mi hermana y mis sobrinos. Ni siquiera Miriam ni ningún otro amigo. Te has convertido en el primero en saberlo.

Y este rollo es para decirte que no puedo ir al balneario. No me sentiré cómoda allí con la peluca... Pero te acompañaré y me tomaré algo mientras disfrutas por los dos, prometido. Espero que nada cambie. Sigo siendo yo.

Guillermo solo tardó unos minutos en contestar. Al final se dejó guiar por el corazón. Elena se había convertido en la mejor amiga que había tenido nunca y la quería. Para empezar, había estudiado en Burgos en un colegio de chicos, por lo que no había aprendido casi a relacionarse con mujeres hasta la universidad. Y allí tampoco encajó especialmente bien con ninguna. Al haber llegado a Madrid ya con novia, lo máximo que llegó a interactuar con el sexo opuesto fue con la hermana y amigas de Irene, con las que tampoco tenía gran cosa en común. Por otro lado, sus mejores amigos se habían quedado en Burgos, y la distancia había llevado inevitablemente al distanciamiento, aunque hicieran un viaje juntos cada lustro.

Descubrir a su edad a una mujer que en forma de ser era diferente a él, pero con la que compartía tantos gustos e intereses, fue un soplo de aire fresco para Guillermo, que vivía volcado en su familia y en su trabajo. Elena era la vía de escape que necesitaba en ese momento de su vida. No porque quisiera evadirse de ella, sino porque la complementaba. Había llegado para ocupar ese hueco que buscaba dueño.

Sintió su dolor como propio y lamentó no poder darle un fuerte abrazo en aquel momento. Lo hizo vía mensaje, intentando arrancarle una sonrisa, aunque fuera con una mentira piadosa.

Guillermo

Pues me quitas un peso de encima, porque a mí lo de los baños no me va. Lo había metido solo porque pensé que a ti te apetecería. Estoy contigo. Y seguiremos viajando juntos. Nada cambia.

Y funcionó. Fue la mejor respuesta que Elena podría haber recibido.

LXXII

La noche antes del viaje Elena cenó en casa de Lucía.

—Ostras, lástima no haber estado en la oficina a esas horas para ver la cara de Guillermo. Se debió de quedar muerto.

—Supongo. Aunque reaccionó rápido. —Elena sonrió una vez más recordando su respuesta.

La primera impresión de aquel chico con cara de despistado, pero sonrisa contagiosa, no la había engañado. Tenía un corazón inmenso.

—¿Habéis vuelto a hablar?

—Sí, ayer mismo, todo con normalidad. Cuestiones logísticas del viaje. Pero solo por mensajes; no nos hemos visto. He preferido evitarlo hasta mañana. Aunque no sé si va a ser peor, Lu. La verdad es que ahora estoy nerviosa. Reencontrarme con él después de esta confesión no es fácil para mí.

LXXIII

En su casa, preparando la maleta, Guillermo estaba pensando lo mismo. ¿Sería como aquella vez que descubrió que un chico de su clase tenía un ojo de cristal y desde ese momento solo podía mirarle a ese ojo? Sonrió recordando el día que su madre había ido a recogerle al colegio y al saludar al muchacho le soltó: «¡Qué ojos más bonitos tienes, Daniel!». Guillermo se quiso morir, pero su amigo estaba acostumbrado y simplemente le dio las gracias con toda educación.

¿Qué pasaría mañana? ¿Y a partir de ahora? ¿Sería capaz de no mirar el pelo de Elena? ¿De no decir frases inapropiadas sin darse cuenta? Era curiosa la cantidad de frases hechas que había con la palabra «pelo» y derivadas.

Pero eran amigos. Pensó, confiado, que todo saldría bien.

LXXIV

Eva entró en el dormitorio mientras Guillermo terminaba de meter los útiles de aseo en el neceser.

—Podrías haberle dicho a Hugo que durmiera en casa esta noche. De verdad que no me habría importado.

Hugo era el amigo por el que Guillermo había optado al final como acompañante imaginario que venía desde Burgos para hacer ese viaje a Budapest con él.

—Lo sé —sonrió a su mujer sintiendo cómo la culpabilidad le roía por dentro—. Pero él prefería ir directamente al aeropuerto. Son dos horitas escasas desde Burgos y el vuelo sale a media mañana, así que solo era cuestión de madrugar un poco.

—Bueno, si lo hacéis más veces... De verdad que me encantaría que se quedara en casa. Y así le conozco —añadió, intentando que no se notara que eso era en realidad lo que ansiaba—. No sabía que había vuelto de Estados Unidos.

Guillermo se limitó a hacer un sonido que pretendió ser un «sí» a algo que ambos sabían que jamás ocurriría.

Una vez más, Guillermo pasó la noche casi en vela, aterrado por el jardín en el que se estaba metiendo. Sabía bien que las mentiras nunca llevaban a buen puerto, y que cuantas más se decían más grande se iba haciendo la bola de nieve, hasta que se llegaba a un punto en el que ya no había vuelta atrás.

Ahora se arrepentía de no haber sido sincero con Eva desde

el primer momento, pero no veía forma de salir del atolladero. Desde luego, no sería antes del viaje que comenzaba en apenas unas horas.

Lo que sí tuvo claro es que sería el último que haría de esa manera. Quería demasiado a su mujer como para arriesgarlo todo. También pensó, por otro lado, que la amistad con Elena le hacía realmente feliz y no era ningún delito. La vida a veces era muy cruel.

LXXV

Eva sospechaba que el tal Hugo solo existía en la imaginación de su marido. En fin, suponía que existía de verdad, porque hacía tiempo le había hablado de él como ese compañero de colegio que había dado un pelotazo tras terminar la carrera y había aceptado un trabajo en Nueva York. Pero algo en la actitud de Guillermo —le conocía ya demasiado bien— le parecía extraño.

Ni siquiera se le ocurrió que Hugo fuera una tapadera para irse con una mujer; en los años que llevaban juntos, Guillermo jamás le había dado motivos para dudar de él, y ella no era celosa. Confiaba en el amor que se tenían y al menos hasta ahora eran felices en su matrimonio. Eran muchas más las cosas que los unían que las que los separaban.

Lo que Eva temía era que para no herir sus sentimientos y que pensara que prefería viajar solo a estar con ella y con Pablo, su marido se hubiese inventado que se iba con un amigo que ni siquiera vivía en España. Al fin y al cabo, de cara a la galería, parecía más justificable decir que uno se iba de viaje con amigos. Tenía mejor venta, desde luego.

Si Eva hubiera empezado a seguir a Elena en Instagram aquel día tras su fiesta de cumpleaños habría visto sus fotos en Roma, en las mismas fechas en que Guillermo estuvo allí.

Entonces la situación sería muy distinta. Entonces estaría deseando más que nunca que Hugo fuera de verdad con Guillermo a Budapest.

LXXVI

Habían quedado en el Relay que había antes de pasar el control de seguridad. Así podrían comprar alguna lectura para el vuelo y aprovisionarse de Mentos y otras guarrerías que harían más llevadero el viaje.

Cuando Guillermo llegó, Elena sostenía en la mano un libro con un título que releía detenidamente una y otra vez: *Algún día este dolor te será útil.* Una novela de Peter Cameron cuyo protagonista adolescente buscaba su lugar en el mundo, lejos del futuro que parecía tener su familia y Nueva York preparado para él. Pero el argumento era lo de menos. Lo que había llamado la atención de Elena era el título.

—Sería un buen título para mi primera novela, ¿no te parece? —Mostró la cubierta a su amigo al reparar en su presencia.

—Desde luego. —La saludó con un beso en la mejilla mientras giraba la cabeza para leer bien el título—. Yo siempre soy partidario de sacar lo bueno hasta de las peores situaciones. Porque siempre hay algo.

—Eso es cierto. Pero es más fácil decirlo que hacerlo. A veces está tan oscuro que cuesta verlo.

—Quizá para eso he llegado a tu vida. Para ser tu linterna.

Se sonrieron y el temido momento del reencuentro de repente pareció lo más natural del mundo.

—Venga, basta de cháchara. Mato por un café. —Elena dejó el libro sobre la mesa y juntos se dirigieron al control de seguridad.

LXXVII

—Puedes preguntarme lo que quieras, ¿eh? No pasa nada.

—Lo sé.

Los dos amigos paseaban por la orilla del Danubio mientras hacían tiempo hasta la hora de salida del crucero. Habían cogido un café en una cafetería que había junto al embarcadero y caminaban fascinados ante la vista del Castillo de Buda iluminado y la suave música de un artista callejero que en aquel momento cantaba *Yesterday*, de los Beatles.

—Realmente es que no tengo nada que preguntar. Primero, me siento el típico hombre que no se da cuenta de los cambios de peinado de su mujer. Lo que no es cierto porque cada vez que Eva se hace algo en el pelo se lo noto. Eso sí, la opinión, dependiendo de cuál sea, me la guardo para mí —sonrió—. Pero creo que el hecho de no haberme dado cuenta debería...

—¿Tranquilizarme? —Elena alzó las cejas.

—Eso lo primero. Pero también hacerte ver que no es tan importante. Quiero decir —matizó—, que no lo es para los demás. Ni imagino lo que debió de suponer para ti. Pero tú eres mucho más que una melena. Me importa lo mismo que si te faltara un brazo o una pierna; me importa por tu sufrimiento. Por nada más.

Elena sintió que, como tantas otras veces, las lágrimas afloraban a sus ojos sin control. Pestañeó varias veces intentando detenerlas. Sabía que si arrancaba a hablar, a explicarle a Guillermo lo que había pasado, lo que había sufrido, los miedos, las lágrimas junto a su hermana eligiendo una peluca —y después otra, y otra, porque se estropeaban—, la conversación con sus sobrinos, la imposibilidad de hacer tantas cosas en las que una no reparaba hasta que no tenía pelo... Si hablaba sobre todo ello, empezaría a llorar y no pararía.

Aun así, decidió hacerlo.

—Lo que he pasado es muy difícil de entender. Imagina lo que es sentirte incómoda cada vez que alguien se sienta detrás de ti en cualquier lugar, un teatro, un cine, un restaurante... No saber si la peluca se ha descolocado por detrás y lo verán. Sufrir hasta el infinito cada vez que hay un día de viento. —Las lágrimas de Elena caían ya sin control, pero ella mantenía la calma al hablar—. Ojalá supieras las ganas inmensas que tengo de poder hacerme una cola de caballo o recogerme el pelo de algún modo, y no llevarlo siempre suelto. De ir a la peluquería y que me laven la cabeza; ese pequeño placer que llevo dos años sin disfrutar. Hacerme una trenza como las que me hacía cuando mi pelo era la envidia de todas mis amigas...

Las lágrimas acariciaban sus mejillas y sintió que se llevaban consigo parte de sus penas. No se molestó en limpiárselas. Guillermo permanecía en silencio, absorbiendo cada una de las palabras de Elena. El corazón se le encogía un poco más con cada afirmación que hacía. La vida era a veces muy cruel. Y lo que estaba claro es que había muchas formas de sufrimiento.

—No sé ni qué decir, Elena. Seguro que no entiendo ni un uno por ciento de todo lo que me dices y aun así, créeme, siento tu dolor casi como mío. Pero —añadió— tienes que creerme; eres mucho más que todo eso. No eres consciente de la persona tan maravillosa que eres.

Elena miró a Guillermo y en ese momento lo tuvo claro.

—Mira, tienes razón. Es así. Soy mucho más que un pelo bonito —sonrió a través de las lágrimas—. Sobre todo, no quiero que esto condicione la relación que tengo con las personas que me importan. Y eso te incluye. Venga, vamos a disfrutar de Budapest *la nuit*.

Elena sabía que a la mayoría de los hombres los incomodaba enormemente ver llorar a una mujer, pero no era el caso de Guillermo.

—¿Sabes? —le dijo, cogiéndola del brazo—. Estoy orgulloso de ti.

Le dio un abrazo de esos que uno se guarda para ocasiones especiales y juntos pusieron rumbo al barco, que partiría en unos minutos y les mostraría el Budapest más bello; el de la noche, con sus monumentos iluminados reflejándose en el Danubio.

LXXVIII

La belleza de Budapest les hizo olvidar a ambos durante los siguientes dos días todos los problemas que pudieran tener.

Guillermo se había estudiado a fondo la historia de la ciudad y caminaron sin descanso recorriendo los lugares más emblemáticos. No faltó una visita al Parlamento, cuya grandiosidad era de otro mundo. A la salida se dirigieron a la orilla del Danubio para ver el conmovedor monumento de los Zapatos, que recordaba a aquellos judíos que habían sido fusilados por los nazis y arrojados al río durante la ocupación alemana.

—Ver este tipo de monumentos le pone a uno las cosas en perspectiva —dijo Elena con el corazón encogido—. No me siento con derecho a quejarme de nada.

—Desde luego.

Ambos se fijaron en unos zapatos de niña y en silencio imaginaron el río teñido de rojo tras los horrores que debieron de vivirse en el lugar en el que se encontraban en aquel momento. Para reconciliarse con el mundo decidieron cruzar a la otra orilla por el puente de las Cadenas para ver anochecer desde el otro lado. Sin duda la estampa más bonita era la que se veía desde el Bastión de los Pescadores.

—Entiendo que Sissi se enamorara de este país.

—A ver, Elena, querida, que te veo muy influenciada por Romy Schneider. Y aunque era muy guapa, no lo niego, creo que la historia que se refleja en esas películas está un poco edulcorada...

—*I know*. Pero no estropees mi fantasía. —Hizo un puchero—. De hecho, evidentemente llevaba una peluca en las películas. Hmmm..., podría buscar algo similar... Quiero un melenón como el de Romy Schneider. No te rías. Y vestirme así para ir al ministerio. Parecería un regreso de excedencia apoteósico, ¿no crees?

Cuando quería, Elena era muy payasa. Se puso a caminar por el puente como si llevara un vestido al más puro estilo Sissi emperatriz. Guillermo se rio imaginándola de aquella guisa en el Madrid del siglo XXI.

Le alegró darse cuenta de que su amiga se estaba riendo de su enfermedad y notó cómo estaba a punto de llorar otra vez, pero en esta ocasión de alegría.

Hay dolores inmensos en una vida. Pero ese momento en el que aprendemos a reírnos de ellos es el que marca la diferencia. Si no puedes con ellos, ríete de ellos.

De repente, el peso de esa mochila que te anclaba al fondo de un abismo se vuelve tan ligero que comienzas a flotar.

Y vuelves a sonreír.

LXXIX

Pasaron casi una hora sentados en uno de los bancos de piedra del Bastión de los Pescadores viendo cómo caía la noche sobre la ciudad y el Parlamento comenzaba a brillar, imponente, como si estuviera construido en oro y pudiera por sí solo arrojar luz sobre toda la ciudad.

Su reflejo sobre el río era la visión más evocadora y romántica que Elena había visto jamás. Se fijó en el intenso color azul del río.

—¿Sabes que dicen que si ves el Danubio de color azul es porque estás enamorado?

—¿En serio? —contestó Guillermo, sin apartar la vista de la panorámica casi irreal que tenían frente a ellos—. No lo había oído nunca.

—Me lo dijo Miriam. No sé dónde lo oyó...

Cada uno se perdió en sus propios pensamientos, probablemente intentando dilucidar si el color azul tan intenso que tenían ante sus ojos era real.

—¿Puedo preguntarte algo?

—Claro.

—¿El pelo es el motivo de que no quieras volver a ver a Sebastián?

Elena sintió cómo le faltaba el aire de repente. No se atrevió a mirar a Guillermo, que sabía que tenía los ojos fijos en ella, porque en aquel momento se sintió desnuda, más vulnerable de lo que se había sentido jamás con él.

—Es... parte del problema, sí.

—Creo que te equivocas. La vida es muy corta; no está la cosa como para ir desperdiciando grandes amores.

—...

—¿Crees que a él le importaría lo más mínimo? Por lo poco que me has contado, parece un buen tipo.

—Seguramente habrá rehecho su vida.

—Seguramente. —Se miraron a los ojos—. O no.

Guillermo había tenido la habilidad de verbalizar lo que rondaba la cabeza de Elena desde hacía tiempo.

Había pasado horas analizando el Instagram de Sebastián, a falta de otra fuente de información fiable. No había rastro de un nuevo amor, aunque tampoco publicaba muchas fotos personales.

Por otro lado, la había localizado, la había felicitado por su cumpleaños y le había propuesto quedar. Pero eso podía ser tan solo un interés inocente en saber qué era de su vida. Con Sebastián le ocurría como con el pelo; no quería hacerse ilusiones.

—¿Puedo preguntarte yo algo a ti?

—Por supuesto.

—¿Eva sabe que estás aquí conmigo?

Estaba claro que había llegado la hora de la ronda de preguntas incómodas. La noche elegida para poner las verdades sobre la mesa. Guillermo sopesó bien la respuesta. Tanto con Eva —por no haberle dicho la verdad— como con Elena —por habérsela ocultado— se sentía como si estuviera caminando sobre una cuerda floja. Pensó en lo difícil que era a veces la vida.

Uno intenta transitar por ella buscando la felicidad sin hacer daño a nadie por el camino, pero ya no es que sea imposible gustar a todos, sino que resulta inevitable herir en ocasiones a la gente que nos quiere. Por mucho que lo intentemos. Porque el equilibrio entre la búsqueda de la propia felicidad y la de aquellos a quienes amamos implica que unos y otros sufran en momentos alternos; incluso a veces al compás.

Es imposible caminar junto a alguien por la vida y no herirle jamás. A veces será un comentario bienintencionado, pero que toca una fibra sensible. Otras será una advertencia de que se están equivocando —una de las cosas más difíciles y que solo se hace cuando se quiere realmente a alguien y te importa, de verdad, el bienestar de esa persona—. A veces será ocultarles algo que sabes que les causará sufrimiento. Pero ¿no se lo causará más el descubrirlo más adelante?

Un manual de instrucciones, por favor.

En ocasiones Guillermo echaba de menos la infancia, esa etapa en la que todo el mundo que te rodea está ahí —normalmente— para hacer tu vida fácil, cómoda. Para procurar tu bienestar y ayudarte a solucionar tus problemas. Padres, abuelos, tíos, profesores. Solo desean tu bien y te indican —o te ayudan a ver— el camino correcto a seguir. Así lo estaba viviendo ahora con su hijo Pablo.

Luego, de repente, sales al mundo real y nadie te viene con instrucciones claras; no hay un único camino correcto y nadie te castiga si haces algo mal con el fin de evitar que vuelvas a cometer ese mismo error en el futuro.

El castigo no es otro que tu propio sufrimiento o el de aquellos a los que quieres.

Guillermo continuó mirando ese color azul del río mientras pensaba en ese dilema que a veces ensombrecía sus pensamientos. Su amiga esperaba todavía una respuesta.

LXXX

A ella no podía engañarla.

—No lo sabe, no.

Silencio. Sus miradas se perdieron en algún lugar del Danubio.

—¿Recuerdas el juego de las tarjetas en tu cumpleaños? —Elena asintió—. Ya sabes que yo soy de mentirijillas piadosas para no hacer daño...

—No sé yo si ocultarle a tu mujer que viajas con una amiga se podría calificar como «mentirijilla», Guillermo... —A Elena le costaba esconder su decepción.

Y Guillermo se dio cuenta, una vez más, de que al final iba a hacer daño a todo el mundo.

—He preferido ir por partes. Piensa que llevo muchos años sin viajar. Decir, de repente, que me voy con una amiga a la que acabo de conocer es complicado. No le conté nada sobre Roma, pero le he dicho que a Budapest venía acompañado. Por un amigo de Burgos. Mi idea es ser sincero en el próximo viaje y decirle que me voy contigo.

«Veremos qué tal va eso —pensó ella—. Y veremos si hay próximo viaje. Pero ya cruzaremos ese puente cuando lleguemos a él».

Por lo pronto, el único puente que cruzaron fue el de Margarita, que los llevó de vuelta a Pest y a aquella preciosa estatua de Imre Nagy que miraba, melancólica, al horizonte.

LXXXI

Guillermo le contó a Elena la historia de aquella estatua que hasta hacía no mucho había estado ubicada frente al Parlamento, mirando en dirección al mismo.

—Tras la revolución del 23 de octubre de 1956 el politburó decidió, en una reunión de crisis, dejar formar gobierno a Imre Nagy, que había sido cesado del partido comunista el año anterior. Pero les salió un poco rana; el 1 de noviembre anunció en un discurso en la radio que aboliría el sistema de partido único y que saldría del Pacto de Varsovia. Ante tales declaraciones los tanques soviéticos, que habían puesto ya rumbo a Rusia, se dieron la vuelta y el 4 de noviembre entraban de nuevo en Budapest. La KGB arrestó a Nagy y a su equipo, que pasaron dos años en una cárcel de Rumanía en la que los torturaron hasta que fueron juzgados en un juicio secreto.

»Nagy fue condenado a muerte y ejecutado en 1958. Su cuerpo no fue devuelto a sus familiares hasta treinta y dos años después.

»La estatua fue inaugurada en 1996 frente al Parlamento, hacia el que Nagy miraba con pena; con cierta melancolía. Fue un hombre que amó a su país e intentó sacarlo de la línea más dura del comunismo.

»Pero en 2019 el gobierno nacionalista de extrema derecha lo trasladó a su ubicación actual, mucho más discreta, desde la que Nagy da la espalda al Parlamento y mira hacia el Danubio.

LXXXII

No sabía si era la pasión con la que Guillermo contaba la historia o la paz que emanaba la figura de Nagy, pero aquella estatua conmovió profundamente a Elena. Le hizo una fotografía y, mientras cenaban algo más tarde, la subió a su Instagram junto a varias instantáneas más del viaje. Aprovechó para subir de nuevo el cartel del concierto de Miriam, que ella había compartido en sus *stories* y, aunque en ese momento le parecía muy lejano, sintió que aquella iba a ser una noche muy divertida.

Ni imaginó la sorpresa que aquel concierto le depararía.

LXXXIII

A dos mil quinientos kilómetros de allí, Jon y Lucía habían consolidado lo que ya era una buena amistad.

En otras circunstancias, pensó Lucía, parecerían una pareja. Habían ido al cine, compartido palomitas y después habían disfrutado de una maravillosa cena en el restaurante de moda de Madrid. No hablaron de trabajo en ningún momento y, visto desde fuera, había sido la cita perfecta. Aunque lo cierto es que a Lucía ni se le pasaba por la cabeza que aquello fuese algo más que una amistad.

Jon, sin embargo, llevaba las últimas cuatro horas pensando en cómo acabaría la noche. Si debía acompañarla a casa, si era una osadía besarla al despedirse... En realidad Lucía le gustaba, y era perfecta en todos los sentidos, salvo por el hecho de que ni quería más hijos ni compartía su sueño de una casa con jardín en las afueras y el estilo de vida que ello implicaba. En cuanto a proyecto de vida, no tenían absolutamente nada en común.

¿Se podía construir una casa si sus cimientos no eran sólidos? ¿No sería como construir un castillo de naipes? ¿Podía uno renunciar a parte de sus sueños por compartir la vida con alguien que, a cambio, aportaría tantas otras cosas que lograría compensarlos?

LXXXIV

La última mañana en Budapest madrugaron para ir a desayunar al New York Café, considerado el café más bello del mundo. Aunque llegaron unos diez minutos antes de que abriera, ya había algunas personas haciendo cola frente a la puerta.

—Qué barbaridad... ¡Si no son ni las ocho! Imagínate cómo estará a media mañana. —Elena no daba crédito, aunque lo cierto es que el lugar, ya desde fuera, parecía majestuoso.

—Aquí el truco es alojarse en el Anantara. —Guillermo señaló al hotel contiguo—. Los huéspedes desayunan aquí.

—¿En serio?

Y pudieron comprobarlo cuando accedieron un poco después al interior de la cafetería. Por un momento, se quedaron sin respiración ante el espectáculo que tenían frente a sus ojos. Altísimos techos con frescos pintados, inmensos candelabros, detalles cubiertos de pan de oro y un pianista que, entre las mesas, tocaba una dulce melodía.

—Mira, incluso te puedes animar y tocar algo.

—Sí, claro. Seguro que aquí pega mucho tocar algo de Coldplay, no fastidies.

Coldplay no sonó, pero el pianista sí que tocó algunas versiones melódicas de canciones de los Beatles o de John Legend, mientras Guillermo y Elena disfrutaban de un desayuno digno de reyes.

—Ahora sí que me siento como Sissi emperatriz.

—Nos falta un baile. Pero me temo que aquí no hay mucho espacio...

Miraron alrededor observando las decenas de mesas ordenadas milimétricamente, entre las que había poco espacio, con toda probabilidad para aprovechar al máximo la capacidad del café.

Disfrutaron de un desayuno que solo podría ser calificado como pantagruélico, sin privarse de nada. En los dos días que llevaban en la ciudad habían descubierto que Hungría era un país muy barato comparado con España, y tras la primera noche habían dejado de convertir los florines a euros. Cuando llegó la cuenta, sin embargo, a Elena le llamó la atención.

—¿Esto no son como muchísimos florines?

—Soy de letras, como tú. Pero espera que calculo. —Guillermo sacó el móvil de su bolsillo y cuando vio el resultado de la operación en su pantalla tuvo que ajustarse las gafas que se ponía siempre para ver cosas importantes, en ese gesto que a Elena siempre le hacía tanta gracia.

—Mira, da igual, ni lo pienses. Hemos venido a disfrutar. Al viaje y a esta vida. Invito yo.

—¡Ni se te ocurra!

Elena no insistió más y se concentró en apurar el café pagado a precio de oro. «Como el de las lámparas», pensó.

—Cuéntame, ¿en qué andas trabajando ahora? Después del exitazo de la campaña de las hamburguesas, tienes el listón bien alto...

—Pues mira, gracias por entenderlo. La gente no para de decirme, tu hermana incluida, que ya todo es pan comido, que después de un éxito así todo me parecerá sencillísimo... Y mira, no. Si te soy sincero, tengo más presión que nunca.

—Me lo puedo imaginar. Es difícil superar el éxito de la última campaña.

—Exacto. Aunque te diré —le dijo, mirándola fijo a los

ojos que asomaban tras aquel flequillo que ahora sabía que no era suyo, pero que le daba absolutamente igual— que tú me has dado la idea para la campaña.

—¿Yo? Pero ¿de qué es?

—De una marca de gafas.

—¡Si yo no llevo gafas! Aunque llevo lentillas... ¿Sabes? A veces me siento como la novia aquella de Will Smith que en un episodio de *El Príncipe de Bel Air* comenzaba a quitarse todo...

Guillermo la miró con cara interrogante.

—Sí, hombre. Llegaban a casa después de una cita y la chica se empezaba a quitar las pestañas postizas, las uñas... Básicamente todo lo que llevaba encima era postizo. Me siento un poco así.

—¡Venga ya!

—Te lo digo en serio.

—Querida amiga, media población española lleva lentillas. ¡Yo llevo gafas para leer!

—Pero tienes un pelo estupendo. Alborotado pero estupendo —bromeó Elena.

—¿Ves? Todos tenemos nuestras cosas... —Y para enfatizarlo se alborotó el pelo aún más con las manos—. En todo caso, a lo que iba: debo agradecerte la idea para mi nueva campaña. Si el cliente da el ok, podrás verla en breve.

—Me muero de curiosidad.

—Y otra cosa, amiga —añadió Guillermo—: siempre creemos que la gente nos presta más atención de la que nos presta en realidad. Una vez escuché a una guionista estadounidense contar que tras años pinchándose insulina en cenas con sus amigos, un día comentó que era diabética porque venía al hilo de la conversación. Sus amigos, sorprendidos, le preguntaron si tenía que pincharse insulina con frecuencia. Ella no daba crédito. Y ellos menos, aun cuando les dijo que lo había hecho mil veces en su presencia.

—¡Ostras, se quedarían muertos!

—Exacto. Es un gran ejemplo de cómo raramente somos el centro de atención. La gente está más preocupada por esconder sus propias debilidades que por descubrir las ajenas.

LXXXV

Una semana después del viaje a Budapest, la nueva pandilla de amigos se reunió para acudir al concierto de Miriam y su grupo. Allí estaban Jon, Lucía, Elena, Óscar y Guillermo, que acudió acompañado de Eva.

Esta vez no le había costado convencer a su mujer, que en el fondo se moría de curiosidad por ver de primera mano esa complicidad tan extraordinaria y rápida que había surgido entre aquel grupo de amigos. Desde que vio la fotografía del cumpleaños de Elena, no se le había ido de la cabeza la sensación de que algo se le escapaba.

—A todo esto —preguntó Guillermo, que volvía de la barra acompañado por Jon y Óscar tras hacer acopio de bebidas—, ¿qué tipo de música tocan?

—Dejaré que os sorprenda —dijo Elena, enigmática—. Tampoco sé mucho de vuestros gustos musicales, pero indiferentes no os va a dejar, ya os lo digo.

Y así fue. Lucía y Elena ya habían escuchado alguna canción del grupo en un CD que Miriam les había pasado hacía tiempo. Óscar había acudido a más conciertos de la banda. Pero la cara de Jon, Guillermo y Eva fue todo un poema. Poco podían imaginar que la tierna y divertida Miriam, con esa voz tan dulce que tenía, era en realidad toda una estrella del rock duro.

Apenas llevaban veinte minutos bebiendo y bailando, pero

lo estaban pasando de miedo. Ir de concierto con los amigos un viernes por la noche los devolvía a todos a su época universitaria y a todos les vino bien.

Guillermo observó con alegría cómo Eva y Elena parecían haber hecho buenas migas. Las vio gesticular mientras comentaban algo que hizo reír a ambas. Justo cuando estaba pensando si acercarse o dejarlas que se fueran conociendo, un hombre rubio y alto, con cara de andar perdido, posó una mano en el hombro de Elena. Esta se giró y se quedó petrificada. A pesar del volumen de la música, Guillermo estaba suficientemente cerca como para escuchar a su amiga pronunciar un nombre.

—¿Sebastián?

LXXXVI

Elena necesitó parpadear varias veces para darse cuenta de que aquello no era un sueño.

—Si Mahoma no va a la montaña... —Sebastián sonrió—. ¿No me vas a dar ni dos besos?

Elena seguía en estado de shock. Ni siquiera se dio cuenta de que Guillermo se había acercado para apartar con discreción a Eva y poder contarle quién era aquel hombre misterioso que había aparecido de repente.

—Pero... —Le dio dos besos, conteniendo las ganas de abrazarle—. ¿Qué haces aquí? ¿Conoces a alguien del grupo? ¿Con quién has venido?

De repente la incontinencia verbal sustituyó a la sorpresa.

—No he venido con nadie. Vi el cartel del concierto en tu Instagram, pensé que quizá vendrías... Y decidí probar suerte. En realidad, tengo que estar en cinco horas en el aeropuerto —dijo, mirando el reloj—. Pero no podía dejar pasar la oportunidad. Tenía la sensación de que me estabas evitando, francamente...

—No, de verdad que no. —Elena mintió con toda la naturalidad de la que fue capaz.

—Bueno, en todo caso, había que romper el hielo y derribar la muralla. Vi que habías vuelto de Budapest e imaginé que si colgabas el cartel de un concierto era porque ibas a acudir.

Al oír la palabra «Budapest», Elena se giró con rapidez

para comprobar que Eva no la hubiera percibido. Por fortuna, se había alejado con Guillermo lo suficiente como para no oír nada, gracias también a la voz de Miriam a todo volumen. En todo caso, prefirió no arriesgarse.

—Vamos fuera un momento, anda.

Hizo una seña a su hermana, que la observaba con aquella cara que tan bien conocía de «quiero luego todos los detalles», para decirle que volvía enseguida, y se dirigió a la calle con Sebastián. Tenían mucho de lo que hablar.

Eva los vio salir y volvió a girarse hacia el escenario. Pero en su cabeza ya solo oía una palabra: Budapest.

LXXXVII

—Pensaba llamarte. De verdad. Es solo que han sido unos años... complicados.

—La vida es complicada. Si cada vez que se tuerce un poco más de la cuenta nos hacemos bicho bola... No viviríamos.

Sebastián siempre había sido el mejor dando ánimos y viendo el lado bonito de la vida. Elena pensó que podría ser la mano negra detrás de los mensajes de Mr. Wonderful.

—¿Adónde te vas esta vez?

—A la isla de Reunión. Muchas horas de vuelo, pero creo que valdrá la pena.

—Debe de ser impresionante. Un poco *Jurassic Park*, ¿no? Recuerdo que de pequeña coleccionaba postales y aún tengo en mi cabeza la imagen de una en la que salía Reunión. Me parecía de otro planeta.

—Pues ya te contaré. Voy a hacer un reportaje, porque uno de los volcanes está en erupción.

—¡Ten cuidado!

Sebastián sonrió.

—Ahora me tengo que ir. No quiero ser descortés, pero de verdad que tengo que estar en Barajas en un rato. —Se levantó del pequeño muro en el que se habían sentado y tendió la mano a Elena para ayudarla a descender—. Vuelvo dentro de diez días. ¿Crees que podremos vernos?

—Tengo que consultar mi agenda, pero algo podremos hacer.

Se quedaron en pie, el uno frente al otro, mirándose a los ojos, como si no hubiera pasado el tiempo. Como si para Elena no hubiera pasado lo que otros no vivían ni en tres vidas.

—Me alegra que hayas venido. En realidad, me moría de ganas de vertc.

Era todo lo que Sebastián necesitaba oír. Le había costado un mundo acercarse hasta aquel bar. Llevaba días pensando en si sería buena idea y en lo que podría encontrarse. Quizá a Elena con una nueva pareja o a una Elena muy distinta. Todos sus miedos se disiparon en cuanto vio cómo le miraba; igual que años atrás. De algún modo, el tiempo parecía no haber pasado. Sabía que había cometido muchos errores, pero esta vez no tenía intención de dejarla escapar.

LXXXVIII

Cuando Elena regresó al interior las miradas interrogantes de todos sus amigos se centraron en ella; Miriam y su grupo habían dejado de ser los protagonistas.

—A mí me vais a tener que poner al día —comentó Jon—. Al parecer siempre soy el último en enterarse de todo.

—Es un antiguo amor. Un amor de los buenos —intervino Lucía y, dirigiéndose a su hermana, añadió—. ¿A qué ha venido? ¿Cómo sabía que estarías aquí?

—Instagram.

Elena cogió la Coca-Cola que había dejado a medias y les contó la historia desde el inicio, con el fin de que todos tuvieran la misma información. «Aunque les falta el dato más importante», pensó. El motivo por el que, aunque llevaba mucho tiempo queriendo volver a verle, no lo había hecho. Miró a Guillermo. Él sí lo sabía, al igual que su hermana. Cuando llegó al final de la historia, todos la miraron con el mismo desconcierto con que lo hizo él aquel día en Roma.

Eva era la única que permanecía seria y en silencio, escuchando aquella historia de amor que no cuadraba con lo que acababa de oír unos minutos antes. ¿Había estado Elena en Budapest con Guillermo? La música estaba muy alta, quizá lo entendió mal. ¿Qué otro destino tenía un nombre parecido?

¿Cadaqués? ¿Bucarest? ¡Bucarest era muy parecido! Tenía que ser eso, era la explicación más lógica. Escuchando a Elena, no podía entender por qué una mujer que parecía llevar años enamorada de aquel rubio que acababa de marcharse se habría ido de viaje a escondidas con su marido.

—A ver, lo mismo no soy una fuente muy fiable y no me avalan mis grandes éxitos en el amor. —Jon hizo sonreír a todos—. Pero digo yo que si el chico se ha venido hasta aquí teniendo que volar en cinco horas no es para comentar el estilo musical de Miriam y su grupo. Sobre el que por cierto os ruego que hablemos más tarde.

—No, ni siquiera sabe que es mi amiga. No se conocen. Sebastián es de mi vida anterior al ministerio.

—Me chiflan las historias de amor inacabadas. —Esta vez fue Eva la que habló, en su afán de descubrir algo más sobre aquella mujer y su antiguo amor—. Yo creo que todos tenemos alguna, y me parece que no hay nada más romántico que una de ellas reaparezca. No siempre se tienen segundas oportunidades.

Elena asintió pensando que tenía razón. No podía permitirse perder aquello otra vez. En algún momento Sebastián y ella tenían que sincronizarse, habían pasado separados más tiempo del que ninguno de los dos habría querido.

LXXXIX

Eva se perdió en sus propios pensamientos. Por un lado, le estaba costando horrores disimular el alivio que había sentido al constatar que había otro hombre en la vida de Elena. Aunque no fuera su pareja, pero si algo tenía claro, mirando aquellos ojos que asomaban tras el tupido flequillo, es que eran los ojos de una mujer enamorada. Y afortunadamente, no de Guillermo, hubiesen viajado juntos o no.

Pero no había mentido; ella había sido toda su vida una romántica, de esas que escondían revistas de vestidos de novia en el armario ya desde la adolescencia, esperando que algún día apareciera su príncipe azul. Muy a lo Mónica de *Friends*, pensó recordando divertida aquella época. Cuando se casó con Guillermo, él apenas tuvo voz —solo algún voto— en la organización. Eva lo tenía tan claro que se ocupó de todo; para alivio de él, en realidad.

No había nada que le gustara más en el mundo que las comedias románticas. No leía mucho, pero las películas las veía todas. Probablemente ellas fueron las culpables de sus altas expectativas en el amor y de los grandes chascos que se había llevado hasta que conoció a Guillermo.

Como bien había dicho, todo el mundo tiene su particular historia inacabada. Y la suya tuvo lugar justo antes de Guillermo. Ocurrió durante un curso de verano que había hecho en Grenoble un año antes. Se fue allí a pasar un par de meses acudiendo a clases para refrescar el francés, pues era un idioma que sabía que le vendría bien si quería poder labrarse un buen futuro en el mundo del arte.

Allí compartió piso con una chica sueca y la primera semana ya tenían una buena pandilla de amigos. Una noche que salieron a cenar conoció a Xabier, un cocinero francés de origen libanés que trabajaba en el restaurante de su padre. Fue un auténtico flechazo, como los que tantas veces había visto en las películas que tanto le gustaban. Se enamoraron como dos adolescentes, a pesar de que ambos pasaban ya de los veinticinco años, y vivieron el verano de su vida.

Cada tarde, cuando Eva salía de clase y antes de que Xabier tuviera que ir a preparar las cenas, quedaban para pasear, visitar exposiciones o simplemente permanecer horas en la cama mientras hacían planes para un futuro imposible. Los fines de semana se escapaban a los Alpes a hacer grandes caminatas y disfrutar de pícnics con vistas a las cumbres más bellas de Francia.

Conforme avanzó el verano, se fue dando cuenta de que Xabier tenía cambios de humor bastante bruscos. No ocurría siempre, pero sí cada vez con más frecuencia. A veces eran detalles imperceptibles, pero otros días su crispación era tal que Eva buscaba cualquier excusa para volver sola a casa y alejarse de él. La mayor parte de los días, sin embargo, Xabier era el hombre encantador que había conocido al inicio del verano. Alguien que provenía de una familia humilde pero muy unida y que soñaba con abrir algún día su propio restaurante.

Así se inició una relación tóxica a la que finalmente encontró explicación cuando descubrió el problema de Xabier con las drogas. Fue casi por casualidad; él, por supuesto, negó que tuviera cualquier tipo de problema y solo admitió coquetear con ellas de vez en cuando. Pero para Eva aquello era una línea roja.

En cuanto lo descubrió hizo las maletas y regresó a España. No contestó a sus mensajes hasta que al cabo de varios meses él le escribió una larga carta —algo que a la Eva romántica le llegó al corazón— contándole que se había metido en un programa de desintoxicación y que llevaba más de dos meses limpio. Le pedía perdón por lo que la había hecho sufrir, pero tampoco le propuso nada. Ni seguir en contacto, ni volver a verse. Nada. Seguramente era mejor así.

Unos años después contactaron a través de Instagram y así descubrió que había alcanzado su sueño: tenía su propio restaurante, que incluso había aparecido en las listas de los mejores lugares para cenar en Grenoble. Eva se alegró de corazón.

Jamás había querido a nadie como quiso a Xabier; pues los *amours fous*, como dicen los franceses, no se olvidan jamás. Por breves que sean.

Es su intensidad lo que los convierte en eternos.

XC

Cuando terminó el concierto, Miriam bajó del escenario para saludar a sus amigos y tomarse algo con ellos.

—Enhorabuena, Miriam —la felicitó Jon—. ¡Ha sido brutal!

—Y un exitazo... ¡Mira cómo está la sala, no cabe un alfiler! —Elena estaba feliz por su amiga, que estaba exultante tras más de una hora cantando y tocando la guitarra.

Enseguida comenzó a acercarse gente a felicitarla y sus amigos se retiraron con discreción.

—Yo me quedo un rato. Me tomo algo con ellos —dijo Óscar refiriéndose a los miembros del grupo de Miriam— y luego ya me vuelvo a casa con ella.

Además de compañeros de trabajo, Óscar y Miriam eran vecinos. Elena no conseguía entender cómo su amiga aguantaba sin confesar sus verdaderos sentimientos y aquello no se había convertido ya en una relación, pero esperaba sinceramente que no pasara de esa noche.

El resto de los amigos salieron a la calle y se quedaron en la acera disfrutando del silencio y la calma que reinaba a aquellas horas, en contraste con la marcha que había en el interior del local, donde ya había comenzado a tocar otro grupo.

—La verdad es que ha estado muy bien, pero la edad comienza a pesar. —Guillermo verbalizó lo que estaban pensando todos—. No estamos ya para estos trotes.

—Sin ánimo de sonar muy Chandler Bing, ya no hay mejor plan a esta edad que estar cómodo en casa e irse a dormir a una hora razonable. Los mejores planes ya son siempre a domicilio, no me digáis que no.

—*Agree...* —Lucía no podía estar más de acuerdo.

—De hecho, si queréis, os invito a cerrar la velada en mi casa. Vivo aquí al lado. —Jon señaló hacia la plaza de Olavide, que estaba apenas a diez minutos.

—Venga, va. Total, si nos arrepentimos, podemos coger un taxi cuando lleguemos allí. —Elena se había quedado tan descolocada con la aparición de Sebastián que no quería quedarse sola.

Pasar un rato más acompañada de sus amigos le pareció un buen plan a pesar del cansancio que comenzaba a invadirla a aquellas horas. Se había quedado bastante tocada y pensó que Eva había estado muy acertada con lo de las segundas oportunidades.

Fueron caminando hacia casa de Jon. Mientras él y Lucía iban por delante, Guillermo, Eva y Elena lo hacían unos pasos por detrás, observando a la pareja.

—¿Creéis que ahí hay tema? —preguntó Eva, que intentaba desviar la atención del tema que en realidad le preocupaba. Hacía horas que llevaba rogando que Elena hubiera estado paseando por las calles de Bucarest en busca del conde Drácula.

—Hmmm, no lo tengo claro. A Jon le veo con muchas ganas de una relación, pero me parece que lo que busca no lo va a encontrar en mi hermana.

—¿Y qué es lo que busca exactamente? —Eva no conocía a Jon aún lo suficiente—. Quizá es negociable...

Elena rio.

—Créeme, no veo a Lu teniendo más hijos... De la casa en las afueras podría llegar a convencerla, aunque no sé si sacaría a mis sobrinos del barrio en el que viven todos sus amigos. Pero más hijos ya te digo que no.

—Sí, eso parece una línea roja. No me imagino teniendo un bebé cuando los hijos que ya tienes vuelan solos. ¡Qué pereza! Cuando ya los tienes en esa edad en la que tú puedes empezar a vivir tu propia vida, recuperarla, retomar sueños olvidados... Uff. Estoy con tu hermana. A tope. —Se llevó la mano al corazón en un gesto que hizo sonreír a Elena.

Apenas la estaba comenzando a conocer, pero cada vez le caía mejor. Con razón Guillermo se había enamorado de ella, pensó.

Él, entretanto, permanecía en silencio, pero escuchaba con atención. No le pasaron desapercibidas las palabras de Eva. No había olvidado su sueño de abrir su propia galería. Y quizá había llegado el momento.

XCI

Estaban ya llegando a casa de Jon cuando Lucía divisó un cartel luminoso unos cientos de metros más allá.

—Ostras..., ¡un bingo! Yo creo que aquel es al que fui dos o tres veces con mis compañeros de facultad. ¡Y sigue existiendo!

—Esos sitios nunca cierran —dijo Guillermo—. Cerrará una librería, pero un bingo en España... ¡Jamás!

—Cierto, pero te diré que las pocas veces que he ido, me lo he pasado de maravilla. ¡Vaya risas...!

—¿Vamos?

Fue Jon el que lanzó la idea al vuelo. Se miraron. Y fue Eva la que se tiró a la piscina.

—¡Venga! ¿Por qué no? Solo un par de cartones.

—Ya, como que se pueden jugar solo un par de cartones —murmuró Guillermo, divertido—. ¡Si empiezas es imposible parar! Madre mía, que terminamos empalmando con mañana...

Lucía no había mentido. Pasaron una de las noches más divertidas en mucho tiempo. Aunque empezaron tomándoselo con calma terminaron, por supuesto, picándose, y jugando no dos cartones, sino cinco. Pero la verdadera diversión, como señaló Guillermo, era más bien mirar alrededor.

—He pasado de sentir que tengo dieciocho años a sentir que tengo setenta y cinco. Y mal llevados.

Miró con disimulo a las dos señoras que había en la mesa de al lado.

—Yo creo que juntas suman la edad del planeta Tierra. Y míralas ahí con sus copazos. Estoy segura de que si salgo con ellas una noche, me tumban. —Elena se sintió de repente muy mayor.

—No tengas ninguna duda. A mí me está costando ya enfocar los números —le susurró Guillermo ajustándose las gafas.

—Shh. —Eva, concentrada en su cartón, les pidió silencio. Necesitaba concentrarse. Solo le faltaba un número para cantar línea.

—¡Línea!

Lamentablemente, Lucía se adelantó.

—No te creo —se lamentó Eva—. ¡Para una vez que tengo más de dos números seguidos en la misma línea!

—Bueno, dicen que desafortunada en el juego, afortunada en el amor... ¡Y a la inversa! —le dijo Guillermo, pasándole un brazo cariñosamente por el hombro y dándole un beso en la mejilla—. Perdón. —Esta vez se dirigía a Lucía—. Seguro que el amor también te sonríe.

—No hay perdón que pedir. Confieso que en este momento de mi vida me atrae más un bingo que un hombre. Qué tristeza. ¡Pidamos otra copa!

—¡Y más cartones! —Eva no pensaba irse de allí sin cantar algo. Necesitaba olvidar el runrún que llevaba taladrándole la cabeza toda la noche, aunque cuanto más avanzaba esta, más claro tenía que Guillermo seguía enamorado de ella. Eso o había bebido demasiado, que también podía ser.

Entretanto, Elena y Jon se peleaban por el cartón con los números más bonitos.

—¿Quieres que sea un desgraciado también en el juego? —se lamentaba él—. No te imaginaba tan cruel. Tú ya tienes al rubio buenorro, déjame triunfar en algo esta noche...

—Jon, querido, si le vuelves a definir así voy a empezar a pensar que te gusta a ti. —Aprovechó para apartar la copa de su lado—. Suficiente bebida por hoy. Pásate al agua con gas, anda... ¡Y dame el cartón con los cincos! Esta noche voy a tener suerte.

Sin embargo, fue Jon el que triunfó. Y no en el bingo precisamente.

A la salida, le ofreció a Lucía que se quedara a dormir en su casa.

—Los niños y el perro están con tu ex, mañana es sábado e irte ahora a casa es una pereza. Confiésalo. Te dejaré la cama grande, prometido.

Lucía dudó. Pero solo un segundo.

Al final se marcharon sin un duro, pero allí habían ganado todos. Había sido un final de fiesta inesperado pero muy divertido.

XCII

Guillermo, Eva y Elena, vecinos de barrio, compartieron taxi. A pesar del escepticismo inicial de Eva, las dos mujeres habían plantado aquel día el germen de lo que parecía poder convertirse en una buena amistad. Mientras él se concentraba para no quedarse dormido en el trayecto, ellas no pararon de hablar.

—¿Qué planes tienes para el finde? Lástima que Sebastián se haya ido...

—Pues mira, sí. Sobre todo porque mi plan para mañana es montar un armario de Ikea que me entregaron ayer y cuyo montaje no encargué, por lo que parece. Socorro. Egoístamente, me habrían venido bien las manos de un hombre.

Eva se rio. Y tuvo una idea.

—Guillermo, podrías ir a ayudarla. Yo he quedado a comer con Carola y su hijo. Salvo que prefieras venirte con Pablo y conmigo, que lo dudo... Así haces una buena acción. —Y dirigiéndose a Elena, añadió—: Es muy manitas. Él montó casi todos los muebles de nuestra casa.

—*True*. —El aludido asintió con la cabeza, aún sorprendido por la actitud de su mujer hacia Elena, a quien había pasado de ver como una amenaza a, después de aquella extraña noche, verla casi como una aliada. No imaginaba que Eva estaba ya con la mosca detrás de la oreja, pero necesitaba precisamente acercarlos para confirmar que aquello era solo una amistad—. Por mí encantado. Eso sí, no me pidas que madrugue.

Fue dicho y hecho. Quedaron en que Guillermo iría a ayudarla cuando se levantara y Eva se acercaría después con Pablo cuando volvieran de estar con sus amigos.

—Quizá podemos tomar algo luego.

—Vale, pero invito yo —insistió Elena—. ¡Solo faltaba! Gracias, de verdad. A los dos.

—Espero que me mantengas informada sobre el tema Sebastián —le dijo Eva cuando el taxi se detuvo frente al portal de Elena—. ¡Si es que además somos vecinas!

—¡Claro! Que te dé Guillermo mi número. Y hablamos. En todo caso, mañana nos vemos.

XCIII

Cuando Elena se bajó del taxi, Eva se acurrucó bajo el brazo de Guillermo.

—Gracias por animarme a salir. La verdad es que lo hemos pasado bien. Son muy majos.

—Sí que lo son, sí. —Guillermo la besó en los labios.

Ambos permanecieron en silencio el resto del trayecto, que no fue muy largo. Eva había sido sincera. No solo le habían caído fenomenal los compañeros y amigos de Guillermo, sino que tal y como él había intuido, había sentido tal alivio ante la aparición del interés amoroso de Elena que todos sus miedos habían desaparecido de golpe. Era cierto que no había parado de darle vueltas al eje Budapest-Bucarest, pero conforme avanzó la noche y los vio interactuar, se le fueron pasando los miedos. La relación que mantenían Elena y Guillermo parecía de lo más natural y estaba segura de que su paranoia no tenía ningún fundamento.

Por fin ese temor que la invadía comenzaba a evaporarse. Casi le dieron ganas de reírse de sus fantasmas y de lo tonta que había sido. Esos miedos que le habían hecho temer por ese acercamiento repentino entre su marido y la hermana de su jefa. Porque hubiera —o pudiera haber— entre ellos algo más que una amistad. Respiró aliviada y sintió de repente unas ganas tremendas de llegar a casa y meterse en la cama con su marido. Suerte que Pablo dormía aquella noche en casa de un amigo.

A veces nos ciega tanto el miedo a que nuestra pareja pueda enamorarse de alguien más, que no somos capaces de ver aquello que nos aterroriza más aún: que esta pareja establezca con alguien de nuestro sexo el lazo más duradero e incondicional que existe entre dos personas: la amistad.

XCIV

Al día siguiente, Eva se despertó, como siempre, temprano. Habían dormido desnudos, agotados tras hacer el amor y caer rendidos ya de madrugada. Salió de la cama sin hacer ruido y se puso el primer pijama que encontró en el cajón, con cuidado de no despertar a Guillermo. Antes de cerrar la puerta de la habitación se volvió para mirarle, cubierto hasta la cintura con el edredón. Y le invadió un amor solo comparable al que uno siente cuando ve a su hijo dormir plácidamente. Era el amor por la familia; por su familia. Lo que más feliz le hacía en el mundo.

El sol de invierno entraba por la ventana de la cocina a través de las persianas venecianas que Guillermo había instalado el año anterior. Se preparó un café dejando que los rayos de sol calentaran su rostro y se sentó en el salón con el móvil. Lucía la había etiquetado en algunas fotos del concierto. Supuso que había llegado a su cuenta a través de la de Guillermo, que también estaba etiquetado, así como el resto de los amigos. Sonrió recordando los momentos divertidos de la noche anterior y casi sintiendo que no hubiera fotos del rato del bingo, con las risas que se habían echado.

Sin vacilar, comenzó a seguir a Jon, Lucía y Elena, aunque las dos últimas tenían el perfil privado, así que tendría que esperar a que aceptaran su solicitud para poder ver las publicaciones de su perfil y adentrarse un poco más en la vida de las dos hermanas a las que estaba deseando conocer mejor.

XCV

Tan cansada estaba cuando llegó a casa que Elena había olvidado bajar la persiana de su habitación. Tras desmaquillarse, quitarse la peluca y cepillarse los dientes, simplemente saltó por encima de las cajas de Ikea que invadían el pasillo y se deslizó bajo el edredón.

Por supuesto, los primeros rayos de sol la despertaron enseguida, pero consiguió dormirse un rato más. No había mayor placer que quedarse remoloneando en la cama, en un duermevela, sin ninguna prisa por levantarse.

Eran casi las once cuando decidió que ya no iba a dormir más y cogió el móvil de la mesilla para revisar los mensajes. El primero que vio fue uno de Miriam dándole las gracias por ir al concierto y llevar a sus amigos. Y debajo... un audio de seis minutos. Muy al estilo Miri, pensó. «Audio susurrante», ponía en el siguiente mensaje.

Siguió bajando... Y casi se le cayó el teléfono encima —peligros de mirar el móvil tumbada bocarriba en la cama—. La foto era de Óscar. O eso le pareció. Solo se veía una cabeza, de espaldas, durmiendo en la cama de Miriam.

Pero las emociones no terminaron ahí. Cuando entró en Instagram para ver las fotos que habían subido sus amigos del concierto, se encontró con la solicitud de seguimiento de Eva. No le sorprendió después de lo bien que habían congeniado la noche anterior. Pero de inmediato agradeció tener el perfil privado. Tenía que hacer desaparecer las fotos de los viajes antes de aceptarla. Imaginó lo que habría ocurrido si Eva las hubiera visto y sintió un pequeño escalofrío. En todo caso, tendría que hablar con Guillermo; no quería ser cómplice de una mentira. Esperaba que efectivamente no la hubiera engañado y tuviera la intención de sincerarse antes del próximo viaje. Archivó todas las fotos incriminatorias de las escapadas que habían hecho juntos y aceptó la solicitud de Eva.

Buscó después noticias de su hermana, pero salvo las fotos que había subido del concierto no había vuelto a dar señales de vida. ¿Seguiría en casa de Jon? ¿Qué habría ocurrido allí? Decidió no escribir por si acaso y esperar a que ella la llamara. Si no, lo haría ella por la tarde.

Sintió un pellizco por no tener ningún mensaje de Sebastián, pero pensó que todavía estaría volando. No le dio más importancia y se levantó a la cocina a ponerse un café mientras escuchaba de fondo el audio de Miriam, que casi duró todo el desayuno.

Pasadas las doce, mientras disfrutaba de un rato tocando el piano después del café, sonó el telefonillo. Era Guillermo, que había pasado por Eggocentrico camino de casa de Elena y llegaba con un par de cafés y varios dulces.

—Habrá que coger fuerzas para montar ese armario —dijo mostrando el botín que traía.

Se saludaron con un beso en la mejilla y se sentaron a la barra de la cocina a disfrutar de los manjares.

—Uff, no sabes cómo entra esto —dijo Elena saboreando la napolitana de chocolate como si fuera la mejor que había probado en su vida. Y probablemente lo era.

—¿Te acuerdas cuando éramos jóvenes y volvíamos de marcha de madrugada? Yo era capaz de comerme a las siete de la mañana los restos de espaguetis a la boloñesa que mi madre había hecho para cenar la noche anterior.

—Ostras, y hasta un trozo de pizza fría. Y tan ricamente. Esa edad en la que nada te sienta mal. Puedes comer todas las guarradas del mundo y encima ni engordas.

—Igualito que ahora. Si ceno demasiado, me sienta mal. Si como demasiada grasa, me sienta mal. Y desde luego, el metabolismo no es el mismo. Pero, chica, qué quieres que te diga. Me encanta comer.

—Uno de los placeres de la vida. Brindemos por ello.

Ambos alzaron sus cafés y, una vez terminado el desayuno, pusieron rumbo a la habitación para montar el famoso armario.

—¿Sabes? Cuando venía hacia aquí he visto al principio de la calle un local en alquiler.

—Sí, era una papelería de esas en las que además podías imprimir, hacer fotocopias y esas cosas. El dueño se jubiló y lo cierto es que me ha hecho un poco la puñeta. Me venía fenomenal para bajar a imprimir borradores de mis libros y corregir. Ya sabes, yo soy de papel. Lo veo mucho mejor todo cuando está impreso.

—Ufff, yo me he lanzado ya al concepto oficina sin papeles y me he pasado a la vida digital. ¿Sabes cuántos metros tiene? —preguntó Guillermo con un destornillador entre los dientes mientras buscaba el tornillo de nombre impronunciable en la clásica bolsa de Ikea en la que jamás faltaba ni sobraba una sola pieza.

—¿El qué?

—El local, hombre...

—¡Ah! Ni idea. No me digas que te interesa. —Elena le miró entre extrañada y sorprendida.

—No para mí, boba. Para Eva.

Mientras Elena montaba los cajones y Guillermo se dedicaba a la estructura del armario, le contó a su amiga cómo se habían quedado resonando en su cabeza las palabras de su mujer la noche anterior.

—Seguro que piensa que, como la mayoría de los hombres, no escucho, pero sí lo hago.

—Lo sé. Ya te conozco un poquito.

Guillermo le explicó que se sentía en deuda con Eva, porque ella siempre le había apoyado en su carrera y le había facilitado el que pudiera llegar tan alto. Sin ella no lo habría conseguido. Ahora tenía un buen puesto, le habían subido el sueldo y había cobrado un bonus con el que podía contribuir a cumplir el sueño de Eva. Ese que había dejado de lado por cuidar a Pablo y hacer equilibrios durante años para llegar a todo.

—Este local lo tenemos cerca de casa. Sé que ella no querría abrir una galería en la otra punta de Madrid. Además, este es un buen barrio y sin mucha competencia. Parece que tiene un buen tamaño, al menos desde fuera. Y, bueno..., es solo una idea.

Guillermo parecía nervioso de repente y Elena le tranquilizó.

—Eva es una mujer afortunada por tenerte como compañero de vida. No todo el mundo apoyaría a su pareja en una aventura que requiere tal inversión.

—Bueno, llevo toda la vida trabajando más horas de las que debiera y robándoselas a mi familia. Yo creo que lo mínimo que puedo hacer es devolverles parte de lo que les he quitado en forma de sueño cumplido.

—No imagino nada mejor, desde luego. —Elena se sumó a la ilusión de Guillermo—. ¿Por qué no le hablas del local? Id a verlo juntos. Incluso daos una vuelta por el barrio, a lo mejor veis alguna otra cosa. Aquí nunca cierra nada, pero nunca se sabe... Dile que quieres ayudarla a cumplir su sueño. Que ha llegado la hora de abrir su propia galería.

—Ella ya sabe que la apoyo.

—Seguro que sí. Pero quizá necesita escucharlo en voz alta. Quizá en este momento. A veces las cosas hay que verbalizarlas. A nadie le cansa escuchar un «te quiero» o un «estoy ahí para ti». Eso nunca sobra. Y tal vez está esperando a que tú le ayudes a dar el salto. Por lo que cuentas, habéis hecho un largo e intenso camino juntos. Ella no querrá avanzar sin ti. Sin saber que estás tan implicado en esta aventura como ella lo estuvo en la tuya.

El montaje del armario se les complicó más de la cuenta y conllevó también más risas de las esperadas. Montar un armario de dos metros de alto entre dos personas que habían dormido tan pocas horas y que hablaban más que trabajaban resultó en el rato más divertido que ambos habían pasado en mucho tiempo.

—Elena, este tornillo no es de aquí... —Guillermo hablaba desde el interior del armario, como si estuviese en una cueva, intentando colocar la balda inferior—. Necesito uno tamaño microscópico y me has dado uno que parece el fuet que tienes en la nevera.

Elena hurgaba en la bolsa de tornillos con interés, pero sin mucha maña.

—Aquí son todos iguales... ¡Ups! —El lamento vino acompañado de un sonido similar al de una bolsa entera de canicas cayendo al suelo. Solo que no eran canicas, claro—. ¿Te vale con unos tornillos estándar que debo de tener en la caja de herramientas?

—Mira, si al final no hay mal que por bien no venga —dijo Guillermo, del que solo vio una mano que salía de dentro del armario para atrapar un tornillo que había rodado hasta él—. Ha venido a buscarme el pobre. Estaba desesperado. Anda, limítate a los cajones, que yo me encargo de esto. ¡Vaya ayudante me he echado! Los de Ikea deberían considerar ficharte...

El buen humor y la paciencia de Guillermo eran admirables, pensó Elena. A saber qué habría hecho ella si no fuera por él. Se esmeró en el montaje de los cajones, decidida a darle una buena sorpresa cuando consiguiera salir de debajo del armario. Y desde luego se la dio.

—A ver, querida, hazme una demostración de cómo piensas abrirlos una vez colocados... —Guillermo tenía tantas ganas de reírse que casi se le saltaron las lágrimas, pero permaneció serio. Eso sí, cuando Elena fijó la última pieza y procedió a meter el primer cajón en los raíles, estalló en una sonora carcajada.

—Joder, ya me podías haber dicho que el asa iba hacia fuera... —Elena se hizo la ofendida, pero tampoco pudo evitar la risa. Aquello era como la película *Esta casa es una ruina*.

Elena dudó de que llegaran a ver el armario terminado. El colmo fue ya el final del montaje. Ella estaba haciendo verdaderos malabarismos entre los laterales del armario, mientras Guillermo se subía a una escalera para intentar atornillar la parte de arriba.

El proceso concluyó entre risas y satisfactoriamente con un armario perfecto que tendría a Elena ocupada todo el domingo colocando la ropa que tenía amontonada por todo el dormitorio tras haberse deshecho del antiguo armario.

Terminaron demasiado tarde y demasiado agotados como para cocinar ni salir a cualquier restaurante, así que pidieron sushi y casi se desmayaron en el sofá tomando unas cervezas mientras esperaban a que llegara la comida.

—Ahora que ya te he puesto la cabeza como un bombo, cuéntame tú. ¿Dónde nos encontramos con Sebastián?

A Elena le hacía mucha gracia que utilizara el plural, como si él mismo fuera parte de la relación. Aunque ciertamente no se podía hablar de «relación» con Sebastián.

—No tengo ni idea. Si te digo la verdad, me ha venido bien esta mañana de bricolaje para evitar pensar. ¡Ni he mirado el móvil siquiera! —Elena se dio cuenta de repente y se levantó a cogerlo de la tapa del piano, donde lo había dejado apoyado cuando había llegado Guillermo.

Lo miró antes de volver a sentarse, pero no tenía ni un solo mensaje. Ni de Sebastián ni de Lucía. Por su cara de decepción, Guillermo imaginó que no había encontrado en la pantalla lo que esperaba.

—No le des más vueltas, está en un viaje de trabajo. —Le quitó el teléfono de las manos y lo dejó sobre la mesa—. Ya te dijo que quedaríais a la vuelta. Aprovecha estos días para pensar en qué va a pasar cuando eso suceda. ¿Le vas a explicar por qué le dejaste? ¿Por qué no le contestaste a sus mensajes durante tanto tiempo? ¿Le vas a contar lo de...? —Se llevó la mano al pelo, en un intento de no mencionar la palabra «peluca», que había aprendido que incomodaba tanto a su amiga.

—Tendré que hacerlo. Solo espero que sea tan fácil como contigo. —Elena trató de sonreír a través de la preocupación.

—Hombre, si acaso procura decírselo a la cara y no por un mensaje de WhatsApp... Una sugerencia de amigo, nada más. —Le guiñó un ojo y decidió cambiar de tema para no agobiarla—. Dicho esto, vamos a lo interesante... ¡Marujeos! Cuéntame quién terminó en casa de quién anoche, porque me parece que los más aburridos fuimos nosotros tres.

—Guillermo, eres una maruja. Suerte que eres guapo y que ya has encontrado mujer.

Comieron el sushi en la cocina mientras escuchaban el audio susurrante de Miriam.

—¿Por qué susurra? —preguntó Guillermo confundido cuando Elena le dio al *play* y casi tuvo que pegar la oreja al teléfono para entender lo que estaba contando Miriam.

—Espera y verás...

La cara de Guillermo fue un poema cuando descubrió que el volumen se debía a que Óscar dormía en la cama y ella había grabado el audio desde el cuarto de baño.

—Me caen muy bien los dos, la verdad —dijo Guillermo cuando terminaron de escuchar—. Ojalá les vaya bien. Ella es una tía muy maja; entiendo que os hicierais amigas en el trabajo.

—Descubres quiénes son tus verdaderos amigos cuando te ves involucrada en un escándalo. No es mío; es de Elizabeth Taylor. Pero me pareció que explicaba muy bien mi situación, así que hice mía la frase tras mi «agradable» episodio...

—Tal cual. Nunca me ha salpicado ningún escándalo, de momento al menos. Pero puedo imaginarme desde ya quién estaría a mi lado y quién no.

—Uff. Yo saldría corriendo. Ya he tenido suficientes escándalos propios para cargar con los tuyos. ¡Conmigo no cuentes!

—Elena disfrutaba picándole.

—¡Qué petarda eres!

En ese momento sonó el móvil de Guillermo. Era Eva.

XCVI

Pablo se habría quedado toda la tarde con su amigo Ismael, pero había un límite de horas que Eva podía aguantar con dos preadolescentes jugando a la Play en el salón de casa de su amiga. Aunque Carola era muy maja y la adoraba, no veía la hora de volver a casa con Guillermo, hacer unas palomitas y sentarse en el sofá con sus chicos para ver alguna película que no le hiciera pensar. Era su plan favorito del fin de semana y no pensaba renunciar a él. Pero la única opción que vio para salir de la trampa mortal era que Guillermo pasara a recogerlos. Le llamó y su marido le prometió estar allí en media hora.

—Dile a Elena que sé que habíamos quedado en tomar algo después, pero estoy fundida y tengo la cabeza como un bombo. Si le apetece hacemos *brunch* o comemos mañana.

—Perfecto, se lo digo. Además, quiero enseñarte algo.

Eva colgó el teléfono intrigada. Tampoco confesó que había pasado un buen rato por la mañana revisando el perfil de Elena en Instagram. Realmente no sabía qué buscaba, pero tampoco lo encontró. Lo único que vio fue algunas fotos antiguas de viajes —parecía que unos años atrás, Elena había viajado mucho—, un silencio de muchos meses y fotos muy diversas de libros, celebraciones familiares y poco más. Parecía una mujer feliz..., al menos de cara a la galería —y nunca mejor dicho—. Pero todo destilaba un halo de tristeza que Eva no sabía a qué achacar.

Había ampliado la foto de perfil, que la propia Elena le había dicho que había sido tomada por Sebastián, y se fijó en lo genuinamente feliz que parecía entonces. Sin saber por qué, sintió una punzada en el corazón y unas ganas enormes de ayudar a aquella mujer a recuperar esa sonrisa. Sobre todo, si era para juntarla con otro hombre, lejos de Guillermo. Le dolió reconocerlo. Los fantasmas se iban y volvían...

XCVII

—No te preocupes, que luego lo recojo yo —dijo Elena señalando las bandejas de sushi vacías sobre la mesa—. Ve a buscarlos. Yo no pienso salir tampoco en toda la tarde.

—¿Mañana comemos entonces?

—*Perfect.* Podemos quedar en un sitio que descubrí en mis años del ministerio. Solía ir con mi amiga Gema, ¡nos encantaba! Está también por el barrio.

—Genial, pásame luego la dirección y la hora y nos vemos allí. Y aún me tienes que contar qué ha pasado con Jon y tu hermana...

—Pues espero poder contarte algo mañana, porque desde luego ahora mismo sé lo mismo que tú. Lu está desaparecida en combate. Luego la llamaré.

—Estupendo. —Guillermo se puso el abrigo para marcharse—. Yo no podré quedarme mucho mañana, porque tengo casting por la tarde, pero me vendrá bien comer algo antes para coger energía. A saber a qué hora termino luego...

—Ostras, ¡qué emoción! ¿Para qué es el casting?

—Para *tu* anuncio —sonrió como un niño orgulloso de sus notas—. Al cliente le encantó la idea y está yendo todo muy deprisa..., aunque luego la producción lleva su tiempo.

—Va, Guillermo, adelántame algo, no seas cruel...

—Ni hablar. —Le dio un beso en la mejilla para despedirse—. Si te lo cuento, te estropeo la sorpresa.

—¡Odio las sorpresas! —le gritó desde la puerta mientras él ya se metía en el ascensor.

Él oyó el grito cuando las puertas ya se cerraban. «Esta sí te va a gustar», pensó con una gran sonrisa en los labios. Jamás había tenido tanta prisa por que una campaña se lanzara. No confesó que había sido él quien, una vez obtenido el visto bueno del cliente —a quien realmente había enamorado su idea—, había acelerado el proceso todo lo posible.

Sería el mejor anuncio de toda su carrera.

XCVIII

Elena fue fiel a sus palabras y se quedó remoloneando en el sofá buena parte de la tarde. Se quitó la peluca, lo que inmediatamente alivió el incipiente dolor de cabeza que tenía. Poco se hablaba de lo incómodo que resultaba tener algo presionándote la cabeza cuando te dolía. Otra de las grandes «ventajas» de su enfermedad. No fue hasta un par de horas después de marcharse Guillermo cuando tuvo por fin noticias de Lucía. Lo que no esperaba es que se materializaran en una llamada al telefonillo.

—Vengo preparada para rajar. Y para solicitar asilo. No quiero volver a mi casa —dijo cuando Elena abrió la puerta, alzando un paquete de palomitas para microondas y una botella de dos litros de Coca-Cola zero. Elena sonrió y la invitó a pasar.

—Más vale que me lo cuentes todo. Y empieza por el principio.

A pesar de sus protestas, Elena se divirtió muchísimo con el relato de las últimas horas en la vida de su hermana. Lucía y Jon fueron andando hasta la casa de él cuando ellos cogieron el taxi.

Habían estado un rato charlando en el salón, con sus enormes ventanales con vistas a la plaza de Olavide, iluminados solo con la luz de las farolas de la calle. Jon puso algo de música de fondo y se tomaron una última copa.

—Algo mucho más melódico que la música de Miriam —aclaró Lucía a su hermana.

Antes de darse cuenta, las copas quedaron abandonadas a la mitad sobre la mesa del salón y los dos terminaron enredados en unas sábanas de las que Lucía había huido en mitad de la noche.

—Me desperté y oí su respiración. Tan rítmica y apacible... Todo lo contrario a mi estado de pánico en ese momento. Hice repaso mental de dónde había dejado toda mi ropa y salí cual ninja deslizándome por el piso sin hacer nada de ruido. Cada pisada en ese suelo de madera que cruje como el demonio era un microinfarto, te lo juro. Eso sí, hay comandos israelíes menos sigilosos que yo. —Elena no podía parar de reír imaginando a su hermana, directora de una de las agencias de publicidad más importantes del país, saliendo a escondidas de la casa de su rollo de una noche—. Cerré la puerta con cuidado, me puse los tacones y bajé los escalones de dos en dos. ¿Sabes esa sensación cuando estás bajando por una escalera que sabes que no vas a volver a subir? Pues eso.

—Ya veremos, ya...

—No veremos nada. ¡Soy su jefa!

Lucía deseó con todas sus fuerzas que se abriera un agujero en el sofá y la engullera. O quedarse atrincherada en casa de su hermana durante una semana para no tener que enfrentarse a lo que había ocurrido —o más concretamente a Jon en la agencia al día siguiente—. Todos pensamientos muy adultos.

Tras haber huido de casa de Jon y echarse a dormir unas horas en su propia cama, se había pasado el resto del día asistiendo a partidos de fútbol de sus hijos y comiendo con su exmarido.

—Así, con toda mi cara. El día más largo de mi vida, te lo juro. No veía la hora de llegar aquí.

Las dos hermanas pasaron el resto de la tarde hablando.

Tanto, que se les hizo de noche y Elena tuvo que levantarse a encender una luz.

—Joder, hermanita. Ahora entiendo que no vieras claro el tema de una amistad entre un hombre y una mujer. Es que para un amigo que tienes, vas y te lo tiras. ¿Y has vuelto a saber algo de Jon? El pobre habrá flipado al despertar...

—Me llamó a media mañana y otra vez después de comer.

—No lo has cogido, claro.

—¿Tú qué crees?

—Que necesitamos una cerveza y unas pizzas. Ya empezaremos la dieta el lunes.

—Sí, claro. Estoy yo para dietas ahora, con la que tengo encima... —murmuró Lucía para sí misma mientras su hermana iba a buscar el teléfono para pedir la cena.

Mientras la oía pedir todos los extras posibles con las pizzas, Lucía pensó en Jon. Jamás, hasta el día que se encontraron en su barrio y terminó cambiando su noche de helado frente al televisor por unas cañas con él, había pensado en su compañero como algo más que eso. Un colega de trabajo, su subordinado, de hecho. Pero no podía negar que a partir de aquel día comenzó a mirarle con otros ojos. Sí, le gustaba. No estaba enamorada, desde luego, ni se planteaba comenzar nada serio con él. Pero se dio cuenta de lo fácil que era pasar de la amistad a algo más. La línea era muy difusa.

Miró a Elena y se preguntó si ella ya se habría dado cuenta de ello.

XCIX

Jon miró el teléfono una vez más. Nada. Ni un mensaje. Pensó en aquella película, no recordaba el nombre. Pero retrataba muy bien esa sensación de desconcierto —que habitualmente tenían las mujeres— cuando pensabas que una cita había ido bien y, sin embargo, no volvías a saber nada de la otra persona. *«He's just not that into you»*, o lo que venía a ser lo mismo, «no le gustas tanto». *Ghosting* lo llamaban ahora los modernos. Pero todo se traducía a lo mismo: silencio. Como la canción de David Bisbal.

Ya le había parecido desconcertante que Lucía se hubiera evaporado en mitad de la noche, pero la desaparición completa durante todo el día y, sobre todo, ignorar sus llamadas, era otra cosa. Sabía que al día siguiente tenían un casting en la agencia y barajó incluso pasarse por allí, más que nada para comprobar que seguía con vida. Pero descartó la idea enseguida. No quería ponerla en una situación incómoda.

Le habría gustado tener una amiga con la que comentar el tema, para que le diera su punto de vista. Pero esa amiga era precisamente Lucía. Era ella la que se había convertido en su confidente durante las últimas semanas. Y ahora se encontraba perdido. Se sintió un poco mujer dándole tantas vueltas al tema, así que al final optó por llamar a un amigo para ir a echar un partido de pádel. Así al menos no pensaría.

C

Aquella noche Lucía se quedó a dormir en casa de su hermana, pero a mediodía se negó a ir a la comida con Guillermo y Eva. Elena no la presionó; entendía que lo último que le apetecía era compartir mesa con otro de sus empleados, para colmo amigo de Jon, a quien seguía sin cogerle el teléfono.

—Muy bien, quédate aquí penando lo que quieras. Ya sabes dónde está todo —le dijo Elena mientras se colocaba bien la peluca hasta dejar el flequillo en su sitio antes de salir hacia Camino, donde había reservado mesa—. Pero por el amor de Dios, mándale al menos un mensaje. Que va a pensar que te ha pasado algo. Raro es que no me haya escrito a mí...

—Vaaaale, vale. Si de todos modos a Guillermo le voy a ver esta tarde. Menos mal que Jon no va a estas cosas. ¡Me quiero morir! En qué hora... Si cuando dicen lo de «donde tengas la olla...». Me parece muy bien que la gente se enamore en el trabajo, pero de verdad no sé cómo sobrevive a este estrés de tenerse que ver necesariamente en la oficina cuando a veces necesitas un poco de espacio para ordenar los pensamientos. Por no hablar de que soy su jefa y me va a perder todo el respeto... Y por cierto —añadió—, muy majo tu amigo organizando el casting un domingo. Cómo se nota que es el empleado del año y no le voy a despedir por hacerme estas cosas.

—Lu, querida, deja de lamentarte. Lo hecho, hecho está.

Y ya que lo dices, ¿de qué va el anuncio ese en el que estáis trabajando? Guillermo no suelta prenda.

—Ni me deja soltarla a mí. Tengo terminantemente prohibido contarte nada. Además de ser confidencial, es sorpresa. Lo único que te puedo decir es que lo ha vuelto a petar.

—Ya sabes que no me gustan las sorpresas.

—Créeme, esta te va a gustar. Y no descarto que llores, incluso...

Elena frunció el ceño, rindiéndose ante el hecho de que no iba a conseguir averiguar nada a través de su hermana. Tendría que tener paciencia; algo que nunca había sido su fuerte.

—Ve, anda, que vas a llegar tarde. ¡Y no les cuentes nada!

Elena sonrió mientras cerraba la puerta. «Eso quisieras tú», pensó. No iba a entrar en detalles, por supuesto, pero que su jefa se hubiera liado con Jon no era un cotilleo que fuera a escamotearle a Guillermo. Eso lo tenía claro.

CI

—¡Vaya tela! —A Guillermo casi se le salían los ojos de las órbitas—. Nunca pensé que diría esto, pero estoy casi deseando que sea mañana y verlos a los dos por la agencia. Estoy por llevarme unas palomitas.

—No seas malo... —Eva le regañó con dulzura, aunque a ella aquello también le parecía un cotilleo de los buenos—. ¡Y no le digas nada a Lucía esta tarde, que te conozco!

—Voy a tener que hacer un esfuerzo muy grande.

—Pues hazlo. —Eva y Elena hablaron a la vez y sonrieron.

La vida estaba hecha de esos pequeños momentos. Pasaron el resto de la comida fantaseando con cómo sería el reencuentro en la agencia entre Jon y Lucía el lunes y cómo evolucionaría aquella historia. Pero pronto pasaron a otros temas. Música, arte, libros... Compartían algunas aficiones, pero, sobre todo, una forma de ser muy similar.

En los últimos años, el asunto de los viajes no faltaba en ninguna conversación de amigos. Sin duda una de las aficiones más extendidas entre la gente joven y de mediana edad, pues era un tema recurrente para intercambiar opiniones sobre distintos lugares, destinos soñados, viajes inolvidables y recuerdos divertidos.

La conversación entre estos tres amigos no fue la excepción. Elena se cuidó mucho de no mencionar sus recientes viajes a Roma y Budapest, y prefirió preguntarles por sus planes para el verano.

—Iremos a la playa, como cada año —contestó Eva—. Mis padres tienen una casa allí y la verdad es que le sacamos más partido nosotros que ellos. Es muy grande, si te quieres venir a pasar unos días, ¡nosotros encantados!

—Muchas gracias. Soy poco de playa, si te soy sincera. —Intercambió una fugaz mirada con Guillermo.

—Bueno, si te animas no tienes más que decirlo. Estaremos allí todo el mes de julio, probablemente. ¿Tú qué harás durante las vacaciones?

Elena optó por la verdad... a medias, porque obvió la parte de la escapada a París que había estado planeando con Guillermo para el mes de agosto. Ya encontraría él el momento de anunciarla.

—Me voy a Normandía y Bretaña con mi hermana y mis sobrinos —anunció—. ¡En autocaravana!

—Ostras..., ¡qué valientes! —A Eva aquellos trastos le parecían inmensos y poco manejables.

—Sí, un poco a la aventura. Pero ya cogimos una un año para irnos por la zona de la Provenza y la experiencia fue muy chula. A los niños les encantó; no querían ni bajarse de la autocaravana para ir a visitar los pueblos, con eso te digo todo.

Eva se rio y se imaginó a su hijo. Estaba segura de que le habría pasado lo mismo.

—Pues mira, Eva. —A Guillermo, de repente, le pareció una magnífica idea—. Podría ser una forma de ir conociendo Europa con Pablo. A mí no me importaría conducir. Con seguro a todo riesgo, eso sí. Que pasar de llevar una moto a ese bicho...

—Te recomiendo el seguro, sí. Cuando fuimos a la Provenza, el primer día, Lu le metió una leche a una señal de tráfico mientras maniobraba para aparcar. Le faltó un pelo para arrancar el retrovisor de cuajo. Casi me muero en aquel momento pensando que nos quedaban dos semanas por delante.

—¿Y tuvisteis algún percance más? —quiso saber Eva.

—Cero. Al principio impresiona, no os voy a engañar, pero luego enseguida te haces a ella. Y cuando vuelves a coger tu coche te da la sensación de que ha encogido durante las vacaciones... De verdad que os lo recomiendo un montón.

De repente un nuevo mundo se abría para Eva y Guillermo. La posibilidad de viajar. De recorrer el continente.

Eso sí, pensó Guillermo; era una solución para unas vacaciones largas de verano. No podía uno irse a recorrer Europa en autocaravana en un fin de semana. ¿Sería capaz de combinar sus escapadas con Elena y sus largos viajes con Eva y Pablo? De repente aquello le pareció el colmo de la felicidad. Pero para ser una felicidad completa sabía que tenía que sincerarse con su mujer. Ya no podía soportar más el engaño. Ahora que las dos se conocían, Eva se daría cuenta de que Elena era solo una amiga y lo entendería. O eso esperaba.

Por otro lado, sintió ganas de abrazar a Elena por aquella puerta que les había abierto. Como si hubiera llegado a su vida con el único propósito de hacerla mejor, en todos los sentidos. No es que su vida fuera mala antes de conocerla, ni mucho menos, pero cuando llega a tu vida una amiga con la que encajas tan bien, de repente sientes más ganas de sonreír.

El escritor estadounidense William Sydney Porter, también conocido como O. Henry, dejó para la historia una de las frases más evocadoras sobre este tema: «Ninguna amistad es un accidente».

CII

En aquel momento, una chica que iba paseando a su perro se detuvo frente al cristal de Camino. Su pequeño teckel se había parado a olisquear un árbol y ella se entretuvo mirando hacia el interior del local.

Llamó su atención una mesa en la que estaban sentadas dos mujeres y un hombre que disfrutaban de una deliciosa comida. Sobre la mesa había unas cervezas, un plato de alcachofas con huevo poché por encima, lo que parecían ser unas anchoas sobre... ¿un sobao pasiego?, además de unas gambas y unas croquetas con pinta de deshacerse en la boca. Pero lo de menos era la comida. Parecían estar pasándolo realmente bien.

Se quedó observándolos con cierta melancolía, recordando los míticos *brunch* de los domingos con sus amigos de la universidad. Durante la carrera la mayoría de sus amigos eran chicos, algo que sus amigas no terminaban de entender. «Te gustará alguno», solían decirle. «Con alguno te habrás liado». Pero nunca ocurrió. Eran una piña. Se conocieron a los dieciocho años y enseguida se volvieron inseparables. No había ningún sentimiento más allá de la amistad, y si lo hubo nadie lo confesó.

Esa amistad tan inquebrantable, sin embargo, logró romperla una única cosa: las parejas. Conforme cada uno de ellos se fue echando novia o novio, la amistad desapareció. Como si nunca hubiera sido tan importante. Como si nunca hubiera sido el pilar de sus vidas.

No podía echarle la culpa solo a ellos; ella también lo había hecho cuando empezó a salir con Bosco. La diferencia era que sabía que sus amigos —hombres— se habían seguido viendo. La amistad no se rompió nunca. Pero ninguna de sus parejas veía bien la amistad tan estrecha que tenían con ella, que casi de la mañana a la noche pasó a ser completamente prescindible en un lugar donde antes era el pegamento que los unía a todos.

Se fijó en aquel grupo mixto de amigos que en aquel momento reía a carcajadas y anheló esa amistad sana entre hombres y mujeres. En el fondo, le proporcionó algo de esperanza. No todo estaba perdido.

CIII

—Este sitio está fenomenal, por cierto —aseguró Eva, mientras se servía la última alcachofa—. Hacía años que no comía tan bien.

—Ya ves. Solía venir aquí con una amiga del ministerio cuando celebrábamos nuestros cumpleaños... o cualquier otra cosa. Cualquier excusa era buena.

—Había oído hablar de él, pero desde luego no lo suficientemente bien. —Guillermo estaba maravillado también con los platos tan originales de Camino. Habían decidido pedir varias raciones para probar de todo, y había sido un acierto—. Me han hecho gracia las fotos de la escalera, ¿os habéis fijado?

—Sí. —A Eva le entró un escalofrío. Eran todas fotos relacionadas con la aviación; si no se veía capaz de volar, no se imaginaba lo que debía de ser pilotar un bicho de aquellos—. Alguno de los dueños debió de ser piloto. ¿O quizá algún familiar?

—Imagino. Si te soy sincera, nunca he preguntado y mira que he venido veces. Como veis, soy muy de moverme por el barrio, ¡parece que no tengo nada de mundo!

Guillermo vio aquella comida como una buena oportunidad para dejar caer que, a veces, antes de ir a trabajar por la mañana se tomaba un café con Elena cerca de allí. Si a Eva le molestó o sorprendió, no lo dejó entrever.

—Sí, he pasado alguna vez por delante —dijo refiriéndose

a Eggocentrico—. La verdad que el sitio está superbién. Alucino con que lo tengamos tan cerca de casa y no hayamos ido nunca. Si no entrara a trabajar tan temprano, yo misma iría a desayunar con vosotros.

—Pues cuando quieras, ya sabes dónde estoy. Bajo casi todos los días a trabajar unas horas allí. Creo que es porque echo de menos en cierto modo el ruido de fondo del ministerio.

—A lo mejor es porque te he conocido ya como escritora, pero la verdad es que no te imagino trabajando en el sector público. ¡Te pega tan poco! Parece un lugar demasiado... anodino, ¿no? Y lleno de gente igualmente anodina.

—Uy, no te creas. Algún día escribiré un libro sobre las anécdotas y la gente que conocí allí. Casi todo el mundo tenía una doble vida. Fíjate en Miriam, con su grupo de música...

—Sí —intervino Guillermo—. Miriam es de todo menos anodina, desde luego. Y mira Ubaldo —añadió dirigiéndose a su mujer—. ¿Te acuerdas de él? Pues resulta que era compañero de Elena.

—Ostras, vaya personaje... Puede que tengas razón. Es que me he movido siempre en un entorno de gente tan peculiar que me costaría verme trabajando en un sitio así. Los artistas son... una raza aparte. Extravagantes, divertidos, con sus manías, que a veces me sacan de quicio... Y lo mismo respecto a los compradores y coleccionistas de arte. Me encuentro de todo. Pero confieso que no sabría vivir de otro modo, moverme en otro ámbito. Me costaría muchísimo.

—Parece un mundo fascinante. Imagino que tú también podrías escribir un libro con tus experiencias —le contestó Elena.

—¡Desde luego que sí!

—Hablando de lo cual —Guillermo miró el reloj—, Eva y yo nos vamos a ver una cosa. Nos esperan ya.

—¿A nosotros? ¿Dónde?

—Ahora verás. —Le dio un beso a su mujer y pidió la cuenta.

Elena sonrió, cómplice. Le habría encantado ser testigo de la sorpresa de Guillermo y acompañarlos a ver el local donde Eva podría, por fin, abrir su propia galería de arte. Pero aquel momento debían vivirlo en pareja.

CIV

Lucía se puso un café y se lo llevó al salón. Cogió un posavasos de la torre que tenía Elena sobre la mesa y una sonrisa asomó a sus labios; era el que habían comprado en el mercado navideño de Union Square en aquel viaje a Nueva York que había entrelazado las vidas de los cuatro. Aún recordaba cómo su intención, al invitar a su hermana al viaje, había sido emparejarla con Jon. «Y mira cómo hemos terminado», pensó.

Se sentó en el sofá y releyó por última vez el mensaje que había escrito. Como siempre que hacía con aquellos que eran importantes, lo había escrito en borrador en la aplicación de notas antes de pasarlo al WhatsApp.

Lucía
Perdona por haberme ido sin despedirme.
Tenía un partido de mi hijo pequeño muy
temprano y no te quise despertar. ¡Espero que
pases un buen domingo! A mí me toca
trabajar esta tarde.

¿Podía ser más rancia? Difícilmente. ¿Quería darle pie a contestar? Tampoco. Le pareció que el mensaje cumplía su objetivo (hacer ver que estaba viva) y sin pensarlo más, lo copió en WhatsApp y lo envió.

En ese momento vio que Jon estaba en línea. Mierda. Salió

de la aplicación como si el móvil le diera calambre o como si él pudiera verla a través de una cámara oculta. Quizá por fuera no se notara, pero sintió que por dentro aquel fin de semana había rejuvenecido treinta años. Parecía una adolescente; de hecho, su hijo Jaime era más maduro que ella en aquel momento.

Empezó a recoger sus cosas y decidió que era hora de volver a su casa. Tenía que cambiarse y vestirse de ejecutiva responsable para ir al maldito casting.

CV

Era difícil no contagiarse de la sonrisa de Guillermo. Eva se sentía como Carrie cuando Mr. Big la había llevado a ver aquel inmenso *penthouse* en la Quinta Avenida. Mientras la agente inmobiliaria esperaba, discreta, junto a la puerta, los dos recorrieron el local entrando hasta el fondo —era bastante más grande de lo que parecía desde fuera— y fijándose en todos los detalles.

—Tiene un buen tamaño. —Guillermo lo observaba todo, emocionado.

—Perfecto, diría yo.

—La ubicación es estupenda, sin competencia por la zona y en buen barrio.

—Está cerca de casa.

—Y del cole de Pablo. Este es nuestro barrio y lo conocemos bien. Mucha gente te conoce, de hecho. —Eva hacía mucha vida de barrio por las tardes, con padres del colegio, haciendo recados... Llevaba muchos años viviendo allí.

—Y está muy bien comunicado.

—Está en muy buen estado; aparte de pintar y cambiar la iluminación, no hay que hacer mucho más. Hasta el baño está impecable —dijo Guillermo, encendiendo la luz del aseo.

Al fondo encontraron, además, una pequeña cocina muy bien distribuida con una nevera. «Estupenda para guardar las bebidas los días en que inauguremos exposiciones», pensó Eva, que ya podía verse ahí.

—Bueno..., ¿qué te parece? —Guillermo esperaba ansioso una respuesta por parte de Eva.

Él estaba tan ilusionado como si fuera su propio sueño el que estaban a punto de cumplir. Y es que hacía ya muchos años que los sueños de uno eran los del otro. Habían alcanzado ese grado de complicidad y de amor en el que uno se alegra casi más por los éxitos de su pareja que por los propios. Guillermo la miró, interrogante.

En ese momento pasaron por la cabeza de Eva un montón de imágenes a toda velocidad. Un abanico de posibilidades no muy amplio pero lleno de incertidumbres. Lo primero que pensó es que estaba feliz en su trabajo. Realmente no podía quejarse; se dedicaba al arte, su pasión, y tenía un horario magnífico y muy compatible con su vida personal. Esto les venía muy bien, porque los horarios de Guillermo eran todo lo contrario, y alguien debía estar pendiente de Pablo. Por otro lado, su sueño de abrir su propia galería seguía ahí, latente. Dormido desde que la carrera de Guillermo empezó a despegar; pero nunca abandonado. Tener libertad total para decidir a qué artistas exponer, descubrir nuevos talentos, conseguir su propia clientela... Todo ello le producía un entusiasmo difícil de ignorar.

Eva sostuvo la mirada de su marido y sintió esa mezcla de miedo e ilusión que solo podía indicar una cosa: debía dar el salto. Había llegado el momento.

—Nos lo quedamos.

CVI

Acababa de llegar a casa cuando Elena recibió dos mensajes casi a la vez. El primero, de Lucía, diciéndole que ya iba rumbo al casting y que se pasara al día siguiente a cenar por su casa con los niños si le apetecía. El otro era de Sebastián. Elena no pudo reprimir una sonrisa tonta al abrirlo y encontrarse con un selfi del rubio fotógrafo con un volcán humeante al fondo. Le contestó:

> **Elena**
> Para lo buen fotógrafo que eres, tus selfis son terribles.

> **Sebastián**
> Como ya no vienes conmigo para sacarme fotos, tengo que hacer estos destrozos.

El intercambio de mensajes continuó un rato más. Tanto, que Elena se acomodó en el sofá, aún vestida. Se quitó los zapatos y se echó una manta por encima. En tal momento, Sebastián la llamó y pasaron más de una hora hablando por teléfono. Cuando colgó, Elena ya ni recordaba por qué había dejado a aquel hombre años atrás. Hasta la aparición de Guillermo en su vida, con ningún otro había disfrutado tanto; y ni siquiera era comparable, pues mientras por su amigo sentía simplemente cariño, pero no se veía ni en sus más locos sueños compartiendo con él una vida, le costaba imaginar una sin Sebastián en ella. Ya la había probado... y no le había gustado tanto.

La suerte de encontrar a alguien con quien poder pasar de un tema a otro, encadenando cuestiones de lo más diverso y sin sentido alguno, pasando de la risa al llanto... Esa suerte algunos no la tenían en toda su vida.

Ella, sin embargo, había dado con dos personas así —además de Lucía, que le había venido de serie—. Guillermo, que en unos meses se había convertido en un amigo imprescindible, con quien le encantaba compartir su tiempo y con quien había alcanzado un grado de confianza realmente inexplicable.

Y Sebastián, que había sido el amor de su vida. Deseaba volver con él más que nada en el mundo; cada vez lo tenía más claro. Pero —y teniendo en cuenta que él también quisiera—, la seguía paralizando su inseguridad. Quizá le había costado menos contárselo a Guillermo porque en el fondo no había nada en juego. No iba a dejar de ser su amigo por eso, y si lo hubiera hecho, habría sido un cretino al que no hubiera querido volver a ver.

Pero Sebastián era otra cosa. Veía en él la oportunidad de ser feliz, de volver a compartir una vida con él. Se quitó la peluca y se pasó la mano por la cabeza, donde el cabello continuaba creciendo, pero por partes. En muchas zonas de la cabeza no había aún un solo pelo. El proceso iba a ser mucho más lento de lo que le había parecido al comienzo. Intentó calcular mentalmente cuánto podría tardar en tener toda la cabeza cubierta y a qué velocidad crecía normalmente el cabello. Buscó en Google. Un centímetro al mes. Podría quedar con Sebastián... ¿dentro de cincuenta meses, quizá?

CVII

Lucía
Vivo en el pánico de encontrármelo detrás de
cada esquina. Las dos veces que he salido del
despacho esta mañana parecía un narco
camino de un intercambio de droga,
temiendo que la policía me estuviera
siguiendo. Hasta he dejado de ir al baño que
está cerca de mi despacho porque tengo que
pasar por delante del suyo. Ahora tengo que
subir al de la planta de arriba. De verdad...,
¿¿¿en qué hora???

El lunes llegó y con él la locura y el miedo. Elena se rio a
carcajadas con el mensaje de su hermana y se la imaginó
como una adolescente avergonzada. Recordó aquella vez con
dieciséis o diecisiete años cuando un fin de semana Lucía se
enrolló con un compañero del colegio que en el fondo ni le
gustaba. Se pasó semanas evitándole y utilizando a sus amigas
como escudo humano. Parecía mentira que una mujer con
tan poco valor para afrontar ciertas situaciones personales
hubiera llegado tan lejos en su profesión. Pero esa era Lucía,
pensó; una mujer que, al final del día, no permitía que sus
inseguridades se interpusieran en lo que realmente quería
conseguir.

Lo sintió por el pobre Jon, que le caía muy bien y debía de estar hasta temiendo por su puesto de trabajo, el pobre.

Ella había desayunado con Guillermo en Eggocentrico, como de costumbre. A pesar de sus intentos infructuosos no había conseguido sonsacarle nada del anuncio, que por lo visto se lanzaría en septiembre.

—Estas cosas llevan su tiempo, y el cliente lógicamente no quiere lanzarlo en mitad del verano —le había dicho Guillermo.

No había otra, tocaba esperar.

En su lugar, estuvo contándole entusiasmado cómo Eva había accedido a lanzarse a la piscina y abrir su propia galería en el local que habían ido a ver. Se quedaría en su trabajo actual hasta septiembre, y aprovecharía ese tiempo para hacer algunas pequeñas obras y mejoras en el local. Contactaría con artistas, proveedores y demás profesionales necesarios para ponerlo todo en marcha... Esperaba poder inaugurar en septiembre. Guillermo lo contaba con tanta ilusión que parecía su representante. Elena se alegraba de corazón; no todos los días cumplía uno un sueño.

No obstante, no pudo evitar pensar —egoístamente— si aquello afectaría a su amistad. Tal como le había comentado Guillermo, cuando la galería abriera Eva sería la encargada de llevar a Pablo al colegio por las mañanas y él intentaría recogerle por las tardes, cuando ella estaría más ocupada. Tampoco tendría mucha disponibilidad para viajar, pues al menos al principio Eva tendría que estar los sábados en la galería.

«Bueno, ya cruzaremos ese puente cuando lleguemos a él», pensó. Quizá incluso la amistad entre ellos terminase antes, en cuanto Guillermo le confesase a Eva con quién estaba viajando en realidad.

De momento, a día de hoy, lo único que tenía claro era que se alegraba inmensamente de poder ser testigo de un momento tan feliz para ellos.

Otra idea inmortal sobre la amistad la acuñó el pensador y filósofo británico Francis Bacon, cuando dijo que multiplica las alegrías y divide las penas.

CVIII

Como suele ocurrir en todos los trabajos en España, el mundo se acaba dos veces al año: antes del verano y antes de Navidad. La agencia de publicidad, los encargos de libros que tenía Elena e incluso el trabajo de Miriam y Óscar en el ministerio no fueron una excepción. Apenas consiguieron verse en las semanas previas a las vacaciones.

Guillermo y Elena sí lograron coincidir alguna mañana para desayunar y terminar de preparar su viaje a París.

—Agosto es el mejor momento para visitar la ciudad. Está vacía, los parisinos salen huyendo —le dijo Elena a Guillermo.

Por otra parte, estaba deseando emprender el viaje con Lucía y sus sobrinos al norte de Francia, pero le apetecía muchísimo que llegase agosto y regresar a París, esa ciudad que tanto amaba. Estaba segura de que con Guillermo, la iba a disfrutar mucho más.

Viajar por primera vez con alguien a una ciudad que conoces bien es siempre un aliciente. El misterio de no saber si conseguirás que se enamoren de ella tanto como tú. Si tú la disfrutarás tanto como las otras veces, con otras personas.

Elena le contó a Guillermo que había quedado con Sebastián. Necesitaba consejo masculino sobre cómo afrontar el «quiero volver contigo» con dignidad. Aunque su mayor temor, más que perder la dignidad —que total, ella había pensado siempre... ¿para qué sirve?—, seguía siendo otro el tema.

—Querida Elena; fíjate la importancia que le damos los que te queremos que desde que me lo contaste solo me acuerdo de ello cuando tú lo mencionas.

En aquel momento, Elena sintió que quería a Guillermo. Pero para poder vivir aquella amistad con calma y, sobre todo, con naturalidad, necesitaba algo más de él.

—¿Le vas a decir a Eva que vamos juntos a París? —quiso saber Elena.

—Sí.

—No suenas muy convincente. No es que te quiera presionar, pero empiezo a sentirme incómoda... Mientras no la conocía no pasaba nada, pero ahora que incluso nos tomamos de vez en cuando un café juntas cuando se pasa a ver las obras del local, siento que estamos haciendo algo malo y no me gusta esa sensación. A veces esconder algo parece que sea lo que no es.

—Lo sé, lo sé... —Guillermo asintió dando la razón a su amiga. No le estaba diciendo nada que no hubiera pensado él un millón de veces desde que comenzó aquella amistad medio clandestina—. Es solo que nunca hay un buen momento para soltar algo que sabes que va a alterar la buena sintonía que hay. Cuando estás bien, porque no, quieres romper el buen rollo. Y cuando las cosas van mal, o has discutido por cualquier tontería, porque no quieres echar más leña al fuego.

—Imagino...

—Pero efectivamente no estamos haciendo nada malo. Y prefiero ir de frente. A la vuelta de nuestras vacaciones se lo diré. Prometido.

—¿No se lo puedes decir ya? De verdad que estoy ya al límite... E imagino que tú también.

—Está bien, se lo diré antes de París. —Guillermo empezó a verse acorralado—. Creo de verdad que reaccionará bien, pero no quisiera arriesgar nuestras vacaciones familiares en la playa. Aunque solo sea por Pablo.

Elena se sintió decepcionada. Fue quizá la primera vez que vio en Guillermo algo que no le gustó: cobardía.

CX

En el camino de vuelta a casa, Elena pensó que a diferencia del resto de veces las que se habían visto, volvía con un sabor de boca ligeramente amargo. Se planteó darle un ultimátum a Guillermo: hasta que no le contara la verdad a Eva, no volverían a verse ni a viajar. Pero el miedo se apoderó de ella. ¿Sería capaz de ejecutar el ultimátum si Guillermo no se lo contaba a su mujer? Tenían todo el viaje a París pagado, le apetecía muchísimo... Pero temió que tal día como hoy hiciera un año y siguieran en la misma situación de clandestinidad.

Lo meditó bien y se dio cuenta de que no estaba dispuesta a arriesgarse; aún no. Se había convertido en una persona demasiado importante en su vida. ¿Era posible querer así a alguien y no estar enamorado? ¿Se puede querer compartir mucho tiempo con un amigo y no por ello querer convertirse en su pareja?

Existe una línea tan fina entre la amistad y el amor... Quizá porque la amistad es la máxima expresión del amor.

No es familia; no te ha venido impuesta. La has elegido tú.

No es amor romántico; carece de esos roces de la convivencia que en muchos casos —cada vez más— terminan minando una relación.

La amistad sobrevive a la ausencia de contacto, al hecho de no verse durante un tiempo. Sobrevive a la distancia; no importa vivir lejos del otro. Cuando hay amistad verdadera, esta es más fuerte que cualquier barrera geográfica.

La amistad lo soporta casi todo. «Salvo la mentira», pensó Elena con amargura.

Pero, más importante aún; la amistad no es exclusiva. El ser muy amigo de una persona no impide que lo seas de otras.

Y es que... ¿está hecho el ser humano para la exclusividad?

CXI

Tras el regreso de Sebastián de su viaje a la isla de Reunión, aunque Elena fue retrasando el momento de quedar, al final cumplió con lo que le había prometido y quedaron a tomar algo.

Como Sebastián fue a buscarla a casa, de camino pasaron por el local de Eva para saludarla y ver cómo iban las obras.

—No puedes mencionar que he estado en Budapest ni en Roma —le susurró Elena a Sebastián, que puso cara de confundido—. Luego te lo explico.

Eva, que estaba en aquel momento con quien parecía ser un electricista y daba instrucciones mientras señalaba diversos puntos del techo, se acercó a ellos en cuanto los vio.

—Ostras, Eva, ¡esto va fenomenal! —Elena miró alrededor sin dar crédito.

—¿Verdad? Yo creo que al final estará listo incluso antes de septiembre, pero me vendrá bien porque así podré irme de vacaciones tranquila y dedicar agosto a cerrar acuerdos con artistas y posibles exposiciones para el otoño.

—Debe de ser una pasada crear tu propia galería desde cero —intervino Sebastián—. Enhorabuena.

—Muchas gracias. La verdad es que aún no me lo creo del todo. De hecho, ahora que te veo..., me dijo Elena que eras fotógrafo.

—Sí, así es.

—¿Y expones?

—Solo una vez hace tiempo, en una galería pequeñita. Normalmente vendo mis fotografías a revistas y guías de viaje.

—Hace unas fotografías espectaculares. —Elena no podía disimular su orgullo.

—Pues cuando quieras hablamos. Estas puertas las tienes abiertas para exponer cuando quieras.

CXII

—Mira, no hemos empezado a comer siquiera y ya tienes una oferta de trabajo —le dijo Elena a Sebastián cuando entraron a The Little Knight, el lugar que había elegido para comer.

Siempre le había encantado su decoración, con mesas de madera que casi se perdían entre la gran cantidad de plantas, los elepés que decoraban las paredes y sus preciosas y cálidas lámparas de mimbre. Él se rio, avergonzado.

—Parece muy maja. Pero no sé si me veo exponiendo...

—Bueno, ¡nunca se sabe!

Aquella inesperada visita les había ayudado a romper el hielo. Elena se alegró de haber pasado por la galería. En todo caso, el reencuentro estaba siendo mucho menos violento de lo que había imaginado.

De hecho, no dejaron de hablar un solo minuto durante las siguientes dos horas. Había muchas cosas sobre las que ponerse al día. Trabajos, casas, viajes, el paradero de algunos amigos comunes a los que uno de los dos había perdido la pista... En cierto modo, parecía que el tiempo no había pasado.

—Imagino que sigues tocando el piano, ¿no? Si me dices que lo has dejado te mato.

La decoración de temática musical le había recordado a Sebastián lo que le relajaba echarse en el sofá mientras escuchaba a Elena tocar cualquier cosa con esa pasión que ponía en todo lo que hacía.

—¡Claro! No lo dejaría jamás. Es mi momento feliz, cuando me siento frente a él y me pongo a tocar cualquier cosa. Es realmente lo que más me evade de la realidad junto con la escritura.

—No parece que tengas una realidad muy dura de la que evadirte, querida. Tienes unos amigos estupendos y un trabajo que te encanta, ¿no?

—Sí, no me puedo quejar. Pero estos últimos años..., no ha sido siempre así. No es todo de color de rosa.

—Imagino. La vida no son las fotos de Instagram. Hablando de eso. —De repente Sebastián recordó el misterio de los viajes—. ¿Por qué borraste las fotos de Roma y Budapest y por qué no podía mencionarlo delante de Eva? ¿Con quién fuiste? Si es que se puede preguntar...

Elena respiró hondo.

—Con Guillermo.

La cara de Sebastián fue indescriptible. Se quedó tan sorprendido que lo más prudente le pareció que era esperar una explicación. Y esta, por supuesto, llegó.

—No, no tengo un lío con su marido. Ni lo he tenido. Es una larga historia. Nos conocimos en un viaje de trabajo y fue un flechazo amistoso. ¿Sabes cuando conectas con una persona y parece que la conoces de toda la vida, aunque acabes de conocerla?

Sebastián asintió. Fue lo que le ocurrió cuando conoció a Elena.

—Lo sé bien. Pero viajar juntos a escondidas de su mujer..., ¿no es un poco raro?

Elena le contó la historia completa; el pánico de Eva a volar, cómo Guillermo había tenido que prescindir de una de sus mayores aficiones, cómo la echaba de menos y cómo tras la visita a Nueva York habían descubierto que podrían ser unos estupendos compañeros de viaje.

—Tampoco es que lo hagamos todas las semanas, pero la idea fue hacer unas tres escapadas al año. Y lo cierto es que lo estamos pasando genial.

—¿Y crees que eso puede sostenerse en el tiempo? ¿Él va a seguir mintiendo a Eva?

A Elena no le gustó el tono que estaba empleando Sebastián.

—No. En agosto nos vamos a París, y se lo dirá antes.

Sebastián alzó las cejas en un gesto de incredulidad que, de nuevo, la molestó.

—No estamos haciendo nada malo.

—Lo sé, lo sé. Pero la mentira hace que lo parezca.

En eso estaba de acuerdo.

—¿Nunca ha pasado nada entre vosotros?

—¡No!

—¿Dormís en habitaciones separadas?

—¡Por supuesto! —«Si supiese que tampoco he querido compartir habitación con mis amigas en los últimos años», pensó amargamente Elena.

—No me creo que nunca haya habido un atisbo de algo...

—Sebastián, no me vengas ahora tú también con eso, por favor...

—Vale, vale... Es solo que resulta difícil de creer que un hombre y una mujer que se conocen desde hace poco puedan ser tan amigos y viajar juntos y que no haya ningún interés más allá por ninguna de las dos partes.

Sebastián, claramente, habría sido de los que se hubieran creído a pies juntillas el *e-mail* del ministerio. Elena sintió una punzada de decepción. Ni siquiera él creía en la amistad entre hombres y mujeres si no había un interés por alguna de las partes.

—Cambiando de tema... —Sebastián interrumpió sus pensamientos—. ¿Qué es de tu hermana? La vi muy bien en el concierto.

—Sí... Lo está. Se separó de Jacobo y tiene la custodia compartida de mis sobrinos. Hace carambolas con el trabajo y los niños. Le hago de niñera cada dos por tres, porque tiene un montón de eventos. Aunque yo encantada, si te soy sincera.

Con el cambio de tema —que fue muy bienvenido— la paz volvió a la mesa y durante el resto de la comida ya solo tuvieron ojos el uno para el otro.

CXIII

Lucía estaba feliz. Era cierto. Tras su escarceo amoroso —si es que podía llamarse así— con Jon, las aguas habían vuelto a su cauce y había retomado el control de su vida como persona adulta. Más o menos.

Durante los siguientes días después del *affaire*, se cruzaron en la agencia y acudieron juntos a reuniones ignorando el tema como si no hubiera ocurrido jamás. Jon se dio cuenta de que su jefa le evitaba, pero no se atrevía a dar el primer paso, precisamente porque era su jefa. La situación le parecía de lo más absurda. Así continuaban todavía..., sin saber hacia dónde los llevaría esta historia.

Lucía sabía que estaba siendo bastante infantil —y luego se metía con su exmarido por serlo, pensó—. Pero no sabía cómo reaccionar. Se lo había pasado bien con Jon, incluso podría plantearse quedar con él alguna otra vez. Solo que ella no podía darle lo que él quería: una nueva familia y una casa con jardín a las afueras. A su edad, y con dos hijos ya criados, no estaba para empezar de nuevo. Lo que le apetecía eran historias fáciles, sencillas, que no requiriesen convivencia y desde luego que no implicaran bebés, ahora que llevaba años durmiendo del tirón.

Sentada en su despacho, desde el que veía toda la planta a través del cristal, recordó cómo unos cuantos años atrás se quejaba de que los novios que había tenido no necesitaran pasar todo su tiempo libre con ella. Recordó en concreto su última relación antes de Jacobo, con un hombre bastante mayor que ella que no renunciaba a su espacio y su tiempo por ella ni por nadie. En ese preciso momento le dieron ganas de llamarle por teléfono y decirle que ahora, casi dos décadas después, por fin le entendía. Ahora solo le faltaba explicárselo a Jon.

—¿En serio vamos a hablar de esto aquí?

Jon no daba crédito. Cuando la secretaria de Lucía le llamó para pedirle que fuese a su despacho, pensó que querría revisar los números de la última campaña que tenían en marcha. No que Lucía pretendiese hablar, tanto tiempo después, sobre la noche que habían pasado juntos.

—Bueno, es un sitio como cualquier otro. ¿Quieres un café? —Lucía señaló la cafetera Nespresso que tenía en el despacho.

Sus habilidades sociales necesitaban un reciclaje, pensó Jon. Había pasado de evitarle descaradamente a ofrecerle un café en el despacho como si fuera un cliente que acudía a una reunión de negocios. Negó con la cabeza y tomó asiento en la pequeña mesa de reuniones que había en la esquina.

—Creo que te debo una explicación. O algo. —Se notaba que Lucía estaba nerviosa.

—No me debes nada.

—Me siento un poco gusano —sonrió para relajar el ambiente—. Pero hace mucho que no hago esto.

—¿Llamar a alguien a tu despacho para explicarle por qué huiste de su cama en mitad de la noche y le llevas evitando desde entonces?

—¡Muy gracioso...!

Sonrieron y se quedaron así, en silencio, mirándose durante unos segundos. En realidad, se conocían ya lo suficientemente bien como para decírselo todo con la mirada.

CXIV

Lucía pensaba: «Me gustas. Tendría algo poco serio contigo. Me divertiría. Quedaría entre semana a tomar unas cañas algún día después de trabajar. Podríamos hacer alguna escapada el fin de semana. Pasar un sábado lluvioso en mi casa viendo una peli y comiendo palomitas. De vez en cuando dormiría en tu casa. Y tú en la mía. Pero cada uno mantendríamos nuestro espacio. Así veo yo la felicidad en este momento de mi vida».

CXV

Jon pensaba: «Me gustas. Cometería locuras por ti. Empezaría a salir contigo, te sorprendería con una escapada sorpresa. Dormiríamos juntos varias noches por semana, aprovecharíamos cada momento libre para hacer planes. Iríamos a ver casas para irnos a vivir juntos. Grandes, con jardín. Para que pudieran estar tus hijos, el mío... y alguno más que tuviéramos en común. Así veo yo la felicidad en este momento de mi vida».

CXVI

Los dos terminaron pensando: «Quizá si nuestros caminos se hubieran cruzado en otro momento...».

El timing, en las relaciones, lo es todo. A veces conoces a tu otra mitad demasiado tarde; cuando ya te has casado con otra persona. A veces, demasiado pronto; cuando aún crees que te queda mucho por vivir y no quieres comprometerte con nadie.

A veces, cada uno está en un momento vital diferente.

Cruzarte con la persona adecuada en un momento inoportuno es una de las mayores crueldades a las que nos somete la vida.

CXVII

Las vacaciones estaban ya a la vuelta de la esquina cuando Lucía recibió la peor de las noticias, que no por ser esperada era menos demoledora: debían operar de nuevo a su hijo Miguel. Sería en septiembre, a la vuelta del verano.

Sintió ganas de llorar cuando el otorrino se lo comunicó. Cruzó una fugaz mirada con Jacobo y pasó un brazo por encima del hombro de Miguel, que intentaba contener el llanto como podía.

No lo aguantó demasiado. En cuanto salieron de la consulta con los volantes, rompió a llorar.

—Es tan injusto... —decía el pequeño entre sollozos.

—Lo sé, cariño, lo sé. Mira —Lucía señaló al final del pasillo—, ha venido la tía Elena.

Cuando Elena los vio salir de la consulta se imaginó cuál había sido la noticia y se le partió el corazón al ver a su sobrino llorar sin consuelo. Se acercó a él y le abrazó con todas sus fuerzas, mientras su hermana y su cuñado le contaban que el problema que había tenido en el oído tiempo atrás se había reproducido y necesitaban operarle de nuevo.

Jacobo y Miguel se adelantaron, camino de la salida, mientras las hermanas se quedaban un poco rezagadas.

—Me cambiaría por él sin dudarlo —dijo Lucía, compungida—. Me rompe el corazón que tenga que pasar otra vez por esto.

—Lo sé. —Elena abrazó a su hermana, que de repente parecía haberse hecho pequeñita—. Debería estar prohibido que a los niños les sucediera nada. Que no pudieran beber ni fumar ni conducir ni votar, pero tampoco pasar por un quirófano.

Lucía forzó una sonrisa que no llegó a sus ojos.

—Es que cuando lo pienso... Tiene once años y se habrá metido en la playa y en la piscina unas tres veces en su vida, y ni se acuerda. Se ha pasado semanas, después de las operaciones, sin poder correr, ni saltar... ¡Siendo tan pequeño!

—Y encima llevándolo con una entereza que ya quisieran muchos adultos.

—Nunca se queja, el pobre. Y yo, cada vez que llega el verano, con la temporada de piscinas, ahora que además son más mayores y van a pegarse un baño a casa de los amigos... Solo que ya está cansado... Te prometo que se me rompe el corazón.

—Lo sé, hermanita... Ojalá me operaran a mí. De verdad te lo digo; también yo me cambiaría por él sin dudarlo.

Cuando veía a un niño tan pequeño pasando por aquello, sin poder hacer planes en la piscina con sus compañeros, se le caía el alma a los pies. Para su sobrino, cada verano era un pequeño infierno, porque era el raro, el diferente, el que no podía hacer ningún plan con agua por si le entraba en los oídos... Cuando veía aquello y aun así le veía crecer tan feliz y tan valiente..., Elena se sentía mal. Sentía que era una egoísta quejándose de su pelo, algo meramente estético y que podía gestionar como una persona adulta, no como un niño al que están privando de algunos de los momentos más divertidos de la infancia. Ya que no podía cambiarse por él, decidió al menos alegrarle un poco el día.

—Ey, escúchame, Miguel. —Elena alcanzó a su cuñado y al niño ya en la puerta del hospital y se inclinó un poco para que su sobrino la oyera—. ¿Qué te parece si les pedimos permiso a tus padres para saltarnos lo que queda de cole y nos vamos a la tienda del Real Madrid y luego te invito a comer en ese sitio que te gusta tanto? Y después nos vamos a buscar a Jaime y pensamos qué nos hace falta para el viaje, ¡que nos vamos en nada!

Que su tía viviera al lado del Bernabéu había sido siempre para Miguel, madridista empedernido, una de sus grandes virtudes. Les encantaba acercarse a la tienda del club y darse una vuelta para ver todas las novedades —que ya se sabían de memoria— aunque no compraran nada.

Lucía y Jacobo sonrieron, agradecidos. Los dos debían volver al trabajo y para unas horas de clase que le quedaban a Miguel, mejor que recuperase los ánimos con su tía.

CXVIII

La última mañana antes de recoger la autocaravana, Elena desayunó con Guillermo en Eggocentrico. No volverían a verse hasta agosto, pocos días antes de su viaje a París, y habían quedado para despedirse. Guillermo notó enseguida que Elena estaba alicaída, y ella le contó lo que había ocurrido unos días antes.

—Me da muchísima pena. Ojalá pudiera hacer algo.

—Uff, te entiendo. Es de la edad de mi hijo. Apenas me lo puedo imaginar. Tendría que estar prohibido que a los niños les pasara nada. —Elena sonrió ante el comentario. Claramente todo el mundo coincidía en ese punto—. De todos modos, parece un chico muy valiente. Ojalá sea la última vez que tenga que pasar por este trago. ¿Cuándo le operan?

—En septiembre. Aún les han de concretar fecha.

—Irá todo bien, estoy seguro. —Guillermo puso su mano sobre la de su amiga y deseó transmitirle todo el cariño y los ánimos que uno necesita cuando tiene el corazón encogido por alguien a quien quiere.

Elena dejó su mano bajo la de él y sintió que la vida era mucho mejor desde que tenía un amigo con el que poder hablar lo mismo de viajes y de libros que de dramas personales diversos. Se preguntó si con Sebastián volvería a alcanzar aquel grado de intimidad, pues tenía la sensación de que se había abierto una pequeña brecha tras tantos años separados.

Tras pasar el resto de la mañana en Eggocentrico trabajando para dejar todos sus encargos terminados y entregados antes de las vacaciones, Elena se dirigió a un lugar que hacía mucho tiempo que no pisaba: el ministerio en el que tan feliz había sido trabajando.

Había quedado a comer con Miriam y Óscar y estaba deseando ver cómo había evolucionado aquella historia, pues apenas había podido hablar con su amiga en las últimas semanas.

Cuando Miri fue a recogerla a la entrada para que la acreditaran y la dejaran pasar —qué raro se le hacía aquello en un lugar en el que se había movido como Pedro por su casa hasta hacía no tanto tiempo—, el pulso se le aceleró. De repente se dio cuenta de que iba a encontrarse en la cafetería con antiguos compañeros, jefes... Incluso probablemente con la persona que había enviado el desafortunado *e-mail*, fuera quien fuera.

Aquella vida parecía quedar muy atrás, pero una vez que hubo saludado a varios conocidos y compañeros, de repente le pareció como si no se hubiera ido nunca.

Eso es lo que suele pasar cuando uno vuelve a los sitios en los que fue feliz.

—¿Nunca has pensado en volver? Te digo que yo te echo de menos cada día, en serio... —le dijo Miriam cuando se sentaron a comer.

—Alguna vez se me ha pasado por la cabeza. Pero si te digo la verdad, mientras los libros me den de comer, no cambio la libertad que tengo ahora por nada. Aunque reconozco que aquí pasé buenos momentos.

Pasaron el resto de la comida charlando sobre las novedades —pocas— en el ministerio, con Miriam y Óscar contándole los últimos chascarrillos sobre sus compañeros.

—Hablando de chascarrillos... —dijo Óscar casi susurrando—. Mirad quién viene hacia aquí.

Miriam, que nunca había sido la reina del disimulo, giró

ostensiblemente la cabeza y sonrió como si estuviera ante su mejor amigo.

—Hombre, Ubaldo... —dijo entre dientes.

—Vaya, ¡qué sorpresa! No esperaba verte por aquí. —El aludido se acercó a darle dos besos a Elena—. Creo que tenemos un amigo común.

—Sí, así es. El mundo es un pañuelo...

Intercambiaron un par de frases educadas, lo suficiente como para que Elena notara que Ubaldo estaba distinto. Cuando se alejó, no pudo evitar preguntar a sus amigos.

—¿Qué le pasa?

Miriam y Óscar se miraron. Finalmente fue él el que habló.

—Se rumorea que ha perdido un poco la cabeza. —Hizo un gesto llevando el índice a la sien y Elena no pudo evitar reírse.

—Anda ya.

—Te lo juro. Ha dejado a su mujer por otra a la que nadie conoce. Dicen las malas lenguas que ni siquiera existe. —Miriam, como siempre, conciliadora—. Pero como ves sigue siendo un tío supermajo. El otro día incluso me dijo que se apuntaría a mi próximo concierto.

—Hablando de lo cual... No os he visto desde aquella noche. Matadme si queréis por preguntaros esto así a bocajarro a los dos de golpe, pero me voy mañana de vacaciones y no hay tiempo para preámbulos. ¿Qué pasa aquí? —Elena les señaló a ambos, moviendo el dedo índice de uno a otro.

Los aludidos se miraron y sonrieron. Y con esa mirada, Elena lo supo todo.

—Que estos dos amigos se han enamorado —dijo Miriam.

CXIX

Cuando Elena se marchó, Miriam y Óscar se quedaron aún un rato más en la cafetería, sentados uno frente a otro. Como era habitual en ella, no paró de hablar ni un momento mientras Óscar la miraba divertido.

—¡No me mires así! —Miriam se hizo la ofendida y le dio una suave palmada en la mano, que él aprovechó para atraer hacia él y acariciarla.

—Tengo que volver a trabajar. —Óscar se incorporó por encima de la mesa y le dio un suave beso en los labios cuyo recuerdo y sabor acompañarían a Miriam toda la tarde. Estaba segura—. ¿Te paso a buscar luego?

—Claro, hoy cenamos en mi casa. Voy a preparar mis famosos tacos al pastor.

—Genial. Yo pongo el postre.

Se alejó con una gran sonrisa en los labios y Miriam le vio alejarse pensando en lo afortunada que era. El camino hasta llegar allí había sido largo, pero cada minuto del mismo había merecido la pena.

Había pocas cosas mejores que enamorarte de tu mejor amigo.

CXX

—Elena, ¡espera! —Ubaldo corría hacia ella para alcanzarla antes de que saliera del edificio.

Elena se giró, sorprendida, y se quedó esperándole mientras bajaba los pocos escalones que le llevaban hasta ella.

Mientras se acercaba, pensó en lo poco en común que parecían tener Guillermo y él. ¿Cómo podían ser amigos?

—Perdona el asalto —se excusó, tan educado como siempre—. Quería comentarte una cosa... ¿Tienes un momento?

—Claro... —Elena no entendía qué podía querer decirle tras dos años sin verse, pero le picó la curiosidad y señaló hacia un lugar algo apartado en el que podían sentarse.

Ubaldo estaba visiblemente nervioso y no sabía cómo arrancar aquella confesión. Como no había manera buena, se lanzó a bocajarro.

—Fui yo.

—¿Fuiste tú..., el qué? —Elena no entendía nada.

Lo cierto es que aquel tipo siempre le había parecido un tanto extraño, pero cada vez lo era más.

—El que mandó aquel *e-mail.*

El mundo se detuvo para ella. Parecía que una bomba hubiera caído en el vestíbulo del Ministerio de Industria —y, en cierto modo, lo había hecho—. La cabeza de Elena iba a mil por hora, intentando entender aquel sinsentido y removiendo sentimientos ya sepultados desde hacía años.

—¿Por qué? —Es lo único que acertó a decir.

Ubaldo se retorcía las manos, nervioso. No se atrevía a mirarla. Sabía que lo que había hecho carecía de justificación y que era deleznable. Así que optó por la mejor defensa posible: la verdad.

—Me enamoré de ti. Los celos me nublaron la razón... Pensé que tenías algo con él... Y te merecías algo mejor.

—*What???*

A Elena le salió del alma. Cada vez entendía menos. ¿Aquel hombre le estaba diciendo, en serio, que el hecho que había puesto su vida del revés, que le había originado una enfermedad de la que psicológicamente aún se estaba intentando recuperar..., lo había hecho por amor? ¿Por celos? ¿Le estaba tomando el pelo?, nunca mejor dicho.

Le miró tratando de dilucidar si aquello era una broma de muy mal gusto. O si el pobre Ubaldo estaba intentando cargar con la culpa de alguien. Pero cuando él, por fin, alzó la mirada, vio en sus ojos que era cierto.

Pasaron así unos segundos; minutos, quizá. En silencio, mirándose a los ojos y reviviendo, cada uno, los sucesos de aquellos días y los meses y años que siguieron.

Elena recordó lo que le habían dicho Miriam y Óscar; aquel chico no estaba bien. Ella había rehecho ya su vida, por fin había conseguido llegar a un lugar seguro, tranquilo. Ahora se organizaba como quería. Al final, la vida se había encargado de redirigir sus pasos y llevarla hacia un lugar en el que podía decir que volvía a ser feliz. Había conocido a Guillermo. Se había reencontrado con Sebastián. Y aquel pobre hombre seguía allí, en el ministerio, claramente comido por la culpa y —con casi total certeza— perdiendo la cabeza.

—Está olvidado. —Elena se puso en pie y le tendió la mano.

—Pero... —Ubaldo, confundido, le agarró la mano entre las dos suyas—. Déjame que te explique.

—No es necesario. Todos la cagamos alguna vez. Y todos merecemos que nos perdonen.

Se despidió de él con un casi imperceptible gesto con la cabeza, se dio media vuelta y fue hacia la salida, dejando allí a Ubaldo, que seguía sin dar crédito a lo que acababa de ocurrir.

Elena, sin embargo, acababa de entenderlo todo. Había comprendido que el perdón es uno de los regalos más generosos y a la vez más egoístas. Porque ella se sentía, de repente, muchísimo más ligera. Había cerrado, por fin, el peor episodio de su vida.

CXXI

Sebastián subió en el ascensor llevando una botella de vino en una mano y un ramo de flores en la otra. Era un caballero. O eso le gustaba pensar.

Era la primera «cita» oficial que tenía con Elena y le había invitado a cenar a su casa para poder terminar de hacer la maleta con calma, ya que se marchaba de vacaciones al día siguiente.

Cuando se abrió el ascensor, él estaba mirándose en el espejo, intentando arreglarse bien el pelo y colocando el cuello de la camisa. La vecina que esperaba en el rellano le observó, divertida. Aunque Sebastián hubiera querido que le tragara la tierra en ese momento, se saludaron educadamente. «Afortunada Elena», pensó su vecina mientras las puertas del ascensor se cerraban y ella bajaba al sótano a tirar la basura.

—Perdona las horas —le dijo Elena al abrir la puerta—. Sé que las ocho no es una hora muy española para cenar, pero tengo que acostarme temprano. ¡Mañana conduzco yo!

—No te preocupes. Yo suelo cenar pronto, ¿recuerdas?

Así era; todo aquello que antes había resultado tan familiar era de repente nuevo. Como empezar una relación de cero, aunque sabiendo ya algunas cosas.

—Dame un segundo que termino la bolsa de aseo y vengo enseguida. Si la dejo a medias, seguro que me olvido algo.

—¡Cepillo de dientes! —gritó Sebastián desde el salón—.

¿Cuántos te compraste en el tiempo que estuviste conmigo? ¿Veinticinco? Creo que solo te acordaste de llevarlo a un viaje...

—¡Exagerado!

Mientras ella terminaba su maleta, Sebastián echó un ojo al salón. La huella de Elena estaba en cada uno de los rincones. Libros por todas partes, una máquina de escribir antigua, su colección de bolas de nieve repartidas por las estanterías... Y el piano, por supuesto.

—Perdona las pintas. —Elena señaló los vaqueros desgastados y la sudadera que llevaba puesta—. Tú has venido todo guapo y yo parezco un ama de casa que lleva una semana sin salir. ¡Y eso que he estado todo el día fuera!

—Estás guapísima. —Sebastián le sonrió y ella se sintió desfallecer.

Tras la cena —que pidieron en un restaurante cercano—, una tarrina de helado compartida y un café descafeinado, se sentaron en el sofá para seguir hablando.

—No te quiero entretener si tienes que madrugar. —Eran los labios de Sebastián los que hablaban, pero en realidad no tenía ninguna gana de irse. Hacía demasiado tiempo que no estaba tan a gusto con nadie.

Elena tampoco quería que se fuera, pero lo cierto es que conforme avanzaba el tiempo cada vez iba temiendo más que llegara el momento incómodo del beso... y lo que pudiera surgir.

Recordó a Guillermo, y cómo la había animado a sincerarse con Sebastián. «Si te quiere de verdad, le dará tan igual que te arrepentirás de no habérselo dicho antes», le había asegurado. Suspiró. Y entonces entendió por qué lo primero que le había ofrecido la dermatóloga cuando fue a la consulta para el nuevo tratamiento fue ayuda psicológica. Aquella enfermedad era tan difícil de gestionar en TANTOS ámbitos de la vida...

Ella había aprendido a gestionarlo ya bastante bien; nada que ver con dos años atrás. Reírse de ella misma con Guillermo le había ayudado mucho. Pero ese día estaba francamente agotada y al día siguiente le esperaba un día aún más duro, con un montón de kilómetros por delante y dos adolescentes a bordo.

Sabía que una vez que abriera la caja de Pandora se avecinaría una larga conversación, y esa noche no se veía capaz.

La confesión tendría que esperar a la vuelta.

—Dime, ¿has estado con alguien en estos años? —le preguntó Sebastián—. Vamos, imagino que sí. Pero me refiero a alguna relación seria. Y no contestes si no quieres —añadió.

—No, nada serio. ¿Y tú?

Elena ya sabía la respuesta antes de que contestara. No hacía falta más que verle. Ese rubio inaudito para la edad que tenía. Era un rubio propio de los niños pequeños cuando van a la playa en verano. Sus ojos de un color indefinido, su piel siempre morena, como si acabara de regresar de unas vacaciones en Mallorca. Sus camisas siempre claras, que realzaban el color de su piel. Aunque no lo pareciera, había sido precisamente su físico lo que le había provocado rechazo a Elena cuando le conoció. Era demasiado guapo para ser encima simpático, divertido y buena persona. Pero estaba muy confundida.

Finalmente se enamoró de él porque su atractivo exterior quedaba eclipsado por su interior.

—Solo una. Una seria, quiero decir. Sobre el papel todo perfecto, pero...

—¿Pero?

—Faltaba algo. No sé decirte qué. Estábamos bien juntos. Me divertía con ella. Pero luego me iba de viaje durante semanas y no la echaba de menos. Eso me parecía extraño. Supongo que como amigos éramos estupendos, pero como pareja no había chispa.

—Hay personas que están destinadas a ser tus amigas; no

tus parejas. —Elena le hizo un gesto recordándole sus dudas sobre el tema.

—*Touché.* Tienes toda la razón. Supongo que muchos sacamos conclusiones precipitadas sobre la amistad entre hombres y mujeres. Pero si echo la vista atrás, reconozco que he tenido grandes amigas.

—Me alegra que lo veas así. —Elena sonrió, aliviada—. Espero que ahora entiendas mejor la relación que me une a Guillermo y lo bien que lo paso viajando con él. Sin más.

—Lo entiendo. De verdad.

Aquella noche, tras varias horas hablando con él, Elena se sintió transportada a las noches que antaño pasaban juntos en el sofá sin callar o, en otras ocasiones, sin abrir la boca. Los silencios eran cómodos, eran casa. De repente se sintió de nuevo así. Sebastián era su hogar. Pero no quería precipitarse. Miró el reloj esperando que captara la indirecta, y lo hizo.

—Te dejo descansar. No quiero ser el responsable de que te duermas al volante. —Elena sintió un escalofrío recorriéndole la espalda al recordar la historia de la exnovia de Guillermo—. ¿Nos veremos a la vuelta?

—Claro. Aunque ya a finales de agosto, ¿no? ¿Cuándo vuelves de Brasil?

—Creo que la tercera semana, pero seguro que hablaremos antes.

Se dirigieron hacia la puerta y llegó el momento que Elena había temido toda la noche. Le dio rabia, porque de haber estado en una situación normal —ergo, de haber tenido pelo—, ella misma le habría besado cuando estaban sentados en el sofá. Pero fue él quien se lanzó cuando ya iba a marcharse. En cuanto sus labios se posaron sobre los de ella, por un momento Elena se olvidó de todo. Ese beso sabía a casa; a lugar conocido. A un lugar en el que había sido inmensamente feliz. Sintió que las piernas le flaqueaban y se dejó envolver por aquellos brazos que tanto había echado de menos. Aunque no hacía frío en absoluto, la carne se le puso de gallina. Hacía demasiado tiempo que nadie la besaba. Sus respiraciones comenzaron a agitarse. Se besaban como si les faltara el tiempo, como si alguno de ellos estuviera a punto de perder un tren. Entonces, él puso las manos en su cuello. Y el hechizo se rompió.

Al sentir las manos de Sebastián en el cuello, tan cerca del lugar donde terminaba la peluca, Elena se apartó de golpe. Sebastián la miró, confundido. ¿Había hecho algo mal?

—Perdona. —Elena pareció leerle la mente—. No has hecho nada mal. Es solo que... mañana he de madrugar, de verdad. Y si seguimos, no tiene pinta de que vaya a dormir mucho.

Sebastián no supo interpretar si era una excusa o si realmente Elena estaba preocupada por sus horas de sueño. Pero prefirió no forzar la situación. Además, iban a pasar varias semanas sin verse y lo más sensato parecía no ir más allá de unos besos.

A Elena la cabeza le daba vueltas. No sabía qué hacer: si contarle en ese momento lo del pelo; si esperar a que estuviese en Brasil trabajando para enviarle un mensaje explicándole todo, como había hecho con Guillermo; si esperar a que volviese, pues iban a estar varias semanas sin verse... Quizá durante ese verano, podía enamorarse de una brasileña y no regresar a España nunca más...

—Prométeme que volverás —fue todo lo que acertó a decir, mientras le acariciaba la cara, con aquella incipiente barba rubia producto de unos días sin afeitar.

—Prometido, Elena.

Sebastián selló su promesa con un tierno beso en los labios y se despidió.

A Elena le iba a costar bastante coger el sueño aquella noche.

Si el pelo no le llegaba a salir de nuevo, ¿conseguiría algún día volver a llevar una vida normal?

CXXII

Las ansiadas vacaciones llegaron... y pasaron en un suspiro. Lucía, Elena, Jaime y Miguel llegaron con su autocaravana hasta el norte de Francia, donde les esperaban unos pueblos encantadores, mansiones de veraneo de la burguesía parisina, las playas del Desembarco y un buen número de cementerios de todas las nacionalidades: americanos, británicos, alemanes... Fue sin duda una gran lección de historia para los pequeños.

Leyendo las inscripciones en las cruces y en las estrellas de David aprendieron que jóvenes que apenas habían cumplido los veinticinco años —algunos ni los veinte— habían cruzado un océano para dar su vida por la liberación de Europa.

—Si no llega a ser por ellos, ahora estaríamos todos hablando alemán —les dijo Lucía a sus hijos mientras paseaban, en silencio, entre las tumbas de los casi nueve mil cuatrocientos soldados estadounidenses enterrados en el cementerio americano de Colleville-sur-Mer.

Mientras paseaban por la playa de Omaha, justo a los pies del cementerio, y aprovechaban para que Lío tuviera también su rato de ocio y correteara por la playa, Elena y Lucía les contaron a los niños cómo había sido el final de la Segunda Guerra Mundial. Los dos escuchaban fascinados, como si se tratara de un relato de aventuras. Nada como llevarlos al terreno para que se interesasen por la historia, pensó Elena.

Durante los días siguientes, se sobrecogieron con el cementerio alemán de La Cambe, casi oculto y con aquellas cruces negras a que los había obligado el Tratado de Versalles que puso fin a la Primera Guerra Mundial —nada que ver con las resplandecientes cruces blancas de los cementerios británicos y estadounidenses.

Alucinaron con la historia del paracaidista que se quedó colgado del campanario de la iglesia del pequeño pueblo de Sainte-Mère-Église y disfrutaron llevando a su querido golden retriever a disfrutar en cada una de las playas de la costa.

Tras abandonar Normandía pusieron rumbo a Bretaña, donde tras visitar las encantadoras localidades de Dinan, Dinard o Saint-Malo, que tanto gustó a los niños, con su muralla rodeando toda la ciudad, pasaron por la tumba de Merlín y llegaron al bosque de Brocelianda.

De pequeño, el personaje favorito de Miguel había sido Merlín el Encantador, un cuento que Elena le había leído tantas veces que se sabía de memoria. Pasearon por el bosque, tomaron unos crepes a la orilla del estanque de Paimpont y se compraron unos duendes de recuerdo. Lucía no recordaba haber visto a su hijo tan feliz en mucho tiempo. Uno de los objetivos del viaje había sido distraerle de lo que le esperaba a la vuelta del verano y lo consiguieron con creces.

Como siempre, la aventura de la autocaravana fue un éxito, con esos desayunos tamaño adolescente que preparaban entre todos y esas noches jugando a las cartas o al parchís hasta caer rendidos.

Jaime y Miguel incluso entablaron amistad con algunos niños franceses —resulta fascinante cómo se entienden los niños aunque no hablen el mismo idioma— y pasaron algunas tardes jugando al fútbol en los campings mientras las dos hermanas charlaban sentadas en unas cómodas hamacas.

La vida transcurrió así, apacible, lejos del caos y los problemas de Madrid, que parecían a años luz de aquel mágico rincón de Francia.

CXXIII

Entretanto, Guillermo y Eva disfrutaban de unas semanas en la playa junto a su hijo. Guillermo tuvo que ir y volver un par de veces a Madrid para estar presente en los rodajes de anuncios, pero no le importó. Sabía que en el mundo de la publicidad iba implícito el trabajar muchas veces fuera de hora. Sin embargo, le apasionaba lo que hacía, lo veía como un divertimento, no como una obligación. Y era mucho más fácil para él acercarse a Madrid que para Lucía, que andaba perdida por el norte de Francia con Elena.

En una de aquellas escapadas a la capital, mientras iba en el AVE, envió un mensaje a su amiga. La echaba de menos. Cuando uno se acostumbra a tener cerca gente que le hace feliz, nota enseguida el vacío cuando no están.

Guillermo
¿Qué tal la familia rodante? ¿Habéis
destrozado otro retrovisor o va todo
en orden?

Elena
Eres bobo. Todo está en su sitio y lo estamos
pasando fenomenal. En serio, ¡tenéis que
hacerlo alguna vez! A tu hijo le va a flipar.
Yo creo que Jaime y Miguel no nos van a

dejar devolverla cuando regresemos
a Madrid... ¿Qué tal la playa?

Guillermo

Imagino que sigue en su sitio, con olas, arena
y esas cosas. Yo camino de Madrid ahora
mismo.

Elena

¿Ha pasado algo?

Guillermo

Ha pasado un anuncio al que quiero añadir
una escena más. Todo en orden. Dile a tu
hermana que no se asuste, y que no pregunte.
Hay alguna sorpresa extra, pero no me paso
de presupuesto. Jon me tiene cogido por los
huevos.

Elena se rio.

Elena

¿Nos vemos la semana que viene en Eggo?

Guillermo

No me lo perdería por nada del mundo.
Sueño con ese café. ¡Y hay que cerrar París!
Nos vemos el lunes a la hora de siempre.

CXXIV

Unos días después los dos amigos estaban dando cuenta de un buen desayuno antes de volver al trabajo. Elena en realidad no tenía mucho, pues todo lo urgente lo había entregado antes de las vacaciones y la nueva oleada de encargos no llegaría hasta septiembre.

—En realidad es un poco como seguir de vacaciones —le dijo a Guillermo—. De hecho, le envié un mensaje ayer a Eva por si quería que le echara una mano con las obras de la galería. Vamos, que no es que sea yo albañil —matizó al ver la cara divertida de su amigo—. Pero por si necesita algún recado o simplemente que alguien esté allí supervisando.

—¿Y Sebastián?

—¿Qué le pasa?

—Que si no aprovechas para verle estos días.

—Sigue en Brasil trabajando. De hecho, llevo un par de días sin noticias de él, porque andan por la selva y sin cobertura. Espero que no se lo coma un tigre. ¿Hay tigres allí?

—Ni idea. Soy creativo. Cero conocimientos de la flora y fauna de cada lugar. Pero parece un tipo que se las apaña bien en cualquier situación. ¿Vas a aprovechar para mandarle ahora un mensaje contándole lo del pelo? —Alzó una ceja, provocador.

—Eres malo, ¿lo sabes? Se lo contaré a la vuelta. Y tú, ¿ya le has dicho a Eva que nos vamos a París? Porque te recuerdo que el vuelo sale en cuatro días...

—¿Se lo comentaste tú a Sebastián?

—Claro, ¿por quién me tomas?

—Y se lo tomó fenomenal, claro... —En realidad, Guillermo no conocía tanto a Sebastián, pero pudo imaginarse que su fe en la amistad hombre-mujer no era tan ciega como la suya.

—Bueno —admitió Elena—. Le pareció... peculiar que viajáramos juntos. Sobre todo, a escondidas de tu mujer —matizó—. Pero hemos ido acercando posiciones. Y sabe perfectamente la ilusión que me hace que vayamos juntos a París.

—Se lo diré esta noche. Tenemos a Pablo de campamento y vamos a aprovechar para salir a cenar. Se lo diré entonces.

Elena pensó que le habría encantado asistir —en modo invisible— a aquella cena. Por fin Guillermo iba a superar sus miedos y su cobardía. Estaba segura de que aquella noche se sentiría orgullosa de él.

CXXV

Guillermo pensó que estas cosas siempre era mejor hablarlas en lugares públicos. No dejaba de ser un pequeño acto de cobardía. No es que temiera que Eva le fuera a montar ningún escándalo, pero siempre era mejor prevenir.

Sin embargo, como imaginaba, su mujer se lo tomó relativamente bien.

O eso pensaba él. La procesión iba por dentro.

Mientras él hablaba, Eva intentaba recordar en qué momento de su vida le había parecido una buena idea animar a su marido, el hombre al que más había querido jamás, compañero de vida, de sueños y de locuras —como la última de la galería— a viajar sin ella. Sin su familia.

Una cosa era que se fuese solo o con algún amigo, pero ¿con otra mujer?

Sin embargo, y muy a su pesar, Eva se dio cuenta de algo. Algo que le fastidiaba. Se dio cuenta de que no le daba miedo que ocurriera algo entre ellos; tenía suficiente confianza en su relación como para saber que Guillermo la quería y que no la engañaría. De hecho, si se enamorara de otra, sería porque así había de ser y no habría nada que pudiera impedirlo; igual que ella podría enamorarse de otro hombre. Nadie estaba libre de que se le cruzase otra persona en el camino.

No, lo que Eva temía no era el engaño. Quizá sí le incomodaba la intimidad, la confianza que pudiese existir entre ellos.

Pero lo que de verdad temía, y le horrorizaba sentirlo así, era el «qué dirán». Lo que la gente diría —o pensaría— al enterarse de que su marido viajaba con una mujer que no era ella.

Eva podía ser muy moderna, pero ¿sus padres? ¿Sus amigas? ¿Lo serían tanto?

CXXVI

Un par de días después, Eva y Elena quedaron en Eggocentrico. Eva había aceptado el ofrecimiento sincero de Elena para echarle una mano con la galería, pero puso como condición invitarla primero a desayunar.

—De verdad que no hacía falta. Lo hago de mil amores —le dijo Elena después de pedir un café con leche y sus ya clásicos huevos Benedict.

—Lo sé. Y te lo agradezco de corazón. No sabes el jaleo que me traigo...

Elena agradeció que la conversación versara sobre la galería. Sabía cómo había ido la famosa cena, porque Guillermo se lo había contado el día anterior, pero con Eva no había vuelto a hablar y temía que fuera un reencuentro incómodo.

Sus temores se disiparon enseguida... al menos por el momento. Escuchó interesada todo lo que le fue explicando la mujer de Guillermo sobre la obra, los problemas con la iluminación —siempre hay problemas en las obras, no falla—, las gestiones que había hecho con artistas y el calendario de exposiciones que tenía para septiembre y octubre. Tenía ya cerrada la exposición con la que inauguraría; la de una joven pintora cuya obra evocaba los cuadros de Hopper.

—Adoro a Hopper —le dijo Elena.

—Pues ya verás los cuadros de esta chica, son una pasada. Vendrás a la inauguración, ¿verdad?

—No me la perdería por nada del mundo. —Elena recordó algo—. Estoy pendiente de la operación de mi sobrino en septiembre. Aún no tenemos fecha, pero seguro que no tenemos la mala suerte de que coincida.

—¡Genial! En todo caso, lo primero es lo primero. Ojalá vaya bien la operación.

—Seguro que sí. Por cierto, te quería comentar una cosa. ¿Te acuerdas de mi amiga Miriam?

—Claro, la del concierto.

Aquella chica le había caído fenomenal a Eva desde el primer momento.

—Esa. Pues es que antes del ministerio estuvo trabajando en una revista cultural y aún conserva muchas amistades allí. Ya viste cómo es Miri...

—La más sociable del planeta. Me di cuenta enseguida.

Ambas sonrieron.

—Bueno, el caso es que quizá podría hablar con ella, para que te hagan algo de publi en la revista. No sé si estarías interesada, pero creo que te podría traer gente... Quizá es una bobada. Pero se me ocurrió el otro día hablando con ella.

—Ostras, mil gracias. Sería la bomba. Toda ayuda es poca cuando se empieza un negocio de cero...

—¡No empiezas de cero! Por lo que me ha contado Guillermo, eres una crack del sector. Va a ir fenomenal.

—Brindemos por ello.

Alzaron sus cafés y se pusieron a hablar de otros asuntos.

—Cambiando de tema... —Eva necesitaba preguntarlo—. ¿Cómo van las cosas con Sebastián? Parece que la vida os ha dado una segunda oportunidad. Te confieso que me encantan las historias de amor, sobre todo las que tienen final feliz. Y la vuestra parece ser de las bonitas.

En el fondo lo que Eva hubiera querido era hablar del viaje a París. Estaban terminando ya los cafés y no veía la forma de abordar el asunto antes de que se fueran hacia la galería y las obras se convirtieran en el único tema de conversación.

París era como el elefante en la habitación. Ambas lo veían, pero ninguna hablaba de él.

—Pues eso espero. —Elena se sonrojó y Eva sintió de repente una ternura inmensa—. Estoy convencida de que es el amor de mi vida, ¿sabes? Nunca me he sentido tan bien con nadie. Así que aquí me tienes, contando los días para que vuelva. Deseando aprovechar esa segunda oportunidad.

Eva se dio cuenta de que no tenía nada que temer. El corazón de su amiga estaba en otro lugar. En concreto en Brasil, muy lejos de allí. Lejos de Guillermo.

Eva se relajó y decidió no sacar el tema. Guillermo y Elena se irían a París como dos buenos amigos y la vida seguiría... o al menos eso esperaba.

CXXVII

París estaba precioso en agosto. Era sin duda el mejor momento para descubrir la ciudad a alguien que no la conocía o que no había aprendido aún a amarla —que suele ser consecuencia de que no la conocen como deben, pensó Elena—. Nada más dejar las maletas en el hotel, que habían escogido en el barrio de Saint-Germain —su barrio favorito—, salieron a dar un paseo.

—Creo que podría venir a París y no salir de este barrio. Te lo digo en serio.

—¿Qué tiene de especial? —preguntó él mientras caminaban por la rue de Seine, deteniéndose de vez en cuando a admirar los escaparates de las galerías de arte, algunas de las cuales Guillermo fotografió para mandarle ideas a Eva—. A ver, enamórame. De la ciudad —se apresuró a añadir.

—Aquí se concentra la vida cultural de París. Está lleno de librerías, cafés literarios, galerías de arte... Estamos caminando entre el taller de Picasso, la casa de Marguerite Duras y la de Sartre. ¿No te parece increíble?

—Supongo que me lo parecería más si me gustara alguno de los tres... —A Guillermo le encantaba vacilar a su amiga—. Pero *I get the point.* ¿En cuál de estos cafés nos vamos a sentar a comer? Porque eso es ahora mismo lo mejor que puede ofrecerme el barrio. Muero de hambre, ¡he desayunado prontísimo!

Se decidieron por un café dentro de la Cour du Commerce Saint-André y se instalaron en la terraza, aprovechando que hacía un increíble día soleado en la ciudad, pero sin excesivo calor. Las horas volaron entre charlas y risas. A la comida siguió un largo café y luego otro, hasta que recordaron que habían ido para ver París y a que Elena enseñara a su amigo otra faceta de la ciudad.

Se encaminaron hacia la rue de l'Odéon, donde ella le explicó la historia de la mítica librería Shakespeare & Company, que estuvo muchos años en el número 12.

—A la actual no te llevo que seguro que fuiste cuando viniste a la ciudad. Se ha convertido en una parada turística más. Pero a mí lo que de verdad me fascina es descubrir tesoros como este —dijo Elena, entrando en una librería de viejo que había en esa misma calle y a la que siempre volvía en busca de algún libro que la sorprendiera.

Guillermo se quedó fascinado ante la cantidad de ejemplares apilados de suelo a techo, pero perfectamente ordenados. Se dirigió a la sección de literatura contemporánea, pues había estudiado francés en el colegio y había hecho un intercambio en el sur del país. No lo había practicado mucho desde entonces, y se sentía torpe hablando, pero era capaz de leer sin problema.

—¡Por fin encontramos un punto en común en la literatura! —le dijo Elena, que apareció detrás de él por sorpresa, arrebatándole de las manos la novela que había cogido.

—No me digas que te gusta David Foenkinos.

—¿Y a quién no? Es de los pocos autores de los que me he leído toda su obra. No solo eso, sino que siempre espero ansiosa la salida de la siguiente. Menos mal que va a novela por año...

—Te entiendo. Encima no son muy largas y son tan adictivas que se leen en un suspiro. Me apasiona la capacidad que tiene de fabricar una historia a partir de cualquier tontería.

—Dijo el creativo.

Guillermo se rio.

Cada uno se compró un par de libros de bolsillo, recordando que no habían facturado maleta, y fueron caminando hasta el Jardín de Luxemburgo. Lo atravesaron para llegar hasta Montparnasse.

—Otro de los barrios con más historia de la ciudad. Aunque donde esté Saint-Germain..., pero aquí hay unos cuantos museos interesantes, además del cementerio. No eres nadie si no estás enterrado en París.

—Lo dejaré escrito en mi testamento. Sería una faena terminar enterrado en algún pueblo de la provincia de Burgos cuando podría estar junto a... —se detuvo a leer una lápida que parecía de alguien importante— Maupassant.

—O junto a Simone de Beauvoir —añadió Elena, refiriéndose a la escritora, por cuya tumba, junto a la de Sartre, habían pasado al entrar al cementerio—. Que encima estuvo viviendo un par de años en el Hotel Mistral con vistas a este cementerio. Tuvo allí sus primeros encuentros con Sartre. Y mira, aquí reposan los dos para toda la eternidad... Qué caprichoso es el destino en ocasiones.

—Totalmente. Y qué curiosa esa costumbre de vivir en hoteles, ¿verdad? No sé si se ha dado en alguna otra ciudad tanto como aquí.

—Supongo que era otra época. No sé si yo me acostumbraría a vivir en un hotel. Tan impersonal...

—¡Y tan poco espacio para tus libros!

—Exacto.

Siguieron caminando entre las tumbas de Cortázar, Man Ray, Ionesco o Baudelaire. Había algo en la paz y belleza de los cementerios parisinos que los hacía perfectos para dar un paseo tranquilo. *Flâner*, como dirían los franceses.

Sus pasos —en concreto, los de Elena— los guiaron después hasta La Closerie des Lilas, donde mientras esperaban sus cafés se divirtieron estudiando el mantel intentando reconocer a quién pertenecía cada una de las firmas manuscritas.

—Albert Camus... —leyó Guillermo.

—¡Esa es la fácil! Vamos, de hecho, es la única que se entiende. ¿Cómo puede ser que tuvieran tan mala letra siendo la mayoría escritores? —Elena se desesperó tratando de descifrar lo que ponía en cada mensaje.

—¿La de la derecha es de Lauren Bacall?

—Eso parece...

—Con lo guapa que era, no le hacía falta escribir bien.

—Estoy bastante de acuerdo. ¿Y de quién son los extraños dibujos de la esquina de abajo? Parecen hechos por mis sobrinos... cuando eran pequeños.

—Mira, te digo una cosa: es mucho más fácil leer los nombres mecanografiados en la parte inferior. Creo que es la única letra que vamos a entender: Christian Lacroix, Henry Miller, Françoise Sagan...

La conversación se vio interrumpida por el sonido del móvil de Guillermo. Era un mensaje de Eva, preguntándole que qué tal París. Ligeramente molesto por la interrupción, se dispuso a contestar. No quiso arriesgarse a que le llamara.

Sentados uno junto a otro, Elena pudo ver cómo le enviaba varias fotos que había hecho durante el día, algunas de las cuales le había hecho ella misma. Se preguntó si Eva se sentiría realmente cómoda con aquella escapada, pero decidió no darle más vueltas y aprovechó a su vez la interrupción para enviar algunas fotos a Sebastián —que andaba ya por Río de Janeiro, última etapa de su viaje— y decirle que estaba deseando verle en unos días. «Tengo algo que contarte», añadió. Había llegado la hora de descubrirse.

La tarde terminó dando un paseo por la rue Campagne Première.

—Ven, quiero enseñarte un edificio que me encanta. En

esta calle vivieron Rilke y Atget. Y hay un montón de talleres de artistas... ¿Te has leído *Una tienda en París*, de Máximo Huerta? A Guillermo le divertía lo entusiasta que era Elena. Cómo se le iluminaba la cara cada vez que le descubría alguna curiosidad de su ciudad favorita. Se preguntó si él había sido capaz de transmitir el mismo entusiasmo cuando viajaron a Roma y si había conseguido que se enamorara de la ciudad eterna como él lo estaba haciendo de la ciudad de la luz.

—No, confieso que no.

—¡Pues hazlo en cuanto volvamos! De hecho, te la tendría que haber hecho leer antes de venir.

—A tus órdenes. —Se llevó la mano a la sien, divertido. Aunque imaginó que viniendo de Elena, sería una buena recomendación.

Caminaron hasta el final de la calle hasta llegar al número 31.

—Uau. Necesito un euromillón. Quiero un piso aquí.

—Guillermo no pudo contenerse.

Apostados en el pequeño parque que había enfrente, los dos amigos alzaron la vista hacia el imponente edificio con inmensos ventanales enmarcados por los azulejos de Alexandre Bigot, que había ganado en 1911 el premio al edificio más bello de la ciudad.

—Aquí tuvo su taller Man Ray. En él recibía a Kiki de Montparnasse... No veas las fiestas que se montaban. Casi le echan del edificio, de hecho. Claro que lo entenderías mejor si te hubieras leído la novela que te digo...

—La leeré. Pero en todo caso, aunque no tuviera ninguna historia detrás, merece la pena acercarse a verlo. ¿Te imaginas vivir en un apartamento con esa luz?

Un chico abrió una de las ventanas de la segunda planta y se apoyó en el alféizar para fumar. A través del poco espacio que quedaba pudieron observar cómo detrás del cristal se escondía un estudio de dos alturas.

—Mataría por tener unos prismáticos —dijo Elena.

—Lo que no tienes es el don de la invisibilidad, amiga. Y aquí mucho árbol para esconderse no hay. —Miró a su alrededor—. Si viniera la policía a detenerte por fisgar yo fingiría que no te conozco, te aviso.

—Bah..., ¡eres un aburrido!

Elena sonrió y le hizo una seña para continuar andando. Había reservado para cenar en un sitio que le encantaba. Mientras caminaban hacia el metro, pensó en el tiempo que hacía que no disfrutaba tanto enseñando París a alguien.

Una de las cosas más bonitas que puedes hacer es enseñar a alguien que te gusta un lugar del que estás enamorada. ¿O era al revés?

CXXVIII

—

Guillermo siguió a Elena por las escaleras que bajaban al restaurante más oscuro en el que había estado jamás. Aunque reconoció que tenía buena pinta. Mientras ella daba los datos de la reserva a la chica de la entrada, su móvil comenzó a vibrar en el bolsillo. Eva. Y aquella vez era una llamada. No llevaba ni un día en París y ya estaba empezando a arrepentirse de haberle dicho que venía con Elena. No porque quisiera ocultárselo; todo lo contrario. No quería ser una fuente de inquietud y miedo para su mujer, a la que adoraba. Ojalá supiera cómo tranquilizarla.

—Perdona, he tenido que salir a la calle porque aquí no oía nada... —se disculpó Guillermo cuando regresó al interior del restaurante.

—No te preocupes, hemos llegado pronto y la mesa no está lista aún. He pensado que podríamos esperar aquí tomando algo.

Se encontraban en la planta de arriba, en una especie de bar con vistas al salón principal del restaurante, que era espectacular, con un imponente Buda de unos cuantos metros de alto alzándose en una de las paredes, como si vigilara las mesas.

—¿Cócteles antes de cenar? No sé si es buena idea contigo... ¡Recuerda Nueva York!

—Eh..., ¡no me juzgues!

—En absoluto. Todo lo contrario. Venga, invito yo, que luego me compensa por lo parlanchina que te pones y la cantidad de cosas interesantes que cuentas.

Elena puso los ojos en blanco y le dejó elegir. Solo esperaba que les dieran mesa pronto.

—Te advierto una cosa —le dijo—. El restaurante no es barato.

—No hace falta que lo jures. Voy a pagar por dos cócteles lo mismo que por una mariscada en Madrid. Pero parece que vale la pena. El sitio es increíble.

—Lo conocí porque me habló de él una chica de Nueva York con la que compartía piso aquí mientras hacíamos un curso. Debí sospechar algo cuando al segundo día de conocernos me contó que había sido el cumpleaños de su madre, y su padre le había regalado un Mercedes.

—Esas amistades hay que cuidarlas...

—Y que lo digas. El caso es que la siguiente vez que vine a París, con una amiga, le propuse que viniéramos a cenar un día. Mira... —Elena no pudo evitar reír recordándolo—. Cenamos como si fuéramos la dama y el vagabundo compartiendo un plato de espaguetis.

Esta vez el que se rio fue Guillermo.

—En serio. Pedimos un entrante para las dos, una botella de agua y un postre. Todo para compartir. Éramos estudiantes y pobres, ¿qué quieres que te diga?

—Ya sabía yo que lo del cóctel era buena idea. Va a ser una noche divertida. —Guillermo alzó su copa para brindar con Elena.

Y efectivamente lo fue. Cuando la camarera los acompañó a su mesa, en el centro del imponente salón presidido por la figura de Buda, ya se habían bebido un par de cócteles y habían abierto sus corazones.

Hablaron de Eva, de Sebastián, de lo felices que eran, de las dudas que tenían, de lo que decían y lo que callaban. Lo que ninguno de los dos verbalizó, quizá porque no era necesario, es que aquella amistad se había convertido en un pilar fundamental en sus vidas.

—Creo que después de esta cena voy a tener que decirle a Eva que subarrendemos la mitad de la galería —dijo Guillermo, mirando el ticket del restaurante ya cuando salían—. Pero confieso que merece la pena venir al menos una vez.

—Es una pasada, ¿verdad? La de sitios increíbles que esconde esta ciudad...

Y la de sorpresas también. A pesar de lo bueno que hacía cuando llegaron al restaurante, al salir los sorprendió una tromba de agua que los dejó empapados. Corrieron a la plaza de la Concordia, donde lograron coger un taxi, pero aun así entraron en el hotel dejando un reguero de agua tras ellos.

Entre risas, subieron a sus respectivas habitaciones y se despidieron en el pasillo.

—Buenas noches.

—Buenas noches.

—Mañana a las nueve abajo.

—Como siempre.

Se quedaron allí quietos, de pie, mirándose. Los dos tenían un aspecto bastante lamentable, con el pelo chorreando —«Voy a tardar un buen rato en desenredar la peluca», pensó Elena— y la ropa calada.

Si aquello hubiera sido una comedia romántica, se habrían besado y ese momento habría sido el inicio de una maravillosa historia de amor.

Pero no lo era.

La intimidad que compartían tenía otro tipo de belleza, otra forma de verdad. Una luz distinta.

CXXIX

El día siguiente lo dedicaron a explorar Montmartre. Un Montmartre diferente, más allá del que habitualmente exploran los turistas. Elena le descubrió a Guillermo sus rincones secretos, le contó historias curiosas como él había hecho en Roma y le llevó a comer a Pink Mamma, el restaurante de moda, donde servían una pasta con trufa que parecía de otro mundo.

Terminaron visitando los museos más escondidos, como el Museo de la Vida Romántica, donde disfrutaron de un café en el jardín de su salón de té. Después bajaron hasta el Museo Gustave Moreau, en la antigua vivienda y taller del artista.

—El estilo de la pintura no me va absolutamente nada, pero solo por la escalera vale la pena. ¡Qué maravilla! —dijo Guillermo, fascinado ante la escalinata de caracol que conectaba las dos plantas del taller del artista y que era en sí una obra de arte.

Pasaron el resto de la tarde haciendo lo mejor que se puede hacer para enamorarse de París: callejear. Llegaron caminando hasta Saint-Germain cuando ya anochecía.

—Vas a conseguir matarme. No siento los pies —le dijo Guillermo mientras cruzaban la rue des Écoles.

—Venga, no seas quejica. Te propongo un plan sentados. ¿Te apetece un cine? —Elena señaló hacia el mítico cine Le

Champo, en la esquina de la rue des Écoles con la rue Champollion.

—Espero que mi francés esté a la altura, pero... ¡venga! Si no, me traduces.

—*Bien sûr.* Este cine es mítico, además. Fue declarado Monumento Histórico en el año 2000. ¿Sabes que era uno de los favoritos de Gabriel García Márquez y de François Truffaut?

—¿En serio?

—Te lo prometo. Antes había aquí una librería. No abrieron como cine hasta 1938, y hasta 1956 solo tenía una sala. En ese año ocuparon también el sótano, donde había un cabaret, para abrir otra.

—Fascinante. —Guillermo escuchaba atento—. Eres una auténtica enciclopedia parisina, amiga.

—Venga, ¡vamos a ver qué echan!

CXXX

La película elegida fue *Sin filtro*, que pudieron disfrutar bajo un cielo estrellado.

—No me digas que no es mágico. ¡Es casi como estar en el planetario! —dijo Elena, maravillada, señalando al techo de la sala, en la que aparte de ellos solo había cuatro personas más.

—No había visto nunca algo así. ¿De qué dices que va la peli?

—Ni idea. Pero es francesa; seguro que está bien.

—Si tú lo dices...

Elena y Guillermo se acomodaron en sus butacas con un enorme bol de palomitas para compartir y se dispusieron a disfrutar del largometraje, que narraba la historia de Beatrice, una joven cuya vida dio un drástico giro cuando su marido sufrió un accidente de tráfico que le dejó ciego. Aunque la secuela que más afectó a la vida de Frédéric y a los que le rodeaban fue que se transformó en una persona «sin filtro», que decía absolutamente todo lo que pensaba sin tener en cuenta las consecuencias. Beatrice ha rehecho su vida, pero ha permanecido al lado de su marido, a quien cuida con infinito amor. Además, acaba de escribir su primera novela narrando la odisea por la que ha pasado en los últimos años. Tras su publicación, el matrimonio se va de vacaciones junto a su grupo de amigos, todos los cuales aparecen en la novela

—con los nombres cambiados—. Aprovechan esos días de descanso para leer el libro de Beatrice, pero las rencillas comienzan cuando empiezan a verse reconocidos en la historia...

CXXXI

—¿Imaginas escribir una novela en la que aparezca toda la gente que conoces? ¿O que aparecieras en la de algún amigo tuyo? —Elena había salido del cine enamorada de aquella historia tan sencilla como conmovedora.

—Tienes mi permiso para incluirme en tu primera novela, siempre y cuando me dejes bien.

—Tomo nota.

—A mí me ha encantado Frédéric. Esa libertad de poder ir por la vida diciendo todo lo que piensas.

—Como personaje es muy simpático..., pero imagínate lo que sería el mundo si todos dijéramos lo que pensamos en realidad.

Los dos meditaron unos segundos en silencio.

—Sí, mejor dejarlo para las películas —admitió Guillermo—. Imagínate: «Cariño, estás más gorda». «Amigo, tu libro es un bodrio». «Hermano, papá me dijo que me quería más a mí que a ti».

—«Querido jefe, eres un capullo»...

—Y así hasta el infinito. Ya sabes que yo soy partidario de decir las verdades que son necesarias. Hacer daño por hacerlo, no.

—Pero a veces se hace más daño ocultando la verdad.

—Hay pequeñas mentiras, o ausencias de verdad, que son necesarias. Pero hay verdades que también, está claro. En todo caso, gran película. Además de a París, vas a terminar aficionándome al cine francés.

—Si mantenemos esta amistad, terminaré convirtiéndote en un francófilo de pro, *mon ami*.

El último día en París lo dedicaron a la actividad favorita de Elena: colarse en los patios interiores de los inmuebles parisinos.

—¿Seguro que esto es legal? —Guillermo la seguía, preocupado.

—Bueno..., más o menos. Si justo sale alguien cuando vas a entrar...

—Madre mía, vamos a acabar en la gendarmería.

Gracias al gusto de Elena por el allanamiento de moradas, descubrieron la iglesia rusa de San Serafín de Sarov oculta en el patio ajardinado de un inmueble que por fuera parecía de lo más normal. Se adentraron en otro que escondía una curiosa «ciudad obrera», en un conjunto de casitas de estilo alsaciano en torno a un encantador patio arbolado y en un inmueble que ocultaba tras una verja un imponente conjunto de espléndidas viviendas señoriales.

—Los alemanes debieron de volverse locos al ocupar París —comentó Guillermo—. ¡Detrás de cada puerta hay una ciudad desconocida!

—Parece un lugar relativamente fácil para esconderse, ¿verdad? Aún me quedan algunos por descubrir. Cada vez que vuelvo a París intento entrar a alguno nuevo...

—¿Y nunca te han echado?

—Echarme no, pero una vez me quedé un buen rato encerrada en una cerca de Montmartre porque no encontraba el botón que abría la puerta para salir. Tuve que esperar a que entrara alguien.

—Lo que no te pase a ti... Viajar contigo es una perpetua aventura, querida.

Antes de poner rumbo al aeropuerto se dieron una vuelta

por el Mercado de Libros Antiguos y de Ocasión del parque Georges Brassens y Elena le llevó a descubrir más rincones secretos.

—En este barrio están algunas de las calles más bonitas de la ciudad —le dijo a Guillermo mientras se adentraban en la rue des Thermopyles—. A veces vengo aquí cuando ya ha oscurecido, como en los *mews* de Londres, y cotilleo un poco dentro de las casas cuando encienden las luces.

—Tú eres un poco *voyeur*, ¿no? —comentó él, divertido.

—Yo prefiero definirme como curiosa. ¿Sabes que la curiosidad es un síntoma de inteligencia?

Elena hizo algunas fotos que subió a su cuenta de Instagram —ahora sí, con total libertad— y aprovechó para comprobar un par de mensajes que había recibido. Uno era de Lucía; ya tenían fecha para la operación de Miguel. Se la anotó en la agenda y se prometió llamar a su sobrino esa misma noche.

El otro era de Sebastián. Un selfi en el aeropuerto de Río de Janeiro con una frase al pie: «Vuelvo a casa. Deseando verte». Sintió que el corazón se le hacía más grande.

Antes de guardar el teléfono, recibió una nueva notificación. Un *like* de Eva en la galería de fotos que acababa de subir, acompañado de un mensaje: «¡Qué fotos tan preciosas! Alguien le va a hacer la competencia a Sebastián». Lo acompañaba un emoticono guiñando un ojo.

Elena sonrió relajada y miró el reloj. Era hora de volver a por las maletas al hotel y poner rumbo al aeropuerto. Le daba muchísima pena que el viaje llegara a su fin. Era probablemente de las veces que más había disfrutado de París. Pero por otro lado estaba deseando volver, reencontrarse con Sebastián y, sobre todo, que Guillermo se reencontrara con Eva y ella viera que aquello solo había sido un viaje de amigos.

La clave para volver a viajar juntos estaría en ese reencuentro. No lo habían hablado, pero sabía que a Guillermo también le agobiaba ese tema. Estaba empezando a conocer sus debilidades.

A decir verdad, ella también temía la reacción de Sebastián. No le había ocultado que se iba a París con Guillermo, y parecía haberlo asumido con cierta normalidad. Pero si realmente volvían a estar juntos..., ¿le seguiría pareciendo bien que viajara con su amigo?

Al fin y al cabo, Sebastián no tenía miedo a volar. ¿Entendería que algunos viajes los hiciera con Guillermo, al que no pensaba dejar colgado por tener pareja? ¿Por qué diablos se estaba planteando todo aquello si, en el caso de ser una amiga, jamás se lo plantearía?

Elena y Guillermo caminaron juntos, en silencio. Sabían que su placentero viaje llegaba a su fin.

Él jamás lo confesaría en voz alta, pero sus temores eran idénticos. ¿Seguiría viajando Elena con él ahora que todo parecía indicar que volvería con Sebastián?

CXXXII

Las horas de quirófano, cuando es un hijo el que está dentro, duran el doble. Eso pensaba Lucía mientras mantenía una charla distendida sobre algún tema sin importancia con Jacobo y Elena.

Llevaban más de tres horas (¿solo tres?) en aquella inhóspita sala de espera por la que habían pasado ya varias familias. Ellos eran, de nuevo, los últimos.

—Mejor que tarden, que se tomen su tiempo —decía Elena.

Jaime había querido ir para estar con su hermano, pero sus padres le convencieron de que era mejor ir al colegio.

—Él va a estar dormido y allí no vas a poder hacer nada por él. Cuando le suban a la habitación estarás con él todo el tiempo que quieras. La madre de Víctor te llevará al hospital —le dijo Elena la tarde anterior.

Así que allí estaban padres y tía viendo pasar los segundos, los minutos, las horas... hasta que por fin salió el cirujano y pronunció aquellas palabras que todos ansiamos oír de quien ha tenido las manos dentro de nuestro ser querido: «Todo ha ido bien».

CXXXIII

Gracias a sus contactos, Jacobo había conseguido que Miguel tuviera una habitación para él solo. Siempre era una ventaja tener un médico con amigos en la familia.

La planta no estaba llena y, aunque las habitaciones eran dobles, la cama de al lado permanecería vacía hasta el día siguiente, cuando pudieran irse a casa.

—Traigo un zumo para el chico más valiente del hospital. —La enfermera, sonriente, llegó con uno de manzana. El favorito de Miguel, que se incorporó con ayuda de su madre con toda la cabecita vendada.

—Entonces —Elena retomó la conversación que estaban teniendo antes de la interrupción de la enfermera—, ¿qué partido vamos a ver?

Como premio por haber sido tan valiente y en compensación por las semanas que iba a pasar sin poder hacer deporte, Elena les había prometido a sus sobrinos llevárselos de escapada a ver un partido de fútbol a Inglaterra. Aunque Jaime era más de tenis y soñaba con ir a Wimbledon, había cedido por esta vez en favor de su hermano.

—Venga, a Mánchester, a ver al United. Pero ¡cuando me operen a mí vamos a Wimbledon!

—Vale, procuremos que no operen a nadie más —terció Elena—. Pero en cuanto cobre el anticipo de otro libro nos planteamos Wimbledon. O Roland Garros.

—También me vale.

—Nos han salido sibaritas los niños... —dijo Elena, que estaba sentada en la cama de al lado junto a Jacobo.

El sonido de un móvil los sobresaltó. Era Sebastián. Elena salió al pasillo para coger la llamada.

—¿Qué tal ha ido todo?

—Fenomenal. Dentro de lo que cabe, vaya. Si le ves, da una penita, con toda la cabeza vendada... Parece mentira la que se lía por un oído. Pero bueno, ahí está sacándome los cuartos mientras se toma un zumo, así que todo en orden —sonrió.

—Y ¿crees que el paciente me dejará que secuestre a su tía para un café en el bar del hospital?

Elena sonrió.

—Tendré que preguntarle, pero estoy segura de que sí.

—Estupendo. Pues en una media hora estoy por allí. Te aviso cuando llegue.

Elena regresó, sonriente, a la habitación. No se imaginaba entonces lo que vería en unos minutos.

CXXXIV

Cuando Elena entró de nuevo a la habitación se encontró a Jacobo intentando conectar la televisión.

—Me ha escrito Guillermo y me ha dicho que la pongamos, que va a salir el anuncio —le explicó Lucía.

—Hombre, ¡el anuncio misterioso! Tú lo habrás visto ya, ¿no? —preguntó Elena.

—Pues vi una de las últimas versiones, pero con el jaleo del hospital durante estos días ni siquiera he visto la definitiva. Soy la peor directora de agencia de la historia. Menos mal que confío al cien por cien en Guillermo...

Jacobo consiguió por fin encender el aparato y allí se quedaron todos —Lucía, Jacobo, Jaime, Miguel y Elena— pendientes del aparato. Tuvieron que tragarse aún unos minutos de un programa que realmente no les interesaba hasta que por fin dieron paso a la publicidad.

Un anuncio de una bebida isotónica, otro de una compañía de móviles... Y por fin, EL ANUNCIO.

CXXXV

Una melodía pegadiza. El logo de una conocida óptica. Un eslogan: «Ponte nuestras gafas si quieres ver lo que de verdad importa».

Aparece en pantalla una niña. Se queda mirando a un niño que tiene una cicatriz detrás de la oreja. La niña se pone las gafas y vuelve a mirarle; el niño se ha transformado en un superhéroe.

Un adolescente aguanta una regañina de sus padres, pero cuando se pone las gafas, ve que en sus cabezas y en sus corazones... solo está él.

Un hombre pide dinero en la calle. Un joven ejecutivo camina por la acera y le ve a lo lejos. «Esta ciudad está llena de vagos». Al acercarse, se pone las gafas. Se asombra al ver que ese hombre, poco tiempo antes, era un hombre de negocios como él, pero le despidieron y su familia le abandonó.

Una chica observa a una pareja sentada en una terraza. «Parecen novios». Se pone las gafas y descubre que solo son amigos. En ese momento, llegan sus respectivas parejas y se sientan junto a ellos.

Un hombre llega cada noche tarde a casa. Su mujer sospecha. Una noche, cuando entra, se pone las gafas. Al mirarle descubre que viene de preparar cenas en el comedor social al que va desde que hace poco vio a un mendigo en la calle. Un hombre como él que un día lo perdió todo.

Por último, aparece en pantalla una chica sin pelo, completamente calva. Varias personas están con ella hablando, riendo. De repente, todos los que la rodean se ponen las gafas. La miran de nuevo... y solo ven una chica normal... con un inmenso corazón.

El eslogan del inicio vuelve a aparecer en pantalla: «Ponte nuestras gafas si quieres ver lo que de verdad importa».

CXXXVI

Fue Miguel el que rompió el silencio.

—¡Salgo en un anuncio! ¡Soy el niño con la cicatriz!

—Eres el superhéroe —le dijo su madre, abrazándole.

Elena era incapaz de decir nada. Tenía los ojos tan empañados que sentía que si articulaba palabra abriría las compuertas de las lágrimas. Cogió el móvil y envió un mensaje a Guillermo:

Elena
GRACIAS.

Él contestó enseguida:

Guillermo
Utilizo las gafas de esta óptica desde hace años. Por eso siempre te he visto así.

Elena
Es precioso. Será el nuevo anuncio de la lotería. No habrá nadie en este país que no llore con él. Será un exitazo.

Y lo fue. A los pocos meses, no solo ganó un premio en Cannes, sino que Guillermo fue nombrado «Creativo del año». Lucía, una vez más, tuvo que subirle el sueldo. Lo que no sabía era que Guillermo se habría quedado por la mitad.

CXXXVII

Unos minutos después, Elena estaba en la cafetería del hospital tomando una Coca-Cola con Sebastián.

—Como me dijiste que era muy futbolero, le he traído esto. —Sebastián sacó un paquete de la bolsa que llevaba—. Es una especie de minifutbolín que no sé muy bien cómo va, pero me pareció divertido y podrá jugar con su hermano mientras no pueda entrenar.

—Mil gracias, le va a encantar. —Elena le dio un beso en los labios y respiró hondo. Había llegado el momento—. Tengo que contarte algo.

Sebastián la miró, interrogante. Por su mente pasó de todo, desde que Elena se había enamorado de Guillermo, hasta que había ocurrido algo entre ellos o que se iba a mudar de ciudad, ahora que su profesión no la tenía atada a Madrid.

Se habla de cómo pasa tu vida por delante cuando crees que vas a morir, pero no se habla tanto de todo lo que piensas en cuestión de segundos cuando la persona a la que quieres te dice «tengo que contarte algo» o «tenemos que hablar».

Todo lo que Sebastián imaginó, por supuesto, distaba mucho de la realidad.

Elena comenzó por el principio. El día que entró a trabajar en el ministerio.

CXXXVIII

Sebastián se fue del hospital, un par de horas después, con el corazón hecho añicos.

Sentía una impotencia enorme por no haber estado junto a Elena cuando más lo necesitaba. Cuando mejor le hubiese venido estar rodeada de gente que la quería. Siempre admiró su fortaleza y su independencia, pero jamás pensó que fuera capaz de sobrevivir a algo tan duro.

Él lo sabía bien. Perdió a su madre por un cáncer y recordaba las discusiones que había tenido con ella al principio porque no quería someterse a tratamiento. «Voy a perder todo el pelo», decía, tocándose la melena tan maravillosa que había lucido siempre. «Que le den al pelo, mamá. Volverá a salir». La misma discusión una y otra vez. Hasta que accedió a tratarse. No consiguió una cura completa, pero logró vivir unos años más. Siempre quiso pensar que ella se había alegrado, pero jamás olvidaría el día que la acompañó a raparse el poco pelo que le quedaba y a comprar una peluca. «Yo no voy a ir con un pañuelo por ahí. No pienso dar pena». Era una mujer de carácter.

Sebastián agradeció que Elena hubiera podido contar con Lucía, pero le dolía el corazón de pensar que podría haber estado a su lado y no lo estuvo. Ahora estaba decidido a recuperar todo el tiempo perdido.

CXXXIX

Dos semanas después, Eva, Guillermo y Elena desayunaban juntos en Eggocentrico.

—¿Estás nerviosa? —preguntó Elena a Eva.

Aquella tarde era, por fin, la inauguración de la galería.

—Muchísimo. Muchísimo en plan... ¿Y si no viene nadie?

—Pero vamos a ver, ¿cómo no va a venir nadie? Miri consiguió que publicaran el artículo anunciando la apertura en su antigua revista. Tienes un montón de contactos del mundillo. Hemos movilizado a todas nuestras familias y amigos... ¡Si al final no vamos a caber!

—Os lo agradezco un montón. Con la inversión de tiempo y de dinero que ha supuesto este salto al vacío... ¡Más vale que funcione!

—Yo no tengo ninguna duda. —Guillermo se puso de pie—. Pero solo por si acaso, conviene que mantenga mi trabajo. Así que yo os dejo, queridas, que tengo una reunión en media hora.

Besó a su mujer, se despidió de Elena y quedaron en verse por la tarde ya en la galería.

—Estoy superfeliz por ti. De corazón te lo digo. —A Elena siempre le había costado poco compartir la alegría de los demás.

—Lo sé. ¡Es emocionante! Tengo ya cerradas varias exposiciones hasta noviembre. No me lo creo ni yo.

—Y más que irás teniendo en cuanto empiece a correrse la voz. La galería ha quedado preciosa.

—¿Vendrás con Sebastián?

—Sí. —Elena se sonrojó, como si fuera una adolescente enamorada.

—¿Cómo va eso? Apenas te he preguntado con todo el jaleo de estas semanas.

—Lento, pero muy bien. No he sido yo tradicionalmente una que vaya despacio en las relaciones, pero quiero tomármelo con calma. He llevado una vida muy solitaria en los últimos años y me cuesta dar pasos. Me explico fatal, ¿verdad?

—En absoluto. Lo que me resulta extraño es que hayas estado tanto tiempo sin pareja... ¡Si eres un amor!

Elena no pudo evitar sonreír y decidió que aquel era el momento de compartir con Eva su secreto.

Los amigos de verdad llevan sobre sus hombros la mitad de nuestras penas. Es increíble lo que se aligera el peso de una mochila cuando repartimos su peso con aquellos que nos quieren. Desde que Elena había comenzado a hacerlo, hablando de su enfermedad con sus sobrinos y más tarde con Guillermo, cada vez pesaba un poquito menos. Eva fue la siguiente. Ella era mujer, y lo entendió mejor que nadie. De hecho, le costó contener las lágrimas mientras escuchaba a Elena narrar el calvario por el que había pasado. Por su reacción, Elena se dio cuenta de que Guillermo no se lo había contado. Y sintió un renovado cariño por aquel hombre que, como acababa de comprobar, valoraba su amistad por encima de todo.

CXL

La inauguración de la galería de Eva fue un éxito. Tanto, que al día siguiente apareció en varios periódicos locales y diarios digitales. Se hablaba ya de «la nueva galería de moda» o «el epicentro del mundo del arte en la Castellana». Eva estaba feliz. Igual que el día de su boda, apenas se enteró y la velada se le pasó volando. Esa primera noche lograron vender un treinta por ciento de la colección con la que inauguraba la galería. Acudieron gran parte de los contactos del mundo de arte a los que había invitado, que la apoyaron y alabaron el buen gusto con el que había decorado el espacio.

Sobre todo, se sintió feliz por estar rodeada de sus seres queridos. Sus padres, su marido, su hijo Pablo. No faltó ninguno de sus amigos —alguno incluso adquirió una de las obras— y tampoco sus amistades más recientes. Miriam, que había movido Roma con Santiago y había llevado a tanta gente que a la mitad los tuvo que mandar al bar de al lado. Óscar, su inseparable novio. También apareció Jon, el compañero y amigo de Guillermo, que fue con una mujer muy simpática con la que había empezado a salir. Y, por supuesto, Lucía y Elena, que se quedaron al final para ayudar a recoger.

Lucía disimuló como pudo el pinchazo que sintió en el corazón al ver a Jon con otra mujer, pero supo que era así como debía ser. Seguro que ella estaba dispuesta a irse a vivir con él a las afueras y tener un montón de hijos, pensó Lucía.

Los amores a destiempo; qué dolorosos son.

CXLI

—Bueno, ¿siguiente viaje adónde? —Guillermo abordó a Elena en un momento en el que Sebastián se había ido a dar una vuelta con Jon para admirar los cuadros—. No me digas que ahora que has vuelto con Sebastián me vas a abandonar...

—¡Claro que no! ¿Qué te parece Londres? ¿Has estado alguna vez en Navidad?

—La he visitado varias veces, pero siempre en verano o primavera. De algún viaje casi ni me acuerdo. Ya sabes, farra universitaria y festivalera con los colegas de la uni...

—Madre mía, prefiero no saberlo. —Elena puso los ojos en blanco—. En fin, yo creo que podría estar chulo. Puedo acabar contigo otra vez patinando en Somerset House..., quizá incluso consiga enseñarte. Podemos ir a Winter Wonderland... Hay mil rincones mágicos. Es la ciudad más bonita del mundo en Navidad.

—¡Esa es Nueva York!

—Te haré cambiar de opinión, *my friend*... ¡Busca fecha, anda! —le dijo justo en el momento en el que Sebastián regresaba a su lado con una copa de champán.

Guillermo sonrió al ver a esa pareja tan bien avenida. Pero sobre todo al ver feliz a su amiga. Entonces, un plan comenzó a gestarse en su cabeza.

EPÍLOGO

—

Elena llegó a Barajas unos minutos antes de lo previsto y se dirigió al Relay en el que solía encontrarse con Guillermo. La noche anterior había terminado el libro que estaba leyendo y esperaba encontrar allí una nueva novela. Sonrió al ver una fotografía de su amigo en la portada de una revista de negocios. Desde el famoso anuncio de la óptica, y después del bombazo de la campaña de las hamburgueserías, se había convertido en el creativo más cotizado del país. Cada vez que veía el anuncio, a Elena se le escapaba una lágrima. Más aún cuando su sobrino Miguel le contó que les había dicho a todos sus amigos que él era el protagonista. Con aquello se le habían olvidado todos los males, incluso no poder jugar al fútbol durante varias semanas.

Hojeó la revista hasta encontrar el artículo dedicado a Guillermo, de quien se sentía enormemente orgullosa.

Miró el reloj y se preguntó dónde estaría.

—He comprado Mentos. Me han dicho que siempre te gusta llevar en los vuelos.

Elena se giró, incrédula. Aquel no era Guillermo.

Era Sebastián.

Guillermo
Buen viaje, querida amiga.
Estoy seguro de que disfrutarás de
ese maravilloso Londres navideño que

espero que me enseñes algún día. Pero ahora te toca vivirlo con Sebastián. Sé que no me abandonas, ¡y yo a ti tampoco! Esto es solo un *impasse* en nuestros viajes.

Yo creo firmemente en la amistad entre un hombre y una mujer. Ya lo hacía antes, aunque quizá no tanto. En todo caso, tú me has demostrado que, en ocasiones, puede ser incluso mejor que el amor. Y que lo complementa.

Te deseo junto a Sebastián toda la felicidad que tengo yo junto a Eva.

Tu siempre amigo, Guillermo

Elena

Querido Guillermo:

Sé que esto lo habéis planeado entre Eva y tú. Os mataré cuando vuelva, pero a la vez... os quiero.

Gracias por haber llegado a mi vida, gracias por existir. Siempre creí y me empeñé en demostrar al mundo que la amistad entre un hombre y una mujer, aunque hubiera parejas de por medio, era posible. Pero eres tú el que me ha enseñado a mí que una amistad puede ser tan bonita como la mejor historia de amor.

Ojalá las cosas vayan bien con Sebastián; y creo que así será. Pero pase lo que pase, nuestra amistad será para siempre.

Te quiere, tu amiga Elena.

El avión había alcanzado la altitud de crucero y las señales luminosas se apagaron. Sebastián se levantó para ir al baño y, cuando regresó, vio que Elena había sacado su ordenador portátil de la mochila.

—¿Qué escribes? ¿Tienes un nuevo encargo? —le dijo dándole un beso en el cuello que la hizo estremecerse y sonreír.

—Es mi primera novela —le dijo, orgullosa—. Sobre cómo una amistad entre un hombre y una mujer puede ser tan bonita como la mejor historia de amor.

—Suena prometedor. ¿Y si combinamos ambas cosas?

AGRADECIMIENTOS

Es de justicia comenzar dando las gracias a las tres personas con las que hice el viaje a Chicago que inspiró el arranque de esta historia: Antonio, Borja y Esther.

La idea de escribir una novela cuya premisa fuera lo difícil que es una amistad entre un hombre y una mujer cuando uno de los dos —o los dos— tiene pareja llevaba tiempo rondándome la cabeza. Por circunstancias de la vida, me he visto en esa situación más de una vez —y me sigo viendo—, pero no había encontrado el modo de materializar la historia hasta que la inspiración me vino de golpe tras aquel viaje en el que (francamente) tenía puestas pocas expectativas pero que terminó siendo inolvidable y, en cierto modo, *life-changing*. De ahí surgió la idea para esta historia y a mis compañeros les debo el haber prendido la chispa que hizo encenderse la bombilla en mi cabeza.

Por supuesto, tengo que dar unas gracias inmensas a mi lector cero y alma gemela: mi amigo Max, que tiene mucha culpa de que esta novela se haya hecho realidad. Sus palabras de ánimo en los inicios fueron fundamentales para seguir adelante. Y sus consejos y aportaciones han mejorado enormemente esta historia y me han ayudado a superar más de un bloqueo. No sé qué haría sin ti, amigo.

Gracias también a mi amiga Gema. Hace ya más de quince años que no hago nada en esta vida sin pedirle consejo. En todo; también en la escritura. Siempre se da cuenta de cosas que nadie más ve.

A su encantador marido Iñaki, asesor en todas mis dudas técnicas.

A mis amigas Nadia y Elena, que hacen todo mejor. Amistades de las que son para una vida entera.

Gracias a Pepa, por su arte y por su amistad. Por ser una de esas personas que llegan para hacer tu vida mejor.

Gracias inmensas a mi editor, Leo. Del que ya me dijeron que era el mejor del mundo, y no se equivocaron. No solo es un diez como persona, sino que no puedo imaginarme ya escribiendo una novela sin él. Lo haces todo mejor, querido.

Y tengo un agradecimiento especial. Desde que dije que iba a publicar mi primera novela (y en el camino recorrido desde entonces) hay un grupo de personas que me han animado y apoyado a diario, viviendo este fascinante viaje con la misma ilusión que yo, y que hacen que mi trabajo (en un organismo público mucho menos rancio que el que aparece en esta novela) sea un lugar al que disfruto yendo cada semana. Son:

Carolina, Silvia y Ana, mi familia en el trabajo (junto con Gema) y amigas fuera de él.

Miriam, una de las personas con las que más me río del mundo y que más anécdotas aporta a mis novelas.

Pablo, probablemente el compañero con el que mejor me he entendido en todos los años que llevo trabajando. Te adoro.

Pedro, jefe y amigo, una maravillosa persona que hace que trabajar con él sea fácil y siempre emocionante. ¡Cada día nos depara nuevas sorpresas!

María Jesús, que fue mi jefa en el peor momento de mi vida y demostró lo estupenda compañera y persona que es.

Paco, una de las personas con mejor corazón que conozco.

Miguel Ángel, bueno hasta rabiar y además nuestro proveedor oficial de chocolate en la oficina, boicoteando mi dieta, pero haciéndome siempre feliz.

Judit, un soplo de aire fresco y fuente constante de risas y de cariño.

Cris, que es puro cariño... ¡y también mala leche cuando es necesario! No sé qué haríamos sin ti.

Y Carlos, al que no debería incluir, porque abandonó nuestro departamento para emprender una nueva vida. Sé que nos echa de menos, aunque no tanto como yo a él. No te perdonaré que te hayas ido, ya lo sabes.

En general trabajo rodeada de gente maravillosa; imposible citarlos a todos pero que sepáis que os agradezco cada palabra de cariño y cada buen momento compartido incluso en los momentos de mayor estrés.

Para mis padres y mi hijo no tengo palabras suficientes. Son mi ánimo constante; ese pilar que sostiene mi vida y la hace mejor cada día. Nada de todo lo bueno que me sucede tendría sentido si no pudiera compartirlo con ellos. Lo sois absolutamente todo.

RELACIÓN DE LUGARES QUE APARECEN
EN LA NOVELA
—

Nueva York

- Summit One Vanderbilt
- Hotel Plaza
- Metropolitan Museum of Art
- Hudson Yards
- Mercado Little Spain
- Mercado de Navidad de Union Square - **Puesto de Pepa**
  G. Ramos (@pepagart)
- Chelsea Market - Posman Books
- Buddakan
- Morgan Library
- New York Public Library
- Bryant Park
- The Campbell

Madrid

- Eggocentrico
- Parque de atracciones
- Sala Barco
- Plaza de Olavide
- Restaurante Camino

- The Little Knight
- Ministerio de Industria

Roma

- Panteón
- Isla Tiberina
- Palacio Cenci
- Il Fantino
- Via Margutta
- Trastevere
- Piazza Navona
- Belvedere Gianicolo
- Fuente Acqua Paola
- Cartoleria Pantheon
- Orden de Malta
- Boca de la Verdad
- Casa Bleve

Budapest

- Crucero por el Danubio
- Parlamento
- Monumento de los Zapatos a orillas del Danubio
- Puente de las Cadenas
- Bastión de los Pescadores
- Puente de Margarita
- Estatua de Imre Nagy
- New York Café

Normandía y Bretaña

- Cementerio americano de Colleville-sur-Mer
- Playa de Omaha
- Cementerio alemán de La Cambe
- Sainte-Mère-Église
- Dinan
- Dinard
- Saint-Malo
- Bosque de Brocelianda
- Paimpont

París

- Saint-Germain
- Rue de Seine
- Cour du Commerce Saint-André
- Rue de l'Odéon
- Jardín de Luxemburgo
- Cementerio de Montparnasse
- Hotel Mistral
- La Closerie des Lilas
- Rue Campagne Première
- Plaza de la Concordia
- Pink Mamma
- Museo de la Vida Romántica
- Museo Gustave Moureau
- Cine Le Champo
- Iglesia rusa de San Serafín de Sarov
- Mercado de Libros Antiguos y de Ocasión del parque George Brassens
- Rue des Thermopyles

RELACIÓN DE LIBROS QUE APARECEN EN LA NOVELA

—

- *Me llamo Lucy Barton*, de Elizabeth Strout.
- *El gran Gatsby*, de Francis Scott Fitzgerald.
- *Dónde estás, mundo bello*, de Sally Rooney.
- *Gente normal*, de Sally Rooney.
- *El descontento*, de Beatriz Serrano.
- *El último verano en Roma*, de Gianfranco Calligarich.
- *La sublime locura de la revolución*, de Indro Montanelli.
- *Una tienda en París*, de Máximo Huerta.